自 序

要了却的与可能到来的

十年踪迹十年心,《墙外行人》是我最近十年的文学作品自选集。

这十年来,我主要工作和生活在北京、武汉、南京、上海四座城市,加之自己是蜀人,来来回回地往返成都,再有近几年高频率地出差各地,我的飞行线路在中国版图上连缀成了几朵盛放的玉兰,双脚早已纵横东西,踏遍中国。

《墙外行人》是我对过去十年的一个总结,篇目上几经删减,最后留下了这些篇章,其中的大多数曾发表于多家文学期刊和报纸副刊。全书分"甲乙丙丁戊己庚"七辑,辑名依次为:断鸿声、舟楫痕、膝下欢、城池月、夜之烛、灯下书、长短句。文学体裁涉及散文、随笔、诗歌、札记等,其中很多文章都是在机场候机厅、飞驰的高铁上、不同城市的酒店里完成的。本书的篇目编排并未严格依照创作时间轴或体裁类别划分的逻辑,而是出自我个人的一种较为随意的喜好。譬如有些重要的篇什并未放在最醒目的位序,可能确实相对靠前,也可能穿插在中间,甚至挪到了最末。总之,我不喜欢被人一眼看穿。我称此为"失序的美"和"自作聪明的迂回"。

这有很大一部分原因是我平素的阅读习惯,捧起一本新书,往往喜欢自后往前倒着翻,或者从中间随意开始阅读,先将作者既定的秩序打乱,读完后再一厢情愿自作主张地重组。经验证明，这样的阅读常常带给我许多新奇的发现和独特的体验。

在这里，少年时代的绮丽梦想，青年时期的激情飞扬，世事蹉跎后的洞明沉着，生命中流的离散悲苦，初为人父的欣喜温照，萍水相逢的快意觞歌，对旧时苦闷生活的迫切逃离，以及置身都市后又反生对乡村原风的向往……都深深浅浅或从容或逼仄地交集汇流在《墙外行人》之中。

一直以来，我似乎鲜有去着笔自己的故乡，或者说是有意地在克制这方面的表达。当整理完这本作品集后，却蓦然发现里面仍旧出现了不少关于它的记述。事实上，我离开它的时间已超过在那里生活的时长。

我对故乡的感情较复杂，既亲近又抗拒，既怀念又选择主动淡忘。那片乡村正在老去，乡人正在枯萎，故土、故事、故情都在凝滞，逐渐瘦成一根愈来愈容易断裂的枯藤。当然，那里也有新生和希望，不过似乎已与现在的我无甚关联。

对它我需要保持一份清醒，直视这份纠葛与疼痛，不矫饰它的陈痛缺陋，也不折损它的温存美好。这份完整的表达，未来我会选择小说的形式，兴许就在下一本书里。

我仍然要感激这片土地的强大内力，因为它孕育出了我心中一些平凡而伟岸的人物，譬如我的祖父、外祖父、外祖母、父亲、母亲。

时间是一个漏斗，往往只会留下美好的一面，但已滤走了我的许多韶光，以及激情和梦想。这一路上，我遇到了很多人，历经了很多事，能留下来的弥足珍贵。还能在这本书里被提及的固然值得欣喜，但未提及的并不代表已遗忘。有些人事兴许沉入了记忆的渊潭不可见形，另有一些却因为太过重要而至今无从言说。

“墙外行人”四个字的由来，大家应不陌生，取自苏东坡词《蝶恋花·春景》。墙里秋千与佳人笑声，是萦绕心怀而教我驻足流连的，我也曾伫立墙外以少年和青年的姿态作绮靡的陶醉和幻想。这堵墙或许是庙堂与江湖的界限、都市与田园的区隔、过往与未来的疏离、深情与浅意的分水……只是这一停留转眼就十年，仿若南柯一梦。待墙里声悄，我的两鬓已初染霜雪，我终究是未进得墙去，里中桃啊杏啊樱啊榴的与己无涉；也庆幸还在墙外，天地依然这般高阔。惘然若失也好，旷达释怀也罢，墙外行人，仍需继续赶路。

我并不想在这里武断地强下定义，但我确实不满足于现在的自己，必须要做一个结束。《墙外行人》的付梓并非用来喻示功成名就，更不是用来熙攘市井或沾沾自喜的，而是为果决地了断过往，了断与自我的旧怨。或许与他人不同，我这辈子的任何一本新书都不会是为了私索名利，而是在过往之门关掩后另结新愁。

我与伟大的作家去之千里，但这并不妨碍我怀有成为伟大作家的抱负和野心。随着年岁倍增，我将努力走向更成熟、更玩世不恭、更收放自如。未来我需要再勇敢些、自由些，再多一点智慧，多一点恒心。开掘和突破自我，即便历一些险途或剑走偏锋，去遇见另一种风景。在春暖花开的人间，在鸟声密集的半山，在波谲云诡的天空……

这本书让很多人等了太久，对仍旧还在等的人致以最深的感谢。在此，我要特别感谢著名诗人、作家、出版人杨如风先生，在人生道路上给予我师者般的提掖和胞兄般的关爱。本书的出版，他在整体策划和设计上，给予了非常好的创意和匠心。感谢著名画家、书法家黄金亮先生，为本书倾情担纲封面题字和封面设计，极为准确地把握了我的审美诉求。感谢《墙外行人》的特邀编辑池的先生，他以优秀出版人的眼光和追求，对全书的编校、美术设计及出版的全过程都付出了巨大的心血，确保了这本书与预期相符的质量和容貌。也要感谢南京大学出版社范余女士和本书的责任编辑谭天女士，对《墙外行人》的细心编校、审阅并定稿，且让我从中受益匪浅。还要感谢美术编辑韩静女士，对本书做了很好的装帧设计。《墙外行人》既是我的作品，也是他们的作品。

最后，感谢这十年来一路上的相遇，以及至今仍相互惦记或有意遗忘的朋友。当然啦，我更要感谢自己，终于将《墙外行人》送到了你们面前。

二〇一八年四月二十八日

于　上海浦东瞻园

目录

甲辑　断鸿声

乙辑　舟楫痕

丙辑　膝下欢

丁辑 城池月

戊辑 夜之烛

己辑　灯下书

庚辑　长短句

甲辑

断鸿声

山顶的身影

大凡好的东西都是素面朝天直达品格的吧。

——贾平凹

一

我进老宅时，外婆正背对着阳光，立在屋檐下，过膝盖高的石梯上，散着一堆风晒多日的大头菜。外婆择菜聚着神，把球状的大头菜撕成一根根漂亮的藤条，绵延一体，没有断节，全然不顾身后灿烂一地的暖阳。

我轻步迈向外婆的背影，像童年时不出声响。近了，我突然伸出双臂环住她，贴着她的脸，同样不作任何言语。外婆择菜的手并未因此停下来，她并不回头，只淡然地笑笑：我晓得是你，累了吧？

不累……我习惯性地还想问一句，半张着嘴，却哽住发不出声来。外婆转过身，阳光填满了她脸上深深的褶皱，满头霜丝，眼神温和：

“饿了吧，午饭都过了，我给你重新做去。”

“我帮你！”我忙回应。

外婆不置可否，莞尔一笑，转身进了屋。

刚进屋，我便见到正墙上新挂的一块巨大相框。相片上外公目光浑浊，衣着依然规整，脸上的皱纹比以往任何时候都要深，像一棵山顶的古松。我望得出神，无数关于外公的记忆，河水一样漫涌上来，在相框下潺潺流动。这次进门，我拥过外婆后，没有再如以往那样急切地问“家公呢”。尽管每次问的时候我其实都事先知道外公在里屋，每次问完也都不等外婆回答，就径自跑进屋去。

外婆的老屋地处内江、自贡和威远三地交界处，老屋很旧，据说是母亲待字闺中时修筑的，墙体厚实，全由泥土和竹片夯筑，地面也是碎瓦片铺成，冬暖夏凉。老宅坐北朝南，三面屋舍，南面围墙。青石墙上爬满了密匝的葡萄藤，黄了又绿，枯了再荣。墙外李树和桃树自成一行，每到春天，李花若雪，桃花似粉，各自盛开。立于院中仰望天空，蔚蓝的苍穹被三边屋顶框住，北面屋舍背后繁密的翠竹从屋顶探过来几丫绿色的竹枝，在湛蓝的天空里迎风招摇；老屋亦有下雨时让人出不了门的惆怅，雨落下来，四处湿透，雨帘成了三面，世界立时缩到三方屋檐下，从这头隔着两层雨幕望对岸，恍惚一片，只可任由雨声轻落和烟水迷离了。

当年这排房子立起来时，算得上当地最漂亮的屋舍，周围的人家都艳羡不已。时隔多年，老屋早已陈旧，墙面的旧泥也脱落不少，但因有外婆的打扫，始终异常整洁。外公和外婆在这里一住就是几十年，在这排老屋里，我的母亲、舅舅和三位姨妈相继长大。儿子婚娶，女儿们相继出嫁，每次婚嫁，这里都办过很体面的宴席，人声鼎沸，炊烟连绵，几日不绝。

女儿们出嫁完了，两位老人的心也就被掏空了。外婆跟舅妈向来不睦，说话做事总有嫌隙。所以，舅舅成婚不久，两位老人就和儿子分离开来，虽然同住一个屋檐，却各自为生，鲜有瓜葛。

吃过饭，外婆像往常一样，慢悠悠、慢悠悠地讲着我离开这些时间来她身边所发生的事情。历来的印象中，外婆从不像其他老人那样讲重复的故事，她的思维很清晰，总是记得说过的每一件事情。在讲述的同时，她手里总是做着其他的活儿，或者拿着针线和鞋底，或者打理着自己腌制的腊肉和咸菜……

外婆递给我一根储存的甘蔗，我接过来后对她说：“天气好，我去家公的坟前坐会儿。”她不说话，但对我满意地点了点头。我转身出了老宅，沿着屋外的那条小路上了山。

这条小路自我有记忆起，就是这般模样，歪歪扭扭，路边长满了深深浅浅的野草。外公每天从这条路南端的老宅走出，爬上屋后的小山，再翻过第二座山，径自走向北边四五里路外的几间小茶馆。他在那里跟一些老头子聊天、喝盖碗茶和打长牌。不过，外公经常说的事情，那些老人是听不大懂的，譬如他偶尔会跟老朋友们说：我的大外孙是名牌大学中文系毕业的，是个有名的文化人。

于是就有人会问："你外孙上大学的地方在哪个省？有多远？读了出来做什么？"

对此，外公常常会略微蹙一下眉："那是个很远的地方，长江流到那里就快要入海了。"

老人们若有所悟地点点头："那可真是远哩！"

外公爽朗一笑："来，我们继续喝茶！"

在老一辈人的观念里，四川人要想有所作为，年轻时都要出川，走得越远，出息便越大。

太阳西斜，暮霭升起，茶友们向不同的方向散去，外公也重新沿着这条山路回家。这条路几乎收集了他后半辈子所有的身影。

二

年少时，每次去外婆家，都要坐两次车，然后经行很远的山路。我也曾无数次和弟弟走在那段山路上，抱怨过行路的艰难。天晴的日子还好，走起路来，可以四顾张望途中的飞鸟，甚至还能跟着追赶一段路程；倘是遇了雨，我们往往要脱了鞋，在稀泥路上深深浅浅、深深浅浅地走着，所有的注意力都只能聚集到脚下来，否则一不留神，便会摔得满身污泥。尽管如此，但只要翻过那些让人疲倦的山头，当外婆屋后这条小路在眼前出现时，我们心里便会骤然腾起暖意，脚底顿时生风，加快步伐，向着外婆老屋顶上升起的炊烟奔去。往往是人未至，声音却先起来了，老远地喊着："家婆！"外婆闻声便立即迎出来，一脸悦色；外公却总是显得很淡定，待在里屋，或是打理草烟，或是剁着做菜所需的材料。

长大后，因为去了那个叫"名牌"的地方读书，我去看望外婆的时间越来越少，每次去之前，外婆都会忙碌好几天，把一年来储藏的好东西全部罗列出来。很多年来，每年的除夕，外公和外婆的年饭都很简单；相反，正月里女儿和外孙们的归来，却尤为隆重，这一天的桌上聚齐了一年到头最丰盛的各种美食。

两位老人几乎用了整整一年的时间来期盼儿孙们的到来，然而相聚比较于漫长的等待，却如白驹过隙。临走时，外婆总是在里屋忙来忙去，絮絮叨叨的。女儿们都已经出门，翻上了山头，她才疾疾地追来，怀里往往还揣着东西。外公走在前面，言语不多，一直送我们到第二个山头。母亲不停地叮嘱他："下雨天，别去茶馆，路滑。"一边说却又一边塞给他一些钱："你留着打牌用吧！"

外公点点头，让女儿放心。末了，外公会说一句叫我们慢走，话语干脆，从不轻易外露自己的感情。外婆却越来越慌乱，喋喋不休，立在山头，踉跄着向前跟几步，却总被我们喊住："家婆，你回去了吧！山上的风大。"

为了不让我们担心，她只能止步，但依然不停地在身后喊着那些听不清晰的话语。风声越来越骤，外婆的声音越来越稀薄，最后被风吹散干净，了无痕迹。我们越走越远，再回头时，外婆依然在那里挥着枯瘦的手臂，喊着早已听不到的陈旧的话语，她和外公的影子渐渐变成两个墨点，在风里摇曳。

如今，外公就葬在了这座山的南腰，新垒的坟头还未长出一根青草，坟茔边上有两棵古老的梨树，枝丫上尚未开出白色的梨花。在树下往上看，蓝色的天空正被枯瘦的树丫捅破。我想，梨树们是认识外公的，在之前的几十年，他们每天都会照面，外公从它们的身下走过，也曾很多次为它们扯掉枝上紧缚的野藤蔓。

这一天是立春，风中有些暖意。我拣了块石头在坟岸坐下，我的目光和坟头的朝向一致，那是长江水去的方向。这是外公生前看中的地方，他曾站在这里，手指远方，目光如炬："你觉得这方地将来做我的坟冢怎么样？"

"为什么选这里？有什么特别寓意吗？"我不解。

"这是我每天路过的地方，看南边，往近可以看到老宅，远了看，那是长江的流向；再看北边，那是茶馆，我还可以听到里面的声音，观望到茶友们，再远些，那是你们每次来看我的方向，我还能在这里迎送你们。"

我只能盈盈地点头，说不出话来，眼睛早已湿润。

外公最初诊断出肺癌是在去年夏天，但一直到他去世，后人们都未曾向他袒露过真实的病因。那段时间，儿孙们回来的次数骤然频繁起来，为了防他生疑，大家都尽量分开时段回去探望，每次回去也都倍加小心。他开始服用各种药物，身体越来越差，然而精神却依然矍铄。后来，他已经没有气力走上这条小路，再去茶馆喝盖碗茶，只能终日躺在床上听收音机。这期间，我曾两次借出差四川、重庆之便，回去看望过他。外公见了我，没有多余的话语，只问："回来的路上还顺利吧？"

"还顺利，现在武汉回来坐车很方便了，不像以前读书在南京时那么远。"我握着他梨树枝一样的双手。他点了点头，张着嘴大口地出气，一会儿又说："我这病是治不好了，你别为我费太多的心。"

"你想哪儿去了？人老了，抵抗力难免会下降，谁到了暮年没有点病痛，短则几个月，长则需一两年才能好。你放宽心，自然就好得快了。"

面对我的劝慰，外公点头赞同，不再言语。其实我后来想，或许那时他早已了然自己的病情，相反只是为了让我宽心，佯作糊涂罢了。

三

外公一生浩然，从未做过亏心事，方圆人家大都受过他的恩泽。虽然他的父亲早年在自贡一带做些小生意，但因经营不利，鲜有可观的收入，一家人生活上十分拮据。于是，作为家中独子的外公，从十二岁起，就主动与父亲一同承担起了养家糊口的重任。自贡是井盐之都，年少的外公开始出现在了川南的盐运古道上，在川渝滇黔的交界路段奔波，靠贩盐挣取家用。外公天资聪慧，盐运道上遇能人无数，加之自身好学，所以个人修为和见识长进不少。再后来，外公又出现在了内宜铁路的修建路上。

外公一生特别注重仪容着装，总是穿得很整洁，年轻时更是风度翩翩，口才极佳，亦能歌唱。一次，他路过当地公社礼堂，听到里面传来唱歌声，出于好奇，便走了进去。原来礼堂里正在搞文艺排演，领唱的人对自己的歌喉颇有些自鸣得意。外公略微侧耳，深觉此人唱功不佳。年轻气盛的他便挺身向前，要与那人竞唱。外公声音一起，四座屏息，屋外鸟雀会集，他的歌声嘹亮醇厚，刚柔兼并，情感穿透历史与河流。歌声沉落，先前那人自叹弗如，旁众掌声雷动。自那以后，外公这个从未受过科班声乐训练的业余歌唱者，在很长一段时间内便成了他们的义务领唱和声乐老师。

一九五九年到一九六一年“三年困难时期”，我的奶奶膝下十四个儿女，其中有八个因饥馑夭折。在最艰苦的时候，外公掌管着当地几个村的粮食大权。这天夜里，他私告乡人，于凌晨时分各自担着家什到村里粮仓会集。灯火摇曳中，外公违背了上面的“规矩”，私放粮仓，将“官方”储粮散发乡人。此举，在当时惊天动地。

在做此决定之前，外公早已预料到了事情的后果。他被罢了“官”，多次被批评教育。虽然后来经受了上面的谴责和处分，但那段非常时期，他所在的村子却没有一个人因饥馑丧命。再后来，当地的人都敬他几分，每次在途中遇见便早早地谦恭而立。这些人里，亦包括当年曾批评过他的上级领导。

我打小的印象中，外公就是那种能在风口浪尖逆转乾坤的人，即便是天塌下来，他也能沉着地接住。尽管如此，他却并不缺乏细致和内秀，每件事情他也都追求细节的完美，情感极为丰富。这一点他和外婆是相同的，然后又遗传给了母亲。很多时候，我觉得自己身上的那种情感的多样，就是来自他们的遗传。情感丰富的人往往徒增伤感，会多受折磨。

生病后，残酷的病痛折磨着外公的肉身，但后人们从未听他叫过一声痛。直到他去世后，外婆给他穿寿衣准备入棺时，始发现他的后背早已穿了孔。

外公走的那天下午很安静，走之前，外婆凑近了问他：“你还有谁挂念不下的？”

“没有谁了，儿孙们都在外面，远的太远了，够出息了，我也算后继有人，别让他回来了。”

母亲的电话打来时，我有一种不祥的预感，接通后，她低低地说：“家公老了。”

我挂上电话，走在武汉的大街上，泪水奔涌，尽管心里早已有所准备，但这一刻真正到来时，还是痛如摧肝葬肺。丧事期间，我因工作刚做了部门调动，抽不开身，未能回川守丧，由弟弟代礼。那天夜里，外公托梦于我：你不要哭，否则你的泪水会浇灭我路上的油灯，我看不见路；还会打湿我的衣裳……

外公生于一九三二年十二月四日，去世那天是二〇一〇年十二月四日，

正好七十八岁，一生行善布施，宽容豁达。他膝下四女一儿，孙辈九人，四男五女，我是长孙，舅舅得两女。下葬之日，懂风水的人站在新坟畔，顾四周后远眺，得出结论：老爷子这是有意发外姓男孙啊！众人心中颇有不悦。

我在去外婆家的路上，到一商肆购买纸钱，店主问要多少？我说悉数购买，另附最响的鞭炮。我和弟弟用竹竿抬行，此次负笈重走山路，我们再没有童年时的旧怨，默默前行，任飞鸟停落，风点竹梢。

外公的坟茔尚未立墓碑，按当地旧俗，立碑之事得三年后再议。赤蜡成双，香纸燃起，鞭炮声沉落。我跪在外公坟前，轻轻地说："家公，我回来了。"随后，泪流成河，再也说不出其他话来。所幸外公素来是个礼节从简的人，他虽长眠地下，却什么都明白，如他生前一样。

四

舅舅夫妇常年在外，外公走后，偌大的老宅里只剩外婆一人。后人们大都放心不下，尤其想到她静守在那方旧土上，孤独终日，睹物思人，晨光熹微里，独自面对失去外公的痛苦，必定会遽然苍老下去。女儿们曾几次三番试图接她出来，但都被拒绝，她只言："我还有很多事情未了却，现在是断然不能离开的。"

这次回川我亦以两件事为重，一是给外公烧新年纸钱，再就是劝说外婆同父母去成都。旧事重提，外婆依然拒绝，态度坚决。后人们争相劝导，但都毫无效用。到最后，我靠近了去，拉过她的手：

"若是家公还在，他也一定会让您跟我们走的。此前，我一直想接他去大城市里看看，但最终还是没能如愿，每每想到此，便心痛难忍。我的爷爷在我还未上学时就去世了，这两年中，我又相继失去了奶奶和家公。现在所剩的老人就您一个，您若不走，让我们怎么放心得下？"

外婆眼里闪过一丝浑浊的波光："我晓得你的心情，家公在的时候，就跟我说过，你是用脑的人，一直希望你能长胖点。我在这里很好，什么都有。去城市里做什么？一把米、一瓢水都得花钱。这两年你不要考虑我，你还有很多事情没做，家公走前就一直放心不下。"

“您去城里不会给我们增加多少开支，你不去，电灯仍然是那么多盏，燃气、水，照旧是那么多，你去了每天无非也就多煮两把米。”

听我这么说，外婆依然没有改变自己的决定。末了，她对我说：“不管你们怎么劝，我现在是肯定不能走的。”她的眼睛朝向别处，继而又转回来，突然闪出一道光亮：“若非要我走，也并非不可，等将来你吃糖（结婚）的时候，到时不管你在哪儿，要走多远的路，我都会来！这也是你家公一直放心不下的事情，我得帮他盯着。”

我只感觉鼻子发酸，所有华美的语言，在此刻都已苍白无力。我只能默默地对外婆点头：“好吧，我记住了。”

外公在世时，家里有事都是由他给儿女们打电话。他走后，外婆几乎记不住任何后人的电话号码。我几次耐心教她拨打电话座机上的数字，她都显得尤为迟钝。末了，我只好将自己手机号的每个数字写得如大头菜般大小，贴于电话机旁，并嘱她遇有任何事情就请邻里帮忙，只要拨通这个号，所有的儿孙都会联系上。她颔首默许。

离开的时候，和以往一样，外婆把我们送出门，路过外公的坟时，我驻足良久，轻轻地跟他告别。我知道，那两棵梨树很快就会开满白花，随后借着风翼飘满外公的坟冢。待我再次归来，这抔新土已旧，定是青草如烟，日光深覆。外婆依然送我们到山顶，她的声音逐渐稀薄。再回头时，山顶上以前的两个身影已成单，外婆站在微寒的风里，茕茕孑立，愈发苍老，逐渐缩成一个孤独的墨点；山腰梨树下是外公褐色的土冢，我在他们的目送中远行。

朝着外婆站立的方向，我在风里低语：“家婆，我一定会尽早结婚，等我回来接你！”

二〇一一年二月十一日

于　武汉东湖梨园

父亲的迂和透

我们父子之间的言语愈来愈少了。久别重逢,父亲小心翼翼地拎起一个话题,往往聊不到几句,我便开始嫌他的迂,认为他的观念落后,不耐烦地打断他,甚至直截了当地驳斥回去。父亲并不生气,总是一脸友善地朝我笑着,有时候反倒哄我:“看来是爸爸错了。”我一副得胜回朝的姿态陷身于沙发里,不再作声。

我常想,父亲应该是很崇拜我的吧。这些年来他在邻里亲朋面前,不厌其烦地谈起自己的儿子,每一次都满脸神气。那简直是一定的啦!对于年轻时候连初中都没念完的父亲,能有一个从名校中文系毕业又成了作家的儿子,必然让他脸上有光。

然而,不知从何时起,我带给他的这种风光却让他变得懊恼起来。

母亲在电话里说,父亲最近一次从川南威远的老家回成都后,变得郁郁寡欢。简单问了下因由,与我所料相差无几。无非是他在老家又听到了某一乡人说了他的闲话,所以耿耿于怀。我拨通了父亲的电话,他仍旧是爽朗的笑声:“儿子,你好啊!”“老阳,你也好。”我尝试着营造一场稍微轻松点的对话氛围。

“有啥子事吗?”父亲先问我。“我倒没啥子事,只想关心下你遇到了啥事。”我顺势单刀直入。父亲在电话那端沉默了两秒,但对我将要聊的话题也立刻了然于心。他的语调随即高亢起来:“老家那些人,说话太没分寸,一个普通大学的毕业生,竟拿来和我的儿子做比较,还说比我儿子挣钱多。太侮辱人。”父亲描述问题也是干净利落,两三句话就道得一清二楚。

我握着手机迈步到窗前,开解他:“何必如此介意这些说法?再说啦,挣钱的多少原本就与大学层次的高低没有直接关系,甚至跟大学也没关系。你儿子的确不能算会挣钱的人啊,你虽然出身商人,可我并没有遗传到这份基因哦。你要生气也犯不着生别人的气,应该生我的气才对啊。”父亲仍然难平胸中愤懑:“他们那些人就是不懂得尊重,随随便便就侵犯老夫尊严。”

我又说他:“老阳啊,没有谁保证得了天下人都得尊重他的,咱们不妨换个思路想想,或者就按势利的角度去看,即便老家所有的亲朋近邻都尊重你,你口袋里能多出一块钱来吗?反过来呢,即便他们一个都不尊重你,你口袋里又能少一块钱吗?”我为方才这套理论沾沾自喜,于是又及时升华:“你已是过花甲之年的人了,这辈子还没活通透吗?只要自己舒坦就行了,不要总活在他人的眼光里。”

父亲勉强平静下来,不再作多余的争执,他只说:“算啦,我不跟那些人一般见识。我儿子有多优秀我自己清楚。”我颇有成就感地挂了电话,以为父亲一定是折服于我的口吐莲花。那几年,父亲几乎每回一次老家,都会懊恼一段时间,无非也都是起于乡人们的一些无关痛痒的谤言。甚至许多时候都是来自他人的转述,个中语意在几道转述中早就原意大改,但他却容易较真和上火。

父亲上了年岁后情绪波动很明显。按理说我和弟弟早已各自成家,赡养父母的能力不在话下,可父亲仍然闲不下来,他每天坚持天不见亮骑车出门,穿越大半个成都主城去做小生意。生意好的时候他喜笑颜开,有时冷淡了却愁容堆面,母亲总要在一旁做许久的宽慰。

父亲真的老了,并且有些“迂”。

我常回想他原来的样子,记忆中的父亲一直都是乐观的,从未在我们兄弟面前显露过一点悲观的情绪,即便是在他最艰难的岁月里。

父亲是个顶聪明的人,少时读书成绩极好,遗憾的是连初中也未能念完,就早早地和伯父一起替爷爷撑起家。离开学校后他仍然好学上进,接触新鲜

事物很敏锐。随着后面的几位叔叔逐渐成年,父亲开始出川去昆明走上经商之路。二十世纪九十年代初期,他已是一位算得上富有的商人。只是好景不长,几年后他的生意就易了主,他也惨淡地回了家。

现在回想起来,那时候的父亲应是极低落的吧。可在我和弟弟面前,他始终一脸和悦,从未有丝毫的表露,在读书和物质需求上从未对我们有过缩减。母亲把家持得井井有条,一家四口都穿得整洁体面。尽管如此,年少的我仍然能觉察出家中的变故,弟弟虽小却也懂事得早。

父亲卸下了在外的生意,回老家重新务农,每天忙碌在田间地里,依旧一副乐呵呵的样子。我每天下学回来,做完作业,就跑去地里找他,跟在他身后。大多数时候我是不作声的,父亲一边忙着手里的活计,一边给我讲一些寓意深远的故事。他常说"万般皆下品,唯有读书高",其实是在引导我要我立远志,勤奋读书。

父亲挑着担子走在小路上,我像往常一样跟在他身后。那担子似乎越来越沉,扁担把父亲年轻的肩一寸寸往下压,仿佛要折成一张弓。他并不打算停下来稍事歇息,径直向前走着,每走几步他就踮一下脚,似乎从脚尖蓄足力量,再提到腰上来,最后腾向肩膀,把负着重荷的扁担往肩壑里挪一点。再走出几米,他又把担子从左肩换到右肩,右肩换到左肩,如是反复。我看着父亲这一连串动作,只觉鼻腔内一阵猛烈的酸。我想叫住他,喉咙里却一阵坚硬的涩,任由眼泪不争气地簌簌落下来。眼见父亲快要负荷到田埂上时,我赶紧偷偷拭干净了脸上的泪,恐被他发现了自己的囧样,更怕他会骂我这般女儿形状。卸下担子后,父亲直起身来,一脸轻松地朝我笑着。我想为他拭去额上的汗珠,却终究抹不开做儿子的矜持,迟迟伸不出手臂。

在这之前,父亲的样子是截然不同的,他穿着笔挺的西装,领带打得一丝不苟,提着商务包进出于各种体面的场合。不满初中学历的他,谈吐优雅,条理清晰,跟高校教授和政府官员打交道也丝毫不失风度,甚至很多人一度怀疑他的真实学历绝不止于初中。

无论多么辛苦,家里的农具父亲是绝不让我和弟弟碰的,更不允许我们去田地里帮忙。偶尔发现我拎起了锄头,他就一改往日里的和悦,愠色训斥:"把东西放下,你要学的不是这个,回屋读书去。"我明白父亲话里的万钧雷霆,只能悻悻地作罢,转身回了屋,心里却更加心疼父母的辛劳。

只要从田地里回来，父亲和母亲褪下脏衣服后，清洗掉身上的泥，就会重新收拾得整洁得体。入夜后一家人坐在院子里，父亲仍然是讲不完的故事，母亲在一旁偶尔暴露一些父亲少年时候的调皮事。于是，院子里就有了欢快的笑声。

一直以来，我是极崇拜父亲的。尤其是中小学时期，每次学校开家长会，他一定是最显眼的一位家长。他在我的试卷上签的家长意见，字迹总是最漂亮的。语文老师常在课堂上引用一两句颇具见地的箴言，末了还不忘强调一下："这句话来自阳春的爸爸。"

在乡人的眼中，父亲一直都是备受关注的。父亲发迹时让人羡慕，落拓后亦有人心中拍手称快，更让他们不平的是，父亲分明已经做回农民，却依然每日里不似农人的装扮，尤其是他的两个儿子从不下地干活儿。诸如种种，都成为大家垄间埂上谈论的话题。那时候父亲对这些非议并不理会，母亲也从不招惹是非，庄稼地里的长势一派繁荣。

到我上中学后，弟弟也进了小学。务农显然已不再能支撑家庭的开支，父亲决定再次外出谋事。我送他出门，要翻越一座小山丘，从内威路县道上搭乘去成都的车。途中经过爷爷的坟墓，父亲稍微收住了脚步，他慢悠悠地走到爷爷坟前，歪歪斜斜地绕到坟后，薅去坟头的几根野藤，复又转回来，凝视良久。再走开的时候，父亲就变得啰唆起来，一直在叮嘱我不要懈怠了学业，又说了许多爷爷当年为读书受的苦。他的话我大致是听进去了吧，又仿佛一句都未听清楚。我虽嘴上应着他，心里却担心着他外出的苦，有太多的话积压在心底，却一个字也倒不出来。我们总算走到了马路边，父亲看了看手表，说车该是快来了。夏日的蝉在树上聒噪得惹人心烦，车过了好几辆都不是那趟从镇上开往省城的。父亲有一丝丝的急促，我反倒暗暗期望这趟车索性今天就不要来了。

车终于还是来了，父亲左手提起帆布包，右手朝车头方向远远地挥了挥，车很快就靠停在了他跟前。父亲回头看着我，只说："回去吧！"我原本想跟他说珍重，嘴上却不听召唤地喊出："爸爸——"他见我似乎有话说，原本已迈向车门的腿又挪下来，我仍旧一个字也道不出。他踱步回来摸了摸我的头，说："好啦，快回去。"随后便转身上了车，扔给我一个朴素的匆匆的背影。

父亲的那次外出，为我们整个家后来定居成都拉开了序曲。他虽然从不

轻易提及只身在外的艰辛，但我对这一切都不言自明，尤其是我自己成家后，更能切身体会父母当年持家的不易。随着我和弟弟先后走出校门，父亲身上的担子也终于卸下来，他不用再为全家的生计奔劳。

从家庭的一线支柱上卸任后的父亲，突然像变了一个人。他热衷于向身边的人“炫耀”自己的两个儿子，一个是作家，另一个继承了他的经商基因做了老板，再后来又有了两个聪明的孙子。这些都是他半辈子辛苦换来的，他的这种“炫耀”在成都的朋友中，一般会引来赞誉和艳羡。可在老家的乡人面前，就不免惹了许多嫉妒和谤言，甚至有人认为他夸大其词。

我和弟弟时常劝说他，莫要这般“虚荣”，两个儿子也是再平凡不过的常人罢了。父亲虽然嘴上应承了我们，背后仍然难易旧习。

我不免觉着他变得迂腐了。甚至有两三年，在他每次回威远前，我都特意提醒他说话要谨慎，以免落人口舌，生惹不必要的烦恼。终有一日，母亲告诉我，父亲对我们兄弟俩的“严管”感到不满，到老了却要限制他的言论自由，这不准说那不能讲，当他是什么人了。父亲心中有怨，却从未当面对我和弟弟外表过丝毫。

我坐下来沉思良久，终是觉出对不住父亲。细细想来，父亲似乎很少在意自己的面子，却极其维护儿子们的尊严。凭父亲的智慧和胆识，他年轻时完全可以获取更为优渥的生活，可为了我们兄弟俩的教育和成长，他却选择在最好的年龄躬耕乡野，朝夕陪伴。我对那段乡居生活充满感激，虽然四体不勤，却五谷能辨。我也曾半开玩笑地对父母说，当年不该阻止我尝试农事，要不然我还能多一门生存的本领，最重要的是能分担一些大人体力上的重荷。父母对此不作回应。

我们兄弟俩是父亲半生以来最大的心血，也是最引以为傲的代表作品，他显然是容不得旁人丝毫的诋毁的。归根结底，他并非为自己较劲儿，而是在竭力维护儿子们的荣光，这与他对我们年少时的爱护并无二致。再想想后来的我，时常跟他聊起一些恢宏大义时，嫌他思想落后，总是自作聪明地打断他。多几次后，我们见面时言语上疏落了许多，这教我想起来自责不已。于是我对母亲说，日后不要再干扰父亲的说话自由，话说错了又不被罚款，即便要罚我来埋单就是。他若实有过度“炫耀”或“夸大”的成分，我们兄弟俩索性照着那个标准去努力就好了，最终做成他期望的样子。小时候倘若我们想要天上的星星,父亲也会设法去摘,现在他想我们变得更优秀些,我和弟弟又有何理由不勉力为之呢?

自从我上大学后,父亲几乎再未严肃地教育过我,一直以平等的身份跟我相处,多年父子成兄弟,我却松弛了对他必要的敬重。他时常关注我在文学期刊和报纸上发表的文章,前不久他突然给我发来一段文字,极其认真的样子,大意是劝诫我言行需自律,待人接物要宽容,不要对某高校校长“吹毛求疵”,那个年代的人犯点语言上的错误是值得原谅的。这一辈人因为历史的原因,青年时期对知识的渴求和缺憾是我难以体会的,希望我不要再犯类似的错误。那一刻,我出差在杭州的北山街上,只觉满脸涨红。恍惚之中,眼前浮现出父亲年少时求学不得的苦痛和迷惘,更看到父亲年逾六旬后的和善宽容的面容。父亲的寥寥数语,仍然如从前,不容置喙,不怒而威。

成年后的我,每次见他都称呼“老阳、老汉、阳老头儿”,掐指一算,我确有许多年未叫过他“爸爸”了。父亲并未如我想的那么迂,反而活得比我通透多了。这些年来,相比父亲的“迂”,我实在是“聪明”过了头。

二〇一八年六月二十四日

于　上海浦东瞻园

夜雨何时听萧瑟

深夜整理物件，发现一串佛珠手链，这是弟弟赠给我的唯一留在身边的礼物。

二〇〇八年寒冬，我供职于湖北省作家协会下属的一家纯文学期刊，临出校门的弟弟借毕业实习的机会，在湖南岳阳参与武广高铁建设。其间，他来武汉看我。那两日里我虽照常上班，心里却总放不下他，老是趁午休时从杂志社急匆匆跑回寓所，关心他是否按时吃饭，独自在屋里是否难耐。见了我这种情形，他总会说："你还像小时候一样，对我各种不放心。"

他返回岳阳那天，我下班回去发现书桌上留下一串佛珠手链，摆放形态略显讲究，遂短信问他可是落下了随身之物。他深知我所问，只平静地回复说此物是特意留予我的，且半年前曾专程上峨眉山在报国寺请大和尚为我开过光。

弟弟言语极简，却表意颇深。我只觉心头一热，说不出多余的话来。

我与弟弟夜雨同床长大，仔细想来，这些年对朋友和心仪的女孩，我送出的礼物不在少数，甚至素来惜字如金的我还曾不惜泼墨挥毫上千字以书法作品赠人，反倒对弟弟却几乎未赠送过一件像样的物件。

弟弟生日在每年的中秋节，我唯一能记得清楚的一次是少年时期，用节省下来的零花钱,在我上小学的镇上为他买过一件白色背心,作为送给他的生日礼物。那天,我把这件“礼物”拿回家后,发现于他并不是很合体,稍显宽松。尽管如此,弟弟仍是一脸欢喜,穿着新背心满院子跑。母亲亦不曾因我未量体购衣而责怪丝毫。

自小到大,弟弟的衣物和学习用具,也大都是捡我淘汰或剩下的。想到这点教我内疚不已,倒不是说那些衣物自身有多么陈旧或粗烂,而是因为上面有位兄长,母亲常常不忍弃舍半旧之物,希望能够物尽其用。这样一来,弟弟也就少了很多穿新衣的机会。

长大后的弟弟,每次谈到这些事情时,他都戏谑地说:“哥哥不妨试想一下,班超会嫌弃班固的旧衣而不愿上身吗?苏辙会厌倦苏轼的旧书籍而不愿捧读吗?”我心里自是明白,弟弟这么说不过是为宽慰我罢了。

很长时间以来,弟弟在家里都是较为沉默寡言的。一家四口人很多时候围坐一起促膝长谈,往往都是我和父亲的话最多,所谈之事近的涉及乡土风俗坊间邻里;远的相关天文地理古贤外史,不一而足。每每这种时候,母亲只在一旁零星地发表一些观点,而弟弟总是认真而乖巧地听着我们的谈话,鲜有提出一些意见。

四川人的生活总是怡然自得的,不论闲暇与繁忙,麻将总是不可或缺的娱乐项目。在自家院墙下随意支张桌子,或把麻将桌搬到油菜花田里,或挪到竹林溪水边,他们已将麻将的玩法发挥到极致。然而,我们一家人在蜀中怕是一个不多见的怪例,父母从不玩牌,也不让我们兄弟俩靠近麻将桌,兴许也是天性对此无甚兴趣,尽管也曾偷偷在麻将桌旁观摩过,但终究入不了心,半途而废学无所成。于是,才有了一家人常常在不能耕作的阴雨天和无数个繁星浩瀚的夜晚促膝而谈的情景。这在外人看来,大约也是极其无趣的一家人了吧。

自小到大,弟弟确实穿我所穿过的衣服,读我所读过的书,幼时受父亲同样的教育,甚至中小学时期,也师承于我曾经的几位老师。尽管夜雨同床,同衣同袍长大,但我对他的了解其实也并非十分熟悉。

二〇〇七年的中秋节,我去弟弟所在的学校找他,恰好遇上一个班的同学陪他过生日。这一次,教我极为诧异的是,我发现弟弟并非如在家中时那般不善言辞,他说起话来滔滔不绝,妙语连珠,在同学中颇有威望。他的同学端着酒杯依次来到我面前,无不表达两层意思:其一,他们对我的存在和有涉于

我的很多事情早有耳闻;其二,他们对弟弟的钦佩和服膺由衷而深切。

我忽然明白,多年来弟弟在家中鲜有高谈阔论的原因了,这大抵是我在才学上过于表现而让他无所适从了吧,他是否无数次为此委屈过,怕也是不得而知的。我在极深的内疚中却也颇感欣慰,庆幸弟弟的成长并未因受我影响而走向我不愿看到的一面。

自那以后,在家里我时常有意将弟弟引入谈话中心,起初他是有些不自在的,但多几次后他也逐渐适应了下来,且精彩言论像江水激石一样闪现出耀亮的浪花,甚至也有与我争论对决不休的时候了。我对此深以为慰。我自中学起就开始拜谒方外高人,并颇有交往。先前说到弟弟送我的这串佛珠手链,他显然是早有准备的,事前肯定也做过若干种亲自交予我手时的情景假设,但最终还是没好意思当面赠送,而选择悄然留存。诚然,过于亲近的人之间,感情的表达往往显得木讷和腼腆。

现在想来,七年前那个冬天,是我们兄弟二人在蜀地之外距离最近的时候。

万幸的是,此物跟随我南北飘零数千里,舟车劳顿,竟未遗失于途,让我十二分窃喜和感激。

我尝言与弟弟,愿与君世世为兄弟,你我兄弟二人当仿王维王缙、苏轼苏辙,在风雨人生路上同舟进退。弟弟回我:“哥哥才华上可做摩诘子瞻,弟弟难比夏卿子由,但情感上绝不苟且。”

掐指算来,我与弟弟分离已十年有余,总是聚少离多。嗟余寡兄弟,四海一慕清(弟弟家名)。如今我二人分隔南京与成都,“寒灯相对记畴昔,夜雨何时听萧瑟”。

直到今日,我还时常梦见我牵着年幼的弟弟的手,如履薄冰地行走在各种危险的溪水边或陡峭的山路上,我把他的手抓得很紧很紧,生怕稍有不慎就会出现意外,以致总是紧张地从梦里醒来,一身冷汗。我凭对着窗外深沉无涯的夜色,平息良久,重新告诉自己:哦!弟弟早已长大了!

二〇一五年五月十四日

修旧稿于　南京钟山南麓

与李白一起再游蜀道

西成高铁开通了,它将西安至成都原有的铁路运行时间从十几个小时缩短至三个小时,这让我接连几天抑制不住激动,记忆之闸被打开,往事的洪水倾泻而出。

二〇〇〇年夏天,十七岁的我第一次出门远行,从四川内江乘坐一趟普快列车去往西安,作为获奖者参加《人民日报》主办的全国中学生作文大赛颁奖典礼及交流笔会。父亲买了站台票,送我上火车,他一再拜托陌生的列车员沿途对我多加关照。我心里暗暗笑父亲的迂,我哪需要他人照料?受人注视反倒让我感到是一种负担。列车开动后,父亲被甩在了月台上,我像久困笼中的鸟儿奔向天空,便欢快地畅想旅程的新奇了。

这是一趟最普通的绿皮火车,仅从内江到成都便行驶了四个小时。盆地内的风景带给不了我激动,直至北上出了广元,隧道一个接一个地到来,铁轨边的河面变得愈来愈窄,水流愈来愈湍急,我总算提起神来了。我摊开早已备好的地图,列车走的是宝成线,这是出川北上的第一条铁路通道,将翻越中国大陆唯一的东西走向的山脉,也是中国南北自然地理分界岭——秦岭。

李白喊“蜀道难,难于上青天”,我倒要见识下这蜀道究竟有多难走。此时的铁路仿佛拴在山底的一根细长的腰带,顺山势而修,伴溪而行,蜿蜒曲折在

群山的狭长河谷中。偶尔有一两处人家,吊脚楼一样的房屋半悬在河滩上,真担心列车经过时会把它们震垮在湍流中。再沿狭窄陡峭的嘉陵江河谷蜿蜒向上,七跨嘉陵江,两过清姜河,高山低头,河水让路,每一座峰都利剑般直插蓝天,恍若登云。列车进入陕西略阳段,窗外早已是千仞壁立,峰峦重叠,连绵不绝。

忽然又落起雨来,倏忽之间便云遮雾罩不可见一物。终于翻上海拔一千四百米的秦岭站后,列车又开始下山,仍然是急弯频频,隧道重隧道,迂回盘旋而下,直到三四小时后停靠在宝鸡站,近七百公里的宝成铁路才算走完。接下来再东向西安,从内江算起,我这一程已足足走上了二十来个小时。终于迈出四川盆地的我,只觉天地开阔,身无一束,人生充满无限可能。

与第一次走宝成线带来的惊喜不同,后来大学期间,每年两次往返成都与南京之间,这段路程却让我倍感疲惫。彼时从成都出发,列车穿越第一个夜晚后,一早到达秦岭南麓,翻越到秦岭北麓往往已是下午。再一路向东跑进第二个夜晚,第三天清晨抵达南京,三十几个小时的奔波神形俱乏。

同样,等到放寒假时,又逢春运,卧铺是绝对不可奢望的,能抢到一张硬座票就实属幸运。一车厢内大部分是自宁回蜀的学生,尤其是女孩子,穿着漂亮的衣裳,刚上火车的第一个夜晚,遇到过道上有人擦碰时,还会蹙着眉头翘起纤纤玉指抖擞掉衣上的尘灰。经过一夜的颠簸,等到天亮醒来,再遇上这般情形,她们已无动于衷。最难熬的是第二个夜晚,列车从宝鸡开始翻越秦岭,一整夜都是接连不断的穿越隧道的刺耳的声音,所有人都精疲力竭,横七竖八地歪扭在座位或过道上。这时候即便是有人一脚踩在那些女孩子漂亮的衣服上,她们也懒得搭理了。

等到太阳爬上车窗,列车带着远归的学生和离家日久的游子跑进四川盆地,大家脸上终于有了和悦轻松的颜色。这一刻心底或许都有一个声音:蜀地千般好,何须再出川。

随着二〇〇七年重庆至南京的列车改道襄渝铁路,二〇一〇年汉渝铁路的开通,出川东向南京和去往北京的列车借道湖北恩施、宜昌,宝成线便退出了我的行走地图。近十年来,与秦岭最亲密的一次接触是去年暮春,我从北京飞往成都,航班飞越秦岭上空时,我隔着舷窗眺望这条东西走向的天堑,记忆中的崇阿峻岭只见峰峦如聚,千万道褶皱和脊线纵横交错,暮云夕照下看不分明。彼时心境颇合唐代权德舆《岭上逢久别者又别》一诗:“十年曾一别,征路此相逢。马首向何处?夕阳千万峰。”

作为我国首条穿越秦岭和实现4G信号全覆盖的山区高铁,西成高铁的全线运行不仅以“子弹头”的速度穿越了天堑秦岭,让秦塞上的人烟变得稠密,更串联起一条大美景色与多彩人文相结合的风景线。

具有两千四百多年历史的成都,因都江堰的灌溉成为“水旱从人,不知饥馑”的天府之国。民以食为天,川菜在川人的世代传承中愈来愈多样化和精细,而今秦人只需三小时路程便可来蓉大快朵颐。这里除了繁华的都市之外,更有许多韵味独特的古镇。与江南水乡古镇的精雕细琢不同,成都古镇的民居古建和街道显得更朴实,那些傍水而筑的明清建筑,以古街为轴,穿廊越渠,分穿斗式、干栏式以及硬山顶、悬山顶,显得错落有致,营造出一种怡然自得的生存聚集空间。同样,蜀人亦可在须臾之间,抵达中华文明的重要发祥地、丝绸之路的东方起点,站在西安古老厚重的城墙上寻找长安情结,领略大唐遗风。

相比于老旧的宝成线,李白当年难行的蜀道更接近于今天的西成高铁的路线。只是他不会想到,有一日这条天路会变得如此轻快便捷。顿笔之余,真想约上他乘坐高铁再游一回蜀道。

二〇一七年十二月十三日

于 南京钟山南麓

最恐五月初四天

三十年来常作客，最恐五月初四天。

许多年前的今天，母亲经历分娩之痛后，让我看到了这个世界上的第一个黄昏。在叛逆的少年时代，我曾任性地对父母说，我很庆幸成为他们的儿子，却并不感激他们赋予我生命。我似乎过早地预感到，自己不能与这个世界很好地相处。近年来，我愈发惧怕生日，更不希望有人记得这一天和任何问候的表达。每一个人对我道一声“生日快乐”，我就好像又急遽地老去一岁。倘若十个人向我提起这个日子，我就仿佛在一天中老去了十年，以至于我辨不清楚自己的真实年龄了。

三十来年，如午梦一瞬。

海子说：“在夜色中，我有三次受难：流浪、爱情、生存。”

今年以来，我已适应在飞机上逼仄的空间里睡觉，连座椅靠背都无须放下少许，素来睡觉不能有光的我，现在连舷窗的遮光板也不用拉下。这是我练就的新本领，我相信假以时日，我还会练成小龙女在绳子上睡觉的功夫。城市与城市之间，于我而言不过是须臾间的梦与醒。

在许多个机场贵宾候机室里，每个人都一脸疲惫和无奈。一些人瘫软在沙发里，趁候机的少许空档紧闭双目，补个短暂的睡眠，即便睡着了，也仍旧眉头深蹙；还有些人蜷缩在隐蔽的角落，掌心握着手机，要么频繁地用 App 办公软件批阅公司流程，要么打开微信附近的人，企图搜寻不切实际的艳遇。不管怎么样，无聊的时光都会过去，虽然他们一致的神情萧索；还有一些急急忙忙刚闯进来的人，来不及擦拭干净额头上的汗，就熟练而迫切地拿过一小桶免费的泡面或饼干开始充饥；再看那些在浅梦中被唤醒登机的人，慌乱地起身，裹携一肚子毫无营养的食物，拽着行李箱踉跄着出了门，奔向登机口的同时，留给世界一个凌乱的背影。

他们都有一个名字：在路上的人。而我也是他们中的一个，又好像是他们中的每一个。

某一个周末，我从重庆回成都陪父母，周日下午离家，继续乘车返渝上班。这一幕似乎突然切换回十几年前，每周日午后离家去县中念寄宿制学校的情景。是夜，重庆暴雨如注，电闪雷鸣。生活在城里，暴雨来袭无甚感觉，倘使不推开窗都未必听得见雨声。那一刻，我无比怀念从前住在乡间，夜阑卧听风吹雨，落在黛瓦、青石板、芭蕉叶上，像一支狂欢曲，咕咚着汇入河流。彼时，往往又会莫名友善地担心起陌生的夜行人，或是未带雨具无处避雨的流浪者。

生活中总有很多熟悉的记忆，不期而遇在我们前行的路上。兜兜转转许多年，又回到原点和旧途上来，只是曾经相熟的人事和那条每次送我到车站的大白狗都已依稀。再想想少年时，在老家去往外婆家的那条路上跟弟弟夸过的海口，现在来看都全部实现了。年少的热情是一种无药可治也无需治愈的病，这种"病"让我们从来不会感到孤独和痛苦。相反，它能带来快乐和幸福。而今的我，原先的"病"在时间的长河里不治自愈了，却了无生趣。

苏轼临终前，语其好友吴子野道长："子瞻此生与道长有一同者，也有不同者。同者，我与道长足迹踏遍中国，纵横东西。不同者，我乃受命于人，身不由己。而道长完全听由己意，乘兴而去，兴尽而返。"

想我自己，离开威远老宅废园这些年，足迹也早已踏遍中国，纵横东西，早些年我是吴子野，完全听由己意。而现在多数时候是苏轼，受命于人。二十世纪三十年代，清华老校长蒋南翔说："华北之大，已安放不得一张平静的书桌。"时至今日，城市化高速进程的中国，我安放不下一张固定的床铺。不过这些都勿用去伤感，苏轼也曾说过："此心安处是吾乡。"

前些天同母亲在成都府河畔散步时，她淡淡地问我："我们母子俩好像十几年没有一起过生日了吧？"我想了想，对着月光下的母亲微微颔首。尽管今天的日落就要黯淡下去了，但我仍然会用力往家赶。在我看来，诞日的意义更多应属于母亲，在今年体味尤其深。因为，另一个小生命也正向我和这个世界走来，而他的母亲也正在尽全力给他最健康的生命。将为人之父的我，想起年少时那句"并不感激父母赋予我生命"的糊涂话，长久地陷入深深的自责中。

"在生日里我们要歌唱母亲 / 她们把我们领到这个不幸的人世 / 在这个世界上　只有她们　无限地热爱着我们 / 因为我们是她的一部分。"生日夜，歌颂生命最初的美好，歌颂生命初临的光与希望，生日是树木年轮的起点与终点。

海子还曾说："我有三种幸福：诗歌、王位、太阳。"

我亦可枚举自己的三种幸福：母亲、妻儿、太阳。即便总是在路上又有何妨？勤奋是生命的密码，能译出一部壮丽的史诗。是的，突然间，我仿佛发现自己旧"病"复发了。

落日将沉，炊烟升起
我拎起行李，走出家门
服从一张高铁票的指令
奔向黑夜，道路不算漫长
前方啊！是一座光明的城市

二〇一六年六月二十日
于　渝成高铁上

“整容”期的故乡

原想借着休假睡个懒觉，不承想天色未开就醒了过来。这个时辰的南京城是相对寂静的，往来于南京站的普通列车嘶长的鸣笛，尚能穿透钟山的莽林抵达我的窗前，清脆悦耳，俨然在方寸之内。

自昨天伊始，很多人已登上了离城的列车，或迢迢返乡与亲人聚，共度一个中秋佳节；携家眷远游，去看看别人生活的地方。这要是在过去，我肯定也是他们中的一员，不是提前一天坐最晚的航班飞走，就是在翌日清晨赶最早的高铁离开。而这个假期我却前所未有的从容，需要我去抵达的人和家都在身侧，且在自己最喜欢的城市。妻和瞻儿尚在熟睡中，瞻儿偶尔翻个身，还带着香醇的笑靥，呓语隐约。

天伦之乐、承欢膝下，生活终归于我孜孜以求的日常。过去沿途所有的奔波和劳顿都是为了抵达今天。我还需要去往哪里？又还有何种理由离开？机场和高铁站对我来说，终于意义尽失。

每逢佳节倍思亲，我对亲人们的思念仿佛已不再灼热如从前，兴许是因为他们刚从千里之外来过，我们得以短暂的团聚。王维问来自故乡的旧识：“君自故乡来，应知故乡事。来日绮窗前，寒梅著花未？”

我的故乡近来倒是颇不宁静。

许多年前的夏天的傍晚，父亲总会带着我和弟弟，登上老家房屋背后的“金刚花园”，眺望满眼褶皱的川南浅丘地貌。“金刚花园”之名，是父亲依凭它主人的绰号而取，其主人是一位先后两次参军，最后又抗美援朝回来的炊事兵，体格健壮、性格刚直，自诩有“金刚”之身。在我童年的最初记忆里，他已是垂垂老翁，毫无铿锵之形。这个花园事实上只是个小山丘，地势略高，视野开阔，庄稼荒凉。“金刚”家离这里有一段路程，很少来巡视这座山头，它反倒成为我们父子仨的登高远眺之所。伫立山顶便能望见山那边蜿蜒盘曲的内威公路，那是当地人与外界往通的要塞，我曾无数次幻想沿着这条路，可能去往的许多地方。换句话说，它通往我对未来的想象。当然，后来我也确实是沿着这条路离开的。

我的故乡近来颇不宁静。

多少年来，这一带都仿佛是不与秦塞通人烟的闭塞之地，交通极为不畅，无论东去内江，还是北上成都，都要经过很复杂的转车过程。直到前几年，才通了去往成都的高速公路。谁能料到有一天，这里突然被宣布，将迎来蓉昆高铁的建设，并且威远东站就选址在我家老宅一公里外，铁路要横穿二十年前我们全家赖以生存的三亩稻田，老宅和村庄的宁静从此被惊醒。素来沉寂的乡人们奔走相告，惶惑紧张、兴奋躁动、欲迎还拒，各种复杂的心情如火如荼。

高铁开通后的便捷是，威远将在四十五分钟内连通三年后启用的天府国际机场，一小时接入成都市区。相比于从前行路的艰难，确实不可同日而语。而我却矫情地悲观起来，并带着个人的偏执，认为高铁从现代文明的都市野蛮地强入了古老的村落，疼痛感和错乱感让这片土地惊慌失措。它虽然能带给我在故土上的交通速度的“快感”，可也同时留给我意犹未尽的苦闷。曾经路途上的慢时光和层层叠叠的乡愁将变得稀薄和短促，原乡之貌和朴素的人情味随之消散。

我的故乡已颇不宁静。

它正在进入疯狂的“整容”时期，并极有可能最终奔向“毁容”的结局。

二〇一六年的盛夏，我顶着最烈的炎暑，从重庆回到故乡的小镇上，在派出所用了三分钟将自己驻留了三十余年的户籍迁出。我拿着办妥的户口迁移证，路过镇中心小学，一切都是原初的模样。我仿佛驻停在时间的镜像面前：少年时候的我和最要好的同窗从校门口走出来，我们大约是要去街东头的那家包子铺,或是去镇政府大院里对外营业的食堂。我们的笑容跟胸前跳跃的红领巾一样欢乐。那时候是不能完全理解胸前那抹红的意义的,长大后才明白,其实它毫无意义。

城乡巴士穿过故乡的落照,我和弟弟少年时代光脚走过的每寸记忆电影序幕一样浮现,我在车窗前跟许多个青少年时代的自己搭讪:“喂!你要去县中学报到了吗?你又要去邮局寄作品投稿吗?你要去找的那个女孩子在大桥上等你了!喂,你骑车慢点啊……”

当我在暮色中走进威远汽车总站时,拉客的大姐们表现得前所未有的热情,她们潮水一样涌过来:“幺弟,你要去哪里?上我这车吧,马上就开了。”我一时间愣在原地,她们不绝于耳的问询宛若隔着鼓的雷音,在我脑中划过一道道璀璨跳跃的闪电。

是啊,我从哪里来?又要去往哪里?我在故土之上,沦为一个异乡的逃亡之奴。面对故乡人友好的提问,我却窘迫得发不出一语。人生的终极问题重新摆在我面前,我手中攥紧的户口迁移证能带给我答案吗?我茫然四顾。

汽车开往成都的那一瞬间,我突然想,这些年来的所有事情,或许都只是一场梦,当我醒来后,仍然还坐在小学的课堂上,语文老师正在讲“小马过河”。窗外春风和煦,鸟鸣声从枝丫上落下来,滚成满地的清脆。

与之截然不同的情形是,此刻南京清晨的窗外,骤雨如粒,一直落入记忆的深井,不见渊底。

二〇一七年十一月二日

于　南京钟山南麓

人生岂可无高意

所有的道路都通往天堂,只要渡过路上的痛苦时光。

——海子

诗人　还乡

周末清晨的阳光调皮地掀动窗帘将我扰醒,我推开窗牖,满目苍黄的梧桐叶瀑布般飘落下来,远处的钟山也被这场枯涩的暴雨遮断。这个除了落叶一无所有一无所见的世界是南京一年中最盛大而又最让人神伤的风景。

相比于内城的无边落木萧萧下,城外却是秋色寥寥。我上班所在的仙鹤门和徐庄,似乎终年四季景致都难得有变样,所有的草木好比假的一样,始终是翠微成簇却簇得太紧凑,娇姿欲滴而始终滴不下来,了无生气和人情味。

就在我独坐办公室写官样文章的此刻,我的两位大学同窗正结伴登临华山,并不时地发些绝美图片过来惹我眼红。此二人我在以往文章中已屡有记述。杜均前两天告诉我:"昨晚我似乎梦到南京,至少醒来想到过。希望明年春季能再游,再来已是故地。"只这寥寥数语,我便顿感诗意盎然。同样我也跟他说:"我虽至今未能踏进阆中城,梦里却多次游历阆中街巷。在梦中,那里也早已是故地。”

时在长安渭水畔的杜均未多作言语，只引杜甫诗句回应：“渭北春天树，江东日暮云。”我心中暖流纵横，临窗西望，只低吟：“安知风雨夜，复对此床眠。”

杜均是四川阆中人，到南京次数已有七八，金陵是故地之说自然在情理之中。而我神往阆中一半源于其山水之胜，“三面江光抱城郭，四围山势锁烟霞”，古人有唱“阆中盛事可断肠，阆州城南天下稀”；另一半则是杜均其人的缘故，兄弟故里让我有天然的亲近之欲。

再说说另一位正与杜均快要登上华山之巅的兄弟程飞，程飞有一个诗人的专属名字叫阿莽。十一年前，自这名字诞生起，他就成了一位地道的诗人，至少多年来他一直做着诗人的事情。

阿莽与杜均算同乡，他的故乡在阆中东南四十公里外的仪陇县城新政。多少年来，阿莽一直不厌其烦地为我讲述新政的辉煌，言其是绝对的大都市，名义上虽只是仪陇新县城，其富庶程度却远胜成渝，要我务必择时去领略一番，定能助我出不少佳作诗篇。其言灼灼，其情殷殷。

对此，我总认为阿莽是在蔑视我的地理常识，只对他推辞说我之于新政无甚兴趣。他仍不甘心，又一再陈列新政美于阆中的具象，上下五千年，陈寿、程咬金、朱德等无不受新政荫惠。

新政之美远胜阆中，我问何以为证？

平日里阿莽总讥讽杜均相貌不若他丰神俊朗，此刻他朝我诡秘一笑：常言道“一方水土养一方人”，你看我与杜公之相貌，就可辨新政与阆中之高下优劣。

于是，我终于被阿莽折服，我对他说：“现在看来，对我而言，阆中是心向往之此生必游谒之城，而新政则是需我择良时斋戒栉沐后方可登台朝觐的圣地。”阿莽听我如是说，颇有心满意足的样子。

这些年来，杜均与阿莽走遍名山大川，足迹遍及华夏和中东、西欧诸国。杜均笔耕不辍著作等身，阿莽却惜墨如金述而不作。尽管如此，仍丝毫不影响阿莽在文艺界作为诗人的重要分量。杜均和阿莽此次登临华山后，决意悬梁挂印，双双辞去报社高管职务，履行诗人的天职：自终南山沿蜀道还乡。

有关阿莽还乡途中的盛况，我已为他做过设想：一路上妇孺少长无不夹

迎蜀道，锣鼓喧天，鸡鸣犬吠，万木颔首。阿莽闻声，出舷窗而立于轼，对两旁和山上的百姓、家畜、野兽、飞鸟们一并喊道："尔等如此迎接，真乃折煞我也！"阿莽的车辙过后，三日内，朝阳不歇，星辰不灭。

所还之乡

既然提到还乡，那就再说说我与杜程二公共同的故乡吧。

山水形胜，云蒸霞蔚，气象不凡。这便是我曾一心远离到如今却又时常想念的巴蜀大地。上帝总喜欢跟人开玩笑，当蜀人成群结队奔往京沪穗深谋求生计时，重庆和成都悄然地变得比那些所谓的一线城市更像一线城市了。

再想想当年的苏轼、苏辙，从乡音上来说，我与他们应是差异无几的吧。苏轼从眉山到成都，随后四十余年间足迹踏遍中国，风雨一生，晚年垂老投荒，所至之处愈来愈遥远，文学成就却愈来愈高，名声愈来愈大。他六十四岁自海南归北，最后一个官衔是"提举成都玉局观"。

成都自古富庶，朝廷意在让苏轼回乡养老，享受丰厚的退休金。遗憾的是他行至常州遽归道山，终未能回蜀。清乾隆帝二下江南，在常州追忆苏轼，亦为其未能走到成都扼腕长叹，挥御笔写下"玉局风流"。

巴蜀大地上有言："巴出将，蜀出相。"亦有"自古蜀人不愿仕"的君子之风。不论何者，在川渝三美"美景、美人、美食"的浸润下，都不应少了积极敞亮的生活态度和闲适怡然的乐世情怀。

我曾穷二十年之力离蜀，用十余年之时游历中国的山山水水，其间择一城学，四城居，转益多师，东西南北饮。前不久，我再次回川，以一个外乡人的眼光去打量川渝大地，虽然时间短暂，然而我比以往任何时候都感触深刻，成渝美好确有千万，尤其在锦里古街的竹林溪畔，快要让人挪不动离开的步履，这片土地上大约可产天下一切应有之物，只怪少年惘然。自古天意高难问，而今往后，莫非我要耗余生数十年之光来想念故乡？

一直尊称我为先生却至今未曾受我所益的萦音问我："人之一生为何而活？"

不用回避地说，这是我自少年时就开始思考的问题。生命的意义对每个人看似大致相同却又大不相同。我给萦音的答案是：为了不枉来人间走这么一回，让周围的人幸福。倘若在此之外尚有余力，那就为这个世界带去一丝温暖和清朗，或烛照山河，或彪炳千秋。人的格局和胸怀决定其生命的厚度和广度，人的善心和情怀决定其生命的温度和风度。

答案 机缘

那么，我是否也想过回乡？又以何种方式回乡？这个答案需要机缘。

高铁从成都东站月台向东驶出，车停遂宁时，我出车厢到站台上稍作停留。一匆忙赶车的妇人袋中掉下一古色瓦坛，瓦坛落地，应声裂成四块，坛中琼液瞬间浸濡周围地面。妇人面有疾色，却也无暇停步惋惜和收拾。清风徐来，醇香之味飘然而至，原来坛中所纳乃陈年烧酒。于是，我记起遂宁以北四十公里外是诗人陈子昂的故乡射洪，彼处历来是酿酒胜地，有酒名沱牌。同样，遂宁以东六十公里有县名蓬安，是司马相如故里，司马相如与卓文君当垆卖酒的典故已被传颂了两千年。照如此，我何尝不能回成都在锦里赁一店铺开间酒肆，专营民间精制烧酒。锦里每日里游人络绎不绝，销售盈利自不在话下，养家糊口全然无虞。我自此可白天典衣沽酒，晚来读书著说。人生如白驹过隙，犹可诗意且尽诗意吧。杜均几年前已有诗云：

当垆不见佳人在，只道相如已是侯。

话又说回来，于我一介布衣而言，要在锦里典衣沽酒其成本高昂不言而喻，就目下情形付诸行动尚有牵强。那还有一种还乡的方式，在锦城寻一翠竹茂密溪水环绕的清幽之地，开馆授学。所开之馆取名国文堂，所讲之学为国学，所授之徒为总角童子。此事往私了说，我等自此可不再听命于人，仰俯由己；往大点说，尚可教化子侄幼年之学，尽父叔之责；再往高处说，可传承中华之国粹，保文脉之延续，促文化之繁荣。

以上两种还乡的方式我告知杜均后，他对后者尤为赞同，开馆授学究其成本，不过三两间屋舍，十余张木桌，再添些书本即可成现实，且可延请与我辈志同道合者，使学生转益多师。

诗意 气象

还乡方式的答案已然在怀，但还乡的时间仍尚需机缘。近两年来，我受羁绊多，任性情少，奈何项羽恨无舟，江淹初去笔。

人生不如意事十之八九，究其缘由，盖不得与世之人事和平相处的方式。相处是一门求而无涯的学问，深谙其道者如王珪、蔡京。而“吾生也有涯，而知也无涯。以有涯随无涯，殆已”，杜甫云“文章憎命达，魑魅喜人过”。求文章光华者，生之有涯，君子和而不同，更无暇苦心于魑魅群小的苟且之术。

深林明月，水流花开。屈原、陶渊明、李白、杜甫、苏轼和辛弃疾早已为我们提供了诗意人生的六种范式，为我们构建了永远的精神家园。尤其是苏轼以宽广的胸怀和审美情趣去拥抱生活，还以坚韧旷达的人生态度引导我们在风雨人生中实现诗意生存。江河蜿蜒而生千堆雪，不舍昼夜，终归大海。

说行路难的李白同样也云：“五岳寻仙不辞远，一生好入名山游。”《增广贤文》也有言：“世间好语书说尽，天下名山僧占多。”人的位置决定其视野，视野决定其格局，我决意此后一年内游访四大名山：黄山、泰山、衡山、华山。少时出游只观其自然景致，而今登临当识其气象和天脉。

事实上，我长久以来的困惑和矛盾在于自己固然常念想故乡，但对金陵的难舍同样一言难蔽之。我常在想，心系巴蜀是因我眷恋亲人和故乡，难舍江南乃是恋父师与师道，归根结底皆属赤子的恋母情结，与童年时紧攥着母亲裙裾蹒跚学步惴惴然弗敢松手的情形完全一致。

金陵与锦城终不能合体，此事古难全。我生性喜自然之物有三：梧桐、竹、梅。在成都返宁的路上我曾发愿：锦江梅竹生秦淮，青城春夏同钟山。千里春风煦畅，上下山水常绿，来往宁蓉无间歇。

近来读宋书颇有着迷，夜梦中俱是京师汴河上的摇船和那些千年未冷的繁华遗梦。清早醒来，常一厢情愿地幻想推开窗就能看见《清明上河图》展开的久违的中国。

还乡之于我的意义，一个是我肉身的来处，另一个是我精神归宿之所。所以，很多时候，我只能在地图上还身巴蜀，在诗文中还魂北宋。

文章写到此处，不觉然中已饮下两壶茶水，杯中的茶叶早已沉底，气味淡而清香，人生有味是清欢，正是这个味道。以最近填的一阕词《临江仙》作结吧，顺寄即将从我身边离职的一位兄弟，愿他从此在“拈花惹草”的日子里永存高意：

燕南百日作居延，忍听羌笛家山。千里归来除此番，江水犹如练，金陵锁寒烟。

南雍执礼未敢忘，诗书礼记左传。寥寥两载终须还，挂印出荒田，五岳访谪仙。

二〇一四年十一月十五日

于　南京钟山南麓

江湖夜雨十年灯

我向你走来
如当年我离开你一样

——题记

一位即将上大学的师妹通过微信找到我,她很简短地介绍自己:范芸嘉,喜欢写作,梦想是去杂志社做编辑,理想之地是《萌芽》。我的记忆瞬间被她拉回十三年前那个四川南部的小城:威远。

我首先想到的是我的高中班主任肖丽华老师,我的心里颇不宁静了。

在近二十年的求学生涯中,加之少时随父母四处迁徙的缘故,我所遇到的老师较平常人要多很多,但至今让我常常念想的却只有两位,一位是南京大学文学院的授业恩师,另一位便是肖丽华老师了。

对肖老师的记忆,十年前,我大学时曾在一篇散文《永远的老师》里做过深刻的记述。其间,我尤其提到平时严厉的肖老师对我的宠爱与鼓励,我从高二转学投入她的门下,师侍两年,尽管我也曾犯过其他同学会出现的错误,但她从未忍心对我说过一句重话。

高考后的那个秋天,我带着临毕业时肖老师赠送我的一本《走近北大》

（四川人民出版社），离开了高中校门和那个爱恨交缠的小县城。那本书让我从成都来到南京，或许是因为书名寓意的巧合，对于北大，我只是走近而已，虽然这个“近”让我认识了北大文学博士、北师大文学院教授谭五昌先生，也结识了不少北大出身的朋友，但我与北大始终只是保持着一段暧昧的距离。我真正走进的是中国语言文学学科领域一流学者最集中之地的南京大学，在南大我接受了最好的文学熏陶。

我首次返校时留给肖老师的一本简易的自制作品集，她一直保存至今，她最喜欢的一篇文章就是《永远的老师》。十余年来，我的诗歌、散文和小说作品相继发表于国内各类文学报刊上。从大学中文系毕业后，我先后供职于文学期刊、报社、网络媒体，从编辑、编辑部主任做到主编。最让我引以为傲的是，我曾在大学期间独自行程二十万公里，几乎走遍了国内我想去的所有地方，立体地熟悉了我笔下想要表达的世界。当然，我也曾在铁轨上遇到甜美而苦涩的爱情。

刚上大学那两年，我还时常给肖老师写信，告诉她我在大学里的生活和文学创作上的进步。后来时间越来越少，当然也有我越来越懒的缘故，我们之间的书信渐渐中断。有时夜里想给她打个电话，又顾虑她在上晚自习颇有不便。前不久，我的微信通讯录里突然出现肖老师的好友添加请求，我心里一阵惊喜，连忙通过验证。但考虑到年逾半百的老师使用微信颇有困难，简单聊了几句，我便匆匆与她道了晚安。

一天后，我又发现自己的微信公众号的订阅者中，赫然有肖老师的名字。正当我惊疑之时，老师发来微信：“阳春，好高兴，我能阅读到你的部分作品。”

见此，我心里一阵愧疚，匆匆回复道：“老师，我原本想你对网络通信是不熟悉的，所以平时虽然想念，却少有联系，没想到你竟然还能通过微信阅读文章。”

老师却戏谑一句回道：“我也要与时俱进啊，努力跟上你们的步伐！”

不难想象，她为适应新的通信技术所付出的巨大努力，她做这些，无外乎是为了更多地了解在北京工作的女儿和如我这样的学生的消息。我回复她说：“很多时候是我们做晚辈的不够尽心，按理说应是我们来照顾你的习惯，而不是让你来跟随我们的步伐。”

老师仍然表现得很豁达:“如果是这样,社会就停滞不前了。”

很显然,先前提到的那位范芸嘉师妹,就是从肖老师那里得知我的微信号的。老师的用意很简单,她希望师妹在文学之路上能有一个好的指引,让我这个走在时间轴前面的师兄给予帮助。不用说,但凡能让老师介绍与我联系的学生,都肯定是有才气和文学天分的。这位范师妹自然也在其列。

同样也是在两年前的这个时候,另一位喜欢写作的师妹找到我,大致情形与范师妹相同。那年秋天,她起程去梦想的大学,在随行的行囊里,她装着我八年前完成的一部作品集:关于青春、梦想和爱情。她告诉我那些文章感动了她很久很久,尽管读了很多遍,仍然选择带着上路。因为那样她不会感到孤独。我们素未谋面,只是师出同门,我们的梦想之间相隔十年,除此之外,别无差异。

范师妹提到自己喜欢《萌芽》杂志,这让我想起许多年前的一个秋雨天,我冒雨跑遍威远县城寻找《萌芽》的情景,最后在南大街上一个破旧的报刊亭找到一本蒙尘的过刊。我以原价买回,穿过绵密的细雨,如获至宝地捧回学校,小心翼翼地裁下已然泛黄的“新概念作文大赛报名表”。也是在一个微雨天的黄昏,我将参赛作品和报名表用挂号信投进邮筒,寄往地址是:上海市巨鹿路六七五号。

时至今日,我已多年不看《萌芽》,对于这本杂志,后来的我对它不再那么喜欢,但无心对之做褒贬。不得不承认,一九九五年赵长天先生接任主编后,于一九九八年开始联袂国内十余所名校举办的新概念作文大赛,是二十世纪八十年代出生的人青少年时期的一场文学盛宴。从这个造梦庄园走出了一批被冠以“青春文学”符号的作家,尽管他们的作品一度被传统文学界认为是畅销快餐,遭到各种诟贬。然而,十年过去,回头来看,他们却占据了中国图书市场的半壁江山,成为当代文学界一个不可回避的现象。

诚然,文学价值的优劣不应纯粹以市场导向做圭臬,但真正优秀的作品终究是要回归大众的。相比于中国体制内某些作家的装腔作势,韩寒、郭敬明等人未尝不是当代文学寻找突破的一种可能。

当然,“新概念”另一份巨大的成功是属于《萌芽》的,因为新概念作文大赛的强烈反响,它的月发行量从十八万册飙升到五十万册。

距离我第一次向《萌芽》投稿那个傍晚的十三年后,二〇一三年三月的最后一天,作家赵长天先生病逝于上海,这位曾把青春献给四川大凉山的“新概念教父”封卷于自己六十六岁生日。我在南京度过了伤感的一夜。

范芸嘉师妹理想的大学之地是杭州。我认为完美的大学生活应当有“五个一工程”:去一座美丽的城市,念一所理想的大学,读一个喜欢的专业,谈一场刻骨铭心的恋爱,做一场意义非凡的毕业旅行。杭州不失为一个绝佳的选择,范师妹的梦想可期圆满。

听范师妹讲,肖老师对网络的运用已算成熟,她们时常在微信上交流购物心得、分享文章。作为学校的骨干教师、数学学科带头人,肖老师每年都坚持带几个毕业班的课程,并且兼班主任,工作的繁重和所费的心力可想而知,她几乎没有闲暇时间逛街。她在这所学校以三十年的光阴和功力,践行着自己对教育事业最朴实和执着的热爱。从她门下走出的学生陆续考入南京大学、中国人民大学、吉林大学、同济大学等国内著名学府,以蔚然之势成长为社会的精英。

在这里我又记起一件难忘的事情,中学期间,为避免影响学业,肖老师同其他老师一样,很忌讳学生恋爱。然而,几年前我返校拜望老师时,她却为我的个人问题费心起来。在那之前,她有意把女儿北京的大学同窗介绍给我,并对那个女孩做了不少考察。我知道后,当时心里泛起一丝羞涩,随后迅速被满满的一股暖流漫过。我很清楚,那是一种近于母亲的关爱。

关于老师当年的这个心愿,今天我已能给她一个圆满的回复。今年秋天,我将有自己称心的爱人,她来自湖南岳阳,一如老师曾经帮我择偶的标准,她冰雪聪明,温柔贤惠。

桃李春风一杯酒,江湖夜雨十年灯。猛然抬头间,眼前浮现的是几年前返校时肖老师家中的情景,窗明几净,墙上一张中国地图,南京到威远的距离,如深夜的机场跑道,在周围深沉的黑暗中显得尤其明亮。

二〇一四年六月十八日
于　南京钟山南麓

永远的老师

初上大学时，在家里不少的文学书籍中，我唯拣了三本带走，《走近北大》《霜冷长河》和《教父》。家里的那些书都是高中时从书店照原价一本本买回来的，破费了父母不少钱，照理说我对它们都有相当的感情。

《霜冷长河》和《教父》来源于与我最要好的两个女孩，而《走近北大》则是受赠于我当时的班主任肖丽华老师。

高二时我由镇上的中学转学至县城里的自强中学。在此之前，我一直偏执地看不起女性老师，尤其是教数理生化的。报到那天，校长领我爬了四层楼，在学生的一阵嘈杂声中把我指引给了一位名叫肖丽华的老师。我至今不记得当时是否向老师问了好，兴许是紧张的缘故吧。

最初印象里的肖老师面门而坐，见到她，我的第一反应就是：女的？！然后就听到老师问我：

“你是新转来的吧？叫阳春？”

“是的。”

我的回答简洁得几乎吝啬。

“平常有什么爱好？有什么特长吗？”

“我语文好，写作不错。”

趁答问的瞬间,我迅速用眼角的余光瞟了她一眼。头发留得很短,乍看像个男子,极精神,看不出是四十出头的人,眼睛很明亮,有一种很强的力量射人而来,着一件极为淡雅的短袖衫,把夏季的温度调和得异常均匀。尽管在接触的过程中肖老师脸上一直未曾停止过笑容,但我仍然被一种莫名的东西弄得放不下矜持来。

肖老师教数学,同时带一个理科班。实在地说,她在教学上是具有相当水平的,这点倒是给我以前“蔑视”女性老师的观点予以了最有力的回击。尽管如此,最让我折服和影响我至深的倒并非老师的教学能力,而是她为人为师为学的道德和态度。当时的同学都慑惧于她的严厉,私下里亦有不少人这样形容过,说当肖老师由教室后门进来时,整间屋子里都旋盖着一阵冷风,每个人都能感觉到有一股寒意从背心扩散至全身。

要说严厉,倒并不是说老师脾气有多么暴躁,她是很少批评学生的,只是在对学生做人求学的态度上要求极高甚严。她是一个讲理的老师,逢有学生犯错时,她总会先让你认识到自身的错误,再细心开导;当然,偶尔遇上那种顽皮固执的学生,言语间也难免会有严厉的东西出现。但总的来说,老师温和的时候多。

肖老师从未批评过我,她爱自己的学生。我那时在她眼里算是听话的,我尽量让自己在各方面做得最好,怕辜负她的喜爱。但还是免不了有出错的时候,记忆里有两次是比较深刻的,老师把我叫到办公室,我事先就已清楚自己的错误,但没有感到害怕,毕竟那时已成大男孩了。只是一直很内疚,觉着是辜负了她。自始至终她对我没有一句批评的言语,语重心长旁敲侧击循循善诱,生怕伤了我的自尊,末了还不忘宽慰我说:

“都过去了,老师相信你。”

我深深地鞠躬,然后虔诚地退了出去。

老师喜欢的学生大致分三类:学习好的,听话的,有才气的。

在她眼里,我应算是有才气的学生。班上时常有各种文艺类节目举行,逢有此时,她都会把最重要的事情交给我,她对我的信任胜过其他学生。而事实上,我们班也确实多次在全校获得异常夺目的成绩。记得那时我在班里非任何学生干部,然而在老师和同学心目中的地位却远远高于许多人。

老师对我有时近于溺爱,学校的规矩是很严的,不能随便逃课,即便是请

假都得给出非常合情理的原由，然后经班主任到校长逐级签字方可同意。高三的一天，我情绪不佳，坐在教室里心烦气躁，想出去透气，遂向老师请假，可又给不出合适的理由，按平常她会给我一番开导，那天她似乎也洞明了我的底细。当时知道这点后，我就没抱什么希望了，只是顺从地等待她叫我回教室。然而，没料到的是她竟然很认真地在我的请假条上签了字。我喜出望外，举着签字后的请假条一路通关，在校外彻底玩了半天。晚自习前回到教室时，她有点神秘地问我："怎么样啊？现在能静下心来看书了吧？"

我回以她会心的一笑，表示感激，随后瞬间进了书页里。

两年的时间转瞬即逝，肖老师的为人为师为学的作风和态度在潜移默化中已将我深深感染，严谨、敬业、孜孜不倦。

临高考的一天晚自习，老师把正在靠窗温书的我叫去办公室。

教室到办公室的距离不足二十米，可我总觉得那天走了几年。她走在前面，不怎么言语，我顿然间觉着那背影前所未有的高峻，但是很温暖。我紧跟着。有风。我知道自己这一次没有犯错。

进办公室后，老师缓缓地靠着那张简朴的书桌坐下，然后双手拉开抽屉，那动作是我此前见过的最仔细的，宛若用尽了全身的气力。

"快高考了，娃娃(老师常这么叫我，而不叫我阳春)，肖老师想送你一本书，这是我特意为你买的。抓紧最后的时间，老师相信你！"

我不知道自己的眼睛当时是否湿润过，我生平以来最为勇敢地看着她的眼睛，我明白那里面是什么——期望、祝福，还有无边的类于母爱的东西。

我很虔诚地接过那本《走近北大》，说不出一句感激的话来，最终还是老师那一个温暖的笑容消解了我当时的局促。

后来，我在当时的班长董超那里看到了另一本版本相同的《走近清华》，董超成绩很优秀，我们都是老师最疼爱的学生。

上大学来，时常想起这么一位老师，那本《走近北大》始终躺在我的书桌上，还若当初那般平整、干净，甚至我还能触碰到老师当时手指的温度。那将是我的一个未完待续的梦，我不会歇步。

今年寒假临末时，我回母校拜访了一次肖老师，近两个小时的谈话中，感觉很轻松。曾经年少的我毕竟长大了，脱离了那个彷徨的年代，也褪去了一份青涩,少了当年的拘谨,添了几分平和。我们回顾当年的滴滴点点,很多个片段被记起,也间或谈谈为人为师的道理。

老师依然和当年一样精神,干练。当然也同样爱自己的学生。

末了,老师送我出门时说,学校里一位资深的语文老师后来对她说,阳春在高中时要是能遇上一位好的语文老师,今天的文学成就会更高。老师还说她自己是教数学的却对我一个学文的人影响至深,觉得不合情理。

我记得自己如是说:“文人首先是人,大凡为文者必先学为人,人做好了方能作好文章,文章和学问才可能有好的发挥。而老师给我的是为人的至深启示,这点胜过为文的一切。”

听于此,老师只是淡然一笑,未做评点。那一瞬间,我想用世间最美的词语去记取。

二〇〇四年秋

于 成都

悠然四年间

一

四月十三日，南京广州路韩国料理二楼，灯光柔和。宽大的桌面上，各种菜品挨挨挤挤地不留间隙。坐在我右侧的小胖推过来一碗吃过几口的炸酱面："这面太难吃了，你吃吧，不嫌弃的话！"我笑笑，没有拒绝，随手拾起了一双锃亮的不锈钢筷子。

窗外的广州路上灯火辉煌，车水马龙。街灯的映照范围之上，是深沉稠密的夜色。"你们兄弟俩有多久没见面了？"坐在桌子对面的古康乐（当年南大隔壁宿舍的校友）问。"自从上次我在南京站送他回成都，哭得稀里哗啦之后，再也没见过。"小胖抢在我之前回答。"快四年了，很长时间，但想想又仿佛是转眼间的事。"我补充道。

"以前对面晚上卖水饺的小摊这会儿还没出现，想想做学生那会儿，真的是穷。"小胖说的对面是南大广州路门口。那时我们住在南大南园除八舍外，离广州路校门最近的十二舍，那是一栋非常古老极其简陋的宿舍楼，我们住在三〇四房间。推开窗户，向东即可望到十米开外修葺后刚开放不久的拉贝故居。这间宿舍，除了我和小胖，还有我们的两位兄长，来自青岛的老大和河北邯郸的红红,在整个南大读书期间,我们四人同进出,共苟且。

当年的小胖耽于玩魔兽世界,每天除了上课,总是匆匆地往返于宿舍和广州路上的聚宝网吧。每晚从网吧出来,他最奢侈的就是能在广州路校门口买一份三块钱的水饺,乐颠颠地带回宿舍。等我下自习回来,小胖就端出自己存留的半份水饺给我。

那时的小胖不懂得理财,父亲每月从浙江新昌给他汇六百元生活费,并且还分三次拨款。之所以如此波折,其原因就是他刚进大学时,半月光景花光了一个学期的生活费。鉴于他的前科,父亲必须惩治他的“不知好歹”。尽管如此,他仍然还是会有青黄不接的时候。小胖嘲笑自己说毕业后,他关于我们同窗期间记忆最为深刻的话就是:“春,你妈什么时候给你打钱啊?”因为,每月母亲给我汇生活费后,我都会带他去好吃一顿。

小胖的朋友男女皆有,且众。他长得圆润可爱,班上女生封其外号土豆、小企鹅,为之争风吃醋吵架者亦有不少。凡对于此,他一概欣然接受,并视此为个人非常之魅力,颇以为傲。现在想来,我与小胖同窗时,真正交流融洽的时候反倒不多,争论斗嘴却时常有之。

当年我从中国西部的四川来到南京,与来自近海的绍兴的小胖相遇,常被他戏称为两个时代的邂逅。我常遭他戏谑为生活在闻一多时代,乡土气息浓重。小胖的家里人信基督,他受祖母的影响较大,自幼接触的书籍和文化大都是西方的思想。而我大学前由于生活在“闭塞”的四川盆地里,所涉猎的书籍无非就是《红楼梦》《沉重的翅膀》《边城》《文化苦旅》这类传统正派的文学作品。

长期以来,小胖对中国现当代文学的轻视,导致了他对很多中国作家的不了解,有时候竟到了嗤之以鼻的地步。一次在课堂上,老师讲到鲁迅时,想起他与鲁迅是同乡,遂点其名:“关于鲁迅,你给大家做个简单的介绍!”只见小胖两眼一翻,掷出一句:“同乡有什么了不起?我又不认识他,没什么好说的。”在座的同学无不捧腹大笑,台上的老师也忍俊不禁,悻悻然收了场。

二

小胖在家中是独子,父亲年轻时也有过一肚子的雄心壮志。然而中年得子后,困于生计,常被家庭琐事束缚,终究未能成就气候。正因为此,很多年

来，他曾将自己的壮志未酬加罪于儿子的出生。小胖三岁那年，被父亲悄悄带去了很远的山里，遭受遗弃。所幸三天后，他终于被母亲寻到并重新领回了家。我听到这里时，眼里早已湿润，我实在很难想象当时幼小的他在那漫长的三天里是怎么熬过来的。

从那以后，父母每天清晨出门卖菜，幼小的小胖就独自被锁在屋里，直到傍晚才能见到收摊归来的父母。起初，当清晨那一阵关门声后，他会无助地歇斯底里地哭闹，时间长了却也习以为常。幼年的这些境遇，使他后来的心理严重缺乏安全感。

小胖原本在美术方面天分极高，中学时的梦想是进中国美术学院学习绘画。但念高三后的一天，他惹怒了班主任，被其讥讽："学艺体的学生大抵是因为文化成绩差，才会走旁道考大学，你有本事也走正道考一所重点大学让我见识一番。"年少气盛的小胖受不了这番嘲笑，一气之下弃艺从文，最后倒也真是风光地来了南京念中文。然而短暂的快意恩仇后，他却长时间陷入了背弃梦想的悔恨之中，一直到现在。

小胖和父亲向来不睦，每次回家除了寥寥几句寒暄，再无多余的热乎。偶尔父亲谈到为人处世观念上的问题时，父子俩还会发生争吵，甚至剑拔弩张。

毕业那年，怀揣一身新闻理想的小胖一心想留在南京，但几经波折终究毫无着落。"当年我从浙江坐车来到南京，下车的那个清晨，烟水轻柔，像一层透明的薄纱挂在古老的中华门上。晨光洒下来，黄澄澄的，让我第一次感觉到了温暖。我爱上了那个清晨，这座城市就从那一刻温暖着我的内心。"小胖讲述自己想留南京的理由着实打动了我。

随性、文艺、小资、开心自由地享受每一天，这是小胖生活的座右铭。他依然为工作在南京奔走着。他的父亲发话了，希望他回到杭州去工作。几经劝说无果，他终究从内心同意了儿子留南京的想法，并且第一次想为儿子做点什么。那年的四月，这位已过花甲之年的老父亲出现在了南京的街上，为了能帮儿子谋得一份工作，他抹下面子去求助一位多年未联系的曾在南京一所高校做校长的旧友。然而，世事变迁，这位曾经的大学校长已退任多年，昔日的人脉早已随时光稀落凋敝，对小胖父亲之托也是有心无力。

南京大街上，已显老态的父亲走在前面，小胖跟在他身后，隔着一段似乎永远跨不过去的距离。这一次，他终于认真地打量起父亲的背影，佝偻的身影在夕阳中被拉得很长很细，还变了形，像一棵衰老的槐树。四月的南京，法国梧桐总扬着让人烦厌的飞絮，飘落在父亲花白的头上。此情此景，小胖心里突然涌起一阵心酸，眼泪止不住地下来了。

改变就在一瞬间，小胖决定回杭州去。不是为了自己，而是他第一次意识到了为人之子的责任和这份割不断的亲情。

与小胖的理想不同，我终究还是没有从闻一多的时代跨越出来。我不停地在北京和南京来回奔波，满心想进一家纯文学杂志社做编辑，那时的想法很天真，只要是文学杂志，即便不给薪水也愿意削尖脑袋往里钻。我的境况不比小胖好多少，尽管当时有着在文学创作上已经取得一定成就的老大的帮助，但我依然这山歆羡那山高，工作无处落实。

三

莫道秋江离别难，舟船明日是长安。

老大毕业先回了青岛，红红留在南京工作，小胖不久后也将回到杭州。

南大南园食堂一楼，我们最后的晚餐。红红、小胖和我。

小胖话变得很少，红红作为兄长，并不把离别的哀伤表露明显，依然豪爽地跟我们畅想着明日的长安花。我亦不晓得该对小胖说些什么，因为我今晚登上回成都的列车后，当年四君子真不知何时能再重聚。

列车是始发，不会误点。盛夏夜晚的南京站，玄武湖的凉风并未能拂散小胖的忧伤。他背过身去，眼泪稀里哗啦地落下来，我从未见过他此种情形。我也说不出话来，只是无力地拍着他的肩，虚无缥缈地安慰说："别这样，大男人让人笑话。还会再见的！"

我扛起硕大的行李，转过身，头也不回，大踏步地走向检票口。不可以让眼睛湿润，因为我还要用它们来寻找明天到达长安的路，我只在心里默念：再见，我的兄长；再见，我的小胖弟弟！

"据说，现在校门口那水饺卖到五块钱一份了。"坐在我边上的小胖望着窗外。从这家韩国料理的窗口望去，还能看到我们当年宿舍外面高过楼顶的一排水杉，春意盎然。小胖回到杭州后，最先做着很不起眼的工作，但他一直坚持着自己的梦想，勤奋积极地过着每一天，终于在两年前进入了自己理想的知名媒体《都市快报》，现在浙江已小有名气。席间，我们谈起去年网上很有影响力的几篇新闻特稿时，我方才知道是出自他之手。

三年多过去，我们重新相聚，时光倒转，奢侈地享受着同窗时的温暖，依然在广州路校门边。所不同的是，我们没有再去买三块钱的水饺，而是坐在当年那个穷学生只能仰望的韩国料理的阁楼上，并且由他买单。

老大依然在青岛，红红去了北京。

小胖这次回南京，除了跟我和旧时同窗聚会，还带有一个目的，就是想再重新感受一回南京这座城市。三年多过去，他已能凭自己的资历和实力获取自己想要的东西了，他将在南京和杭州二城之间最终做一个抉择。

他在南京的街道上频频回首，试图找回当年那个清晨的温暖，他打量这个城市的目光显得很文艺，也有些装腔作势。几天下来，他终究给出了自己的答案："既然你回了南京工作，那我就继续留在杭州吧。两地往返也不远，我们可以周末相互来往，就可同时拥有两座城市。"我只能点头微笑，我知道他最终没有选择南京，并非已将这座城市的记忆和感情淡忘，有些人和事住在心里，永远比触手可及来得珍贵。

小胖在中央门长途汽车站进检票口时，留给我一个挥手告别的背影。我突然感觉他将四年前，在南京站送我时的那一幕重重地还给了我。那一瞬间，南京城在我的身后顿时空了一半。

这次回杭后，小胖将跳槽去浙江最知名的媒体《钱江晚报》做编辑。小资、文艺、随性地享受每一天，依然是他的生活态度。

老大、红红，我们仍旧一样，离开南京和母校的漫长岁月里，我们一次次地梦回金陵，觥筹交错，秉烛夜谈。这份感情始于我们第一天负笈进入校门那一刻，始于我们第一次推开宿舍门目光撞上彼此青春的面庞那一刻。

在千百次的想念和漫长的别离后，我终于赶在这个春天前重回金陵，决议自此不再离开。北园樱花繁盛的时节，我重新走在当年的教学楼前，只能空寂一笑。四年，悠然之间。有春风得意马蹄疾，也有日暮酒醒人已远。当年的四君子在外有三，那就让我一个人来看守我们的青春吧。

不过，记得回来的时候，带上一盏茴香豆，两瓶清酒。

二〇一二年四月十八日

于　南京钟山南麓

踏过樱花第几桥

昨晚朋友让我忆一些童年的趣事,我思忖良久,未果。后来我告诉她,我的童年近乎全都用于对青年生活的憧憬去了,因此童年的记忆非常稀远。

春雨楼头尺八箫,何时归看浙江潮?
芒鞋破钵无人识,踏过樱花第几桥。

这首诗,年少时我曾疯狂地迷恋过,也解得些许行云流水般的孤僧苏曼殊寄寓其中的深远意味。只是今天再次记起它时,更多的是因为一种遥远而终未得到的乡愁罢了。

一

童年的我生活在一个大家庭里,奶奶一辈子生养了十四个儿女,因为饥荒年代的折磨,存活成人的仅有六兄妹。在我的童年时代,所有的叔伯和婶婶全在一起耕作生息,奶奶很能干也非常辛苦,一大家子二十余口人的饮食起居都得悉心照应。父亲在存活的弟兄之间排行老二,但叔叔和堂姐弟们都依他出生

的实际排行,称他六哥和六叔。伯父是我除父亲外感情最亲近的人,也是除爷爷外我们家诗书文墨研习最深的读书人,他待我素来如己出,疼爱有加。

爷爷在我的印象里是较为严肃的,兴许是因为年幼的畏怯,我一直惧他,离他很远。他每次想要抱抱自己的这位长孙时,我都会本能地刻意避开,这让他一直很恼火。说不清具体的缘由,其实骨子里我对爷爷还是很亲近的。四五岁的光景,我总是在他全神贯注伏案挥动毛笔的时刻,远远地在门口观望他。那时的我,一直认为爷爷是个非常神秘的人,他跟家里所有人都不一样,我的伯父和叔叔们成天扛在肩上的都是锄头一类的农具,而爷爷却往往端坐在书桌前,借着昏暗的光线写字,或急骤地挥毫泼墨,或笔搁砚台时长吁一口气,翻拣一些陈旧泛黄的线装书籍。不过,我知道那些书本是我所看不懂的,那些墨迹未干的字迹我也识不得,更不会写。甚至好几次,我还天真地担忧要是爷爷哪天把脑子里会写的字写完了是不是就再也写不出任何字来了,那时候他又到底该怎么办呢,爷爷会不会很痛苦?

相反,奶奶则一直是我乐于亲近的对象,我喜欢家里的三个女人:母亲、奶奶和伯娘。在她们跟前,我最觉安全和温暖,这样的依恋直到成年后也依然未曾改变。奶奶永远是一脸的慈祥,似乎这个世界上每天幸福的事情都全部降临在她的身上一样;但是奶奶每日里的辛劳也是我记忆深刻的,从鸡鸣时分起到全家的灯光熄灭,她才能安详地坐在长条椅上泡脚。

爷爷去世那年我不满六岁,那是一九八八年的夏天,我已记不清晰爷爷生前的样子。爸爸在爷爷去世前去了云南,是他临终时唯一未能见到的儿子。爷爷是在镇医院回家的路上断气的,那天下着绵细的雨,叔叔们将他抬回来时家里一片阴寒。我看见伯娘在偷偷抹眼泪,姑姑和三个姐姐也是泪水涟涟,男人们表情凝重。幼小的我不是很明了生死的意义,但我依然能感觉到家里出了很大的不祥的事情。我知道爷爷或许再也不能坐在书桌前写字翻书了,他脑子里的那些字这回兴许是真的写完了吧。我突然感到前所未有的恐惧,下意识地往大姐身边靠了一靠,大姐抱起我,说:“乖,廉清(我的乳名)不怕!”

可她刚一说完,我看见一连串硕大的泪珠如断线的珍珠一样从她的眼睑边缘滑落下来。大姐随即将我放下,牵我到长我四岁的三姐身侧。三姐拉着我的手,默不作声地把我引开了。

接下来，亲友们陆续到来。在这些密密匝匝的来往的人流里，我看见了刚从外婆家赶回来的妈妈。那时的妈妈已经怀了弟弟，临近分娩期得紧了，加上身体不明缘由的发肿，行动异常不便。此前我和妈妈一直住在自贡外婆家，我也是在这之前被九叔临时接回威远的。亲友们见母亲那般样子，都不免担忧起来，嘴上虽不说明，却无不暗自思忖，母亲和肚里的胎儿又是否能平安渡过接下来的难关呢？

很多天后，我才蓦地想起，在爷爷的整个丧事期间几乎一直没见到奶奶的身影，而那时的奶奶又去了哪里？只是此后我所见到的奶奶依然如旧，满脸慈祥，为家人的饮食起居操劳不停。

二

这一年的中秋节，弟弟出生了，健康、漂亮。大幸的是母亲和弟弟都很平安、无恙。不久后，我见到了从昆明归蜀的父亲，他举起自己的第二个儿子，笑容灿烂地站在阳光里。然后对天长啸，看，我有一双儿子了。父亲为弟弟取名麒麟，家名承祖父生前取好的“慕清”。

次年秋后，我离开了外婆家，外婆是个极易动感情的人，我又是她的第一个外孙，悉心相待那么长时间，突然分别，自然难舍。临走时，祖孙二人都哭得波澜壮阔。

我回了威远。因为我告诉妈妈，我想读书了。六岁。

回家那天，奶奶在离家很远的地方等我，还有叔叔和姐姐们，亦是疏疏落落地扬着雨，我脱了妈妈为我买的新鞋，怕被泥泞污损，用桑树皮撕成细条将它们拴在腰间，小脚丫踩着泥泞和小水潭一路向奶奶走去。奶奶抱起我，重重地在我脸上留下嘴唇的温度，说，我的孙儿终于回来了。然后将我递给姐姐们，转身去接妈妈，看妈妈背上熟睡的弟弟，她的第二个男孙，那是一张非常俊俏的小脸。

我上学，背着六姨曾经用过的蓝色皮制书包，还有姐姐们送给我的文具盒、精美的铅笔刀。

上学的第一天中午回家，妈妈递给我二十元钱，这对我来说是一笔不小的数目。我说，我用不上钱。妈妈说，拿着吧，以后想吃什么就自己去买。我说

我想吃什么，我会让你给我买的。这钱怕弄丢，我不要。妈妈听了我的话，眼角有了浅浅的泪花，她别过头去，不再言语。

我转过半个身子走到妈妈面前，用小手为她轻轻擦拭，问妈妈："你怎么了？"妈妈很快恢复了平常的样子，把那二十元钱放在了衣柜的皮包里，让我记得那个特殊的位置。

午后，我又回到了课堂，老师在上面教拼音字母的发音和写法，我很认真地学着。下学后，我没等高我三个年级的三姐一起走，迫不及待地一个人先跑回家去，我要告诉妈妈我上学第一天学到的东西。然而，当我到家的时候，找遍了所有的屋子都没有见到爸爸妈妈的影子，平日跟父母一起睡觉的房间有刚打扫过的新痕，屋里的东西少了很多，带给我前所未有的空落。

我突然警觉到了什么，忍不住大哭起来，歇斯底里地呼唤着妈妈。奶奶闻声赶了过来，将我抱起，姐姐们也相继围拢，很显然，她们对我的这一反应是早有准备的。我没仔细听她们都对我说了些什么，但有一句话我听得很清楚，爸爸妈妈为家里的生意去了昆明。

我哭累了，便安静地爬到屋后山坡上最高的位置，开始眺望远方。我知道接下来非常久的时间里我将跟随着奶奶和伯父以及婶婶们生活了，我终于忍不住问伯父，昆明在我的哪个方向？伯父用手在空中划了一圈，指着屋外告诉我，与自贡所在的方向大致相同。

我开始变得不爱说话，每天放学先把作业完成，这是妈妈临走前告诉我的。我必须谨记妈妈的话，做个乖孩子。完成作业后的我再也没有兴趣跟同龄的小孩玩耍，我仍然爬上屋后的山坡眺望昆明，我知晓在那个方向有我的父母。但是昆明在我童年的概念中就只是一个非常遥远的大城市，那种遥远超过了我的想象能力。我常常会想得异常疲惫，也会在疲惫的极点睡熟在桑树底下，好多次待我醒来的时候，就是在九叔的背上了。

我的成绩总能在班上拿到最高的分数，我也经常会因为自己作业本上的字没有书页上的漂亮着急得落眼泪，慢慢地我开始看《安徒生童话》和《格林童话》，我知道了一个叫哥本哈根的城市，据说那里会下很大的雪，有很多善良的人，有马车、丛林和溪水。

可是我能读的书实在少得可怜，我总是最先把老师教的课文背诵下来，到后来连老师还没教的课文都背诵完了。

一个星期天的午后，我想起了爷爷曾经的那些线装书籍，于是我寻找宝贝一样地在家里翻箱倒柜，终于找到了那些破损的老书。可我根本看不懂，很奇怪的是那上面的字为什么都是竖排的，并且多以七字和五字整齐排列着，跟我的课本全然不同，不过所幸我还是识得上面一些字的，遇到陌生的字句就去问姐姐们和姑姑；倘若她们也不认识，我就去问伯父，因为天下没有伯父不识的字和不通晓的事理。

当我终于有一天能完整地识完那些线装书上辛弃疾的那首《西江月·夜行黄沙道中》时，我高兴得跳了起来，到处找人念给他们听：

明月别枝惊鹊，清风半夜鸣蝉。稻花香里说丰年，听取蛙声一片。

七八个星天外，两三点雨山前。旧时茅店社林边，路转溪桥忽见。

也是在多年以后，我从大学中文系毕业，回到威远老家再次翻拣爷爷生前的札记和书法作品时，才猛然被那些漂亮的文字深深吸引和折服。我小心翼翼地将它们托于掌心，深刻地知晓那些隽永的文字和光芒四射的思想是我许多年后也未必能臻及的，这是一位才识超群、年少得志而又中年归隐的乡野文人留给他子孙们的唯一家产。我为自己童年因畏怯爷爷的亲近追悔莫及，更为爷爷的早逝而不能构就我们祖孙的精神对话痛惜不已。

我开始能听懂伯父每天晚上月光下在院子里给姐姐们讲的故事了，也不知道是哪一天，我听到了湖北、麻城和武汉几个关键词，于是从那时起，我知晓了我的祖籍是在一片云水相接的地方，而不是我眼下所在的威远。

我开始更执着地待在屋后的至高点眺望远方了，只是与以往不同，我开始了在茫茫的苍天边缘寻找荆天楚水的方向。

杨柳青的时候，妈妈回来了，但很快又离开；燕子去的时候，爸爸回来了，也离开了；桃花尚未开放，爸爸妈妈一起回来，依然很快离开。

对于父母的来来去去，我虽然每次都有惊喜和不舍，但也过早地习惯和淡然了人间的离合，更未对父母生出丝毫怨怼。妈妈每次去昆明前都会为我在衣柜里留下足够的钱，可当她半年或一年后回来再次放钱进去的时候，却发现上次留的钱，我一分都未动过。

我的童年在我对远方的眺望中渐行渐远，小学四年级，我第一次跟母亲

去了昆明，火车自峨眉翻越崇山峻岭后，终于抵达美丽的春城昆明。我终于第一次见到了这个在童年梦里出现过无数次的城市，见到了我久未亲近的父亲，却全然没有一丁点的兴奋。

我终于能和父母还有小我五岁的弟弟生活在一起了，我进了昆明当时最好的小学。然而因为长期自闭，我不大愿意跟同学待在一起，加之转学后全是陌生面孔，我更加地专注于自己的那个世界。但我并未觉得孤独，我已经很能与孤独相处，因为我的那个世界非常强大，我为它修建了非常多的美丽宫殿。新学校的语文老师时常会批评我的字写得难看，说我的作文写得一塌糊涂，并让父亲每周去一次学校，还发话倘若一个月后还是不见长进，就让父亲将我领走，因为他们的学生都是全省最优秀的。父亲对此很着急，在那段时间里，他甚至怀疑过我在智商方面有缺憾，然而他依然很耐心地如期去找老师交谈。

我没有什么惧怕的事情，相反异常平静，因为此前我在原来的班上是班长，我只是不习惯新的环境。在老师批评我的时候，我心底是有诸多不服气的，我借机瞟了一眼班上功课最好的同学的课业，心想也不过如此嘛，然后悄悄下去了。三个星期后，老师告诉父亲不用去学校了，说我是一匹难得的良驹。

学期结束，我总成绩得了全年级第二名，老师牵着我的小手，亲自将我送到学校的领奖台下。父亲也开始为我频频讲述一些名牌大学的故事了，因为那也是他青年时期未完成的梦想。

三

我的地理学得特别好，十二岁的小孩将中国的省份区划、地形结构背得滚瓜烂熟，我终于知道了武汉的位置，于是我最大的愿望就是希望自己赶快长大，一如当年在威远老屋背后眺望远方时的心情。我知晓长大后就可以去自己想去的所有地方，那时我就不再如儿时般弱小。慢慢地，南京、上海和北京这三个名词也一同进入了我的记忆，它们亦成为我守望的方向。

我的童年在不停地观望远方和憧憬青年生活的背后悄然流逝，由此，我很少去关注自己脚下的土地。

二〇〇八年夏天,因为一些不如意的事情,我再次回到我的出生地威远,期冀从最初的出发地寻找新的方向和答案。

我一下车,就见了小时候熟悉的玉米林和金穗初垂的水稻。玉米林很稠密,穿行在林中小路的某一转弯处就见了奶奶的身影。奶奶说她是出来看看庄稼的,然而我知道,她定是知道我今天会回来,在家里等不及才到这半路上来接我的。

八十岁的奶奶已然满头华发,步履蹒跚,背也朝前深躬着。此情此景,让我的眼里蓄满了泪水。我上前拥过奶奶,搀着她慢慢往家走。那些天我总是偎在她身边,一如儿时的情形。

我始终没想到这次见面会成为我们祖孙的永世之别,一个月后,看着躺在寿材里的奶奶慈祥的脸,我泪如泉涌。我和伯父彻夜守在奶奶灵前,她的长子和长孙跪在她的身边,她一直是那样安详宁静地睡着。

我觉得自己跟小时候没有差别,我依然没有长大,依然有太多的东西不能把握,而奶奶,她却这样匆忙地离开了我。

看到奶奶的新坟,泪水似乎永远不会枯竭。离开威远前的那几天,每到黄昏我都会到奶奶的坟前去陪她说话, 以前我总是笑话那些对着坟墓说话的人,笑他们的痴愚。而此时,我却比他们更认真地对着奶奶的坟说起话来,我始终相信奶奶是能听见我的话的。

黄昏的阳光穿过树叶轻洒在奶奶的坟上,就像奶奶慈爱的温暖抚摩在我的发间。我告诉奶奶,我会让自己幸福的。因为我是奶奶生命的延续,在这个时刻,我是真的明白了她生命延续的意义。

多年以后,我在翻阅自己的文字时,才惊恐地发现,原来在我的文字里对我的生长地威远难有成形的记述。想想也不足为奇,因为尽管我在那里待了那么多年,实际上我是不了解那片土地的,我对武汉和南京的了解远胜过它,这是在年少时就注定的结局;而在情感层面上,我更愿意将湖北麻城认作我的故乡。有趣的是,关于麻城的了解,我依然来自童年时候伯父残缺不全的口述和书页上稀少的文字材料。

我告诉自己,我是一个没有故乡感的孩子,面对威远那方可爱的土地,我所有的只是一次次离开的迫切愿望,在武汉东湖的烟水里,西望威远,我更像一个背叛者;而当我真正地朝麻城走去,我既不是一个实则的异乡人,却也不

能算真正的麻城文化滋养成人的本地人。由此,也就显得不伦不类了。

当走完中国的土地和城市,我依然习惯于一种完全放松的生活状态。我很庆幸自己的童年跟农村的泥土气息紧密关联,并且我想这样的情结将会伴我一生。

周作人先生说,凡我住过的地方都是故乡。

这样说去,我的故乡实在太多了,也不知这样是幸运还是一种不明意义上的悲凉。不过,关于这个问题的答案我想还需要几十年的时间去求解。

二〇〇九年一月第一稿

于　武汉

二〇一五年十二月修订

于　南京

和梦想一起长大

啪的一声脆响，一根翠竹在秋风里拦腰倒下。我放轻了脚步，缓缓向前，脚下枯黄的竹叶厚实而杂乱，窸窸窣窣的；路边的杂草无序地疯长着，野草繁荣的边缘，是一排青砖黛瓦的两层楼房，在黄昏里，被落日拉得很瘦很长，破旧而寂静地矗立着。

这里远离城镇，位于川南丘陵深处的一座山顶，名杨柳。往南是古盐都自贡，往东四十公里到内江，属威远县治，交通历来不畅，即便从山脚攀行上来，一般人也会喘气良久。很难想象，此处曾经是方圆十余公里内最喧闹的地方，每日书声不断，墨香氤氲。

十五年前，我和六十八个少年走进了底楼的一间教室。后来，我们的教室换到二楼，楼上楼下，度过了我求学生涯中最愉快的三年。

有一天，语文老师让全班同学依次走上讲台，跟大家谈自己的人生理想。于是，一个个稚嫩的孩子陆续离开座位，或羞涩或勇敢地开始了自己的理想演说：

我将来想做一位老师。

我想做科学家。

画家。飞行员。歌唱家。医生……

说自己要当歌唱家的是杨菊，全班最漂亮的女孩，流水一样的明澈。她所经过的地方，总有一种独特的芬芳，荡漾开去，变成一圈圈浮动的光晕。离开学校十五年间，她曾辗转于深圳、南京、杭州等地，在逼仄的城市街道中，为年少的梦想努力，最终定居于浙江嵊州。她没有成为通常意义上的歌唱家，但一直用最动人的心曲谱写生活。

余春，那个活泼如晨光、明媚白皙的姑娘，蝴蝶一样落在不同的地方，嘴角总是微微翘着，她的笑声似乎能催生一朵花的绽放。她是班上后来为数不多的考上大学的一个，她的梦想是将来坐在办公室里，不用风吹日晒，现在，她如愿以偿，进了县政府做公务员。

我总觉得刘小玲那时就已经是个画家，在黑板报或纸上，信手勾画几笔，即变成飘浮的云、柔软的絮、淋漓的雨。她去了北方一所大学念艺术专业，在那圆形的秋空下，用颜色和线条描绘着自己的梦想。毕业后，她奔波于南国深圳，美术之于她，依然是一种爱好和习惯，纯粹如当年。

胡桂平如愿做了医生，一身白衣，在威远那个小县城开了一家诊所……老实说，我当时对自己的未来是毫无轮廓的，我能想象到用来搪塞老师的理想一类的名词都被同学们抢先说完了。我紧张得十指出汗，某一个瞬间，课桌上正翻开的语文课本里，页脚的一行小字跃入我眼帘：朱自清，字佩弦，江苏扬州人，作家……于是，我成竹在胸地走了上去，大言不惭地开了口："我的梦想是当一名作家。"全班同学一阵疑惑，对"作家"一词茫然得很，一如我自己。不料，站在一旁的语文老师却对我报以掌声，眼神里暖意如春。

说来也怪，那次年少的狂言却带给了我后来莫名的人生牵引，虽然当时我并不能深解"作家"一词的含义，但自那以后，我疯狂地迷恋上文学，以致后来竟拂逆了父亲之意，进大学念了中文系。今天，当年的那些同学可以自豪地说自己是医生、教师、画家等，但我自己，离真正的作家却还远得很。

在这青砖黛瓦下，我们开始有了自己稚嫩的思想，紧接着有了梦想，期冀靠勤奋读书，去很远的地方。而事实上，我们这些怀有梦想的人，读书时，大都没有真正勤奋过。不过从二楼那间教室走出后，我们这群人中的绝大多数确实去了很远的地方。那些绿皮列车，满载着他们单薄如初中毕业证书的群体梦想，急匆匆地驶离了这片故土，向东，或者向南，车轮飞转。

二〇一〇年秋，因为当地乡镇中学合并，这所学校已不复存在，几秩书香文墨稍绝于此。在这片熟悉的土地上，不再有清晨的琅琅读书声，也不再有老师们匆忙行走的背影，那一排青砖黛瓦的两层教室，到如今唯可见杂草丛生和苔藓深覆了。

映阶碧草自春色，隔叶黄鹂空好音。

自去年起，那些尚未毕业的学生，已集中迁往镇上的中学，安分地守在学校寄宿读书，直到周末，方能在一片刺耳的机动车声中返家。从此，他们每天不用再于鸡鸣声中挣扎着早起，强顶夜色，经行那些漫长曲折的泥泞山路，穿越一层层晨露和早起的蜘蛛们结的晨网，跋山涉水地赶到此地早读。于是，每天上学和下学那条长长的快乐的路途，他们不再拥有。

那条放学路，十五年后，依然让我们记忆犹新。

在途中，我们曾为一只停留在枝头的倦飞的鸟，久久逗留于树下，忘记了上学的时间；抑或为等待某一个心仪的女孩，躲在隐蔽的路口，远远地看她经过，却从不敢吱声，思维被紧紧系着，目光汇聚成一条线，千里迢迢追随她的余影，心情却一层加深一层；抑或我们曾经过一番谋划，三五成群地去偷掘农人的红薯或蔬菜，一起翻过山头，潜入林间，生起篝火，野烟袅袅，烤熟一顿不能完全果腹的"晚宴"……一直到日光消失殆尽，才又收拾起狼藉一地的书包，掏出各自夜行备用的手电筒，一束束昏黄的光线晃动起来，开始向家的方向归巢。

曾经那些年少和青春的幻想，都如同蝴蝶一只只飘去。当年的恩师们，也都被分配去了不同的学校。他们年华已旧，霜染青丝，只是那份执鞭与春风化雨的胸怀，热忱依旧。他们将继续带着自己的教鞭，在另一排教学楼里，播撒阳光、雨露和希望。

曾经读书于这片土地的孩子，都已长大，蒲公英一样散落在天涯。然而也正是这一排云梯一样路径之上的山顶教室，记住了这些人的梦想和成长，也雕刻下了老师们青年的背影。它早已不仅仅只存在于这座山顶，所有曾在这里摇头晃脑读书的人，他们的心中都刻下了一条云梯，以及云梯之上那一排傲立的青砖黛瓦……

离开时，一群鸟雀从空中落下，在黑瓦上杂碎热闹地叫着，忽地又全部飞

向天空,像一张撒开的网。再回头,我耳畔又响起了当年的琅琅书声,浓稠的墨香萦绕于鼻。我知道每一寸晨光熹微升起,那一片翠竹间的风声都清亮悠远,翠竹之上,是经年不变、形态万千的浮云。

二〇一一年七月二十七日

于　武昌虎泉

路过故乡

胖娃儿胖嘟嘟，骑起马儿上成都。成都又好耍，胖娃儿骑白马。白马跳得高，胖娃儿耍关刀。关刀耍得圆，胖娃儿坐轮船。轮船倒个拐，胖娃儿绊下海。

——川南童谣

壬辰年腊月初七，办完离职手续，我便着手收拾案头和抽屉里的物件，全然不像别人离职时那般大拎小抱，三两分钟就打点清楚，仅仅一个单薄的文件袋，连一个水杯都没有。是的，在西祠胡同这一年，我养成了“不喝水”的陋习，为此，尝有同事在背后议论我的怪异，更有好心的女同事实在忍不住，当面向我发问：

你从早到晚就不进一滴水吗？

除了礼貌性地笑笑，我再无多解。这一年来，我大半时间都在日出前起床值早班，却从未沐浴丝毫晨曦的温泽。草草洗漱完毕，行色匆匆地赶到办公室，坐起之间，就是半日光景。循环一轮，太阳早已过了长江，出了南京城。这样一来，饮水自然显得有些“节外生枝”，抑或更深层的原因是我随时都准备清风两袖地归隐心中那半亩田园，只为少却“负重难返”的顾虑罢了。

珠江路上的灯光渐次亮了，车流声已喧嚣，都是归心似箭的下班族，神情

萧索。晓霞破天荒地在这个时刻不动声色,安然端坐于电脑前。霎时之后,她向我掷出一句:

等你走后我再回家。

自小到大,我最惧的就是别离。从第一天上学至今,我所经历的各种大小离别无以计数,与亲人分别,同友人离散,跟恋人决绝,心中早已被各种悲愁塞满。晓霞是我在这里最不舍的同事,虽然我们共事时间不算特别长,却有手足并肩之谊,难以搁弃。她的到来为这份原本兴味乏陈的工作带来了一丝明媚,每日里她总是一脸轻松,不时发出清脆盈盈的笑声,与她左侧随时眉头紧蹙一副苦大仇深的我形成鲜明对照。对于新鲜事物,她总保持着旺盛的好奇心,远方、旅行、陈年旧事的新考,这些名词都能点亮她眼里的星辉。

丁零零!趁晓霞接听案上电话的瞬间,我顺势在她的肩头轻描淡写地拍了两下,示意告别,未留下只字片语,果断迅疾地出了西祠胡同大门。想到此后一段时日里,因为我的离去,晓霞将愈加辛劳,我深感不安。虽然终于摆脱困扰我长达一年的疲惫,我却丝毫未觉抛释重负后的轻松,我知晓自己或许将从此告别年少起就热爱的编辑生涯。

我必须起程了。因为梦想、诗歌、粮食和故乡。

腊月廿八,南京大雪刚过,雪线一直接拢天际。天光初现,我和女友在禄口国际机场等候飞往成都的航班。离蜀一年,未与父母聚,随着登机时点的临近,我心里的喜悦和激动越发按捺不住。当雪裳下的南京城逐渐变小,我关闭了手机,合眼沉睡,让梦境先于身体抵达成都双流国际机场。

在这之前,我和女友曾不止一次抱怨过春运路途的艰辛,却从未打消回乡的念头。四川于我而言,早已是故去的旧时之乡,并且越来越远,轮廓愈发模糊。即便在年少生长于斯时,亦未清晰过。离蜀前的所有年月里,我都在蓄力挣脱那方土地,试图与之撇清关联,身在蜀地,目光却始终在远方。

离开这里,去远方,去大城市。

这是自幼被父辈和老师们所灌输的思想,在他们眼里,蜀地是穷乡僻壤,虽可解饥馑,却难免囊中羞涩。于是,大多数蜀人的青年梦想都是离开故土的绑缚,去富庶之地谋求生计。这当中出息而光彩的离开自然是高考金榜题名,门楣生辉;不过对于这方仅可果腹的土地上的农家子弟来说,新科夺魁毕竟是少数,他们过早地跟随父母躬耕于垄间田埂,书本顶多是生灶起火之物罢了。稚气未脱的他们背上最简易的行囊,匆匆告别父母和乡人,远赴数千里之外做着最底层人的活计。就这样,一列列绿皮火车从成都和重庆向东开出,金榜题名的青年意气风发,高考失意或从未奢望进象牙塔的村野牧童,神情萧索,他们乘坐同一节车厢,徐徐离开了故土。

谁也无从预知自己的未来图景,都只是在各种遥远的想象中一路向东,向东。他们的眼界和身份或许会发生悬殊,但有一点却极其相同,从双脚离地登上列车那一刻起,就再也回不去那片土地了。

在离开后的某个春运里,他们或许会重遇于不同城市月台上的茫茫人流中,乘坐同一趟拥挤的列车归乡,也可能在故土乡音中做久别重逢的喁喁交谈,但他们会陆续发现,自己的口音变了,在年少时健步如飞的土地上,重新落步却高低不定,接不了地气。看似光鲜的着装,发廊"洗剪吹"统一的嚣张发型,各种故作洋气的蹩脚口音,在这片土地上格外刺眼呛鼻,他们成了这片故土的背叛者。再转身面对他们生活打拼多年的异乡城市,他们依然是"异"乡人,身份是农民工、泥瓦匠、"蜘蛛人",没有医疗保障和户籍,适龄入学的子女被学校拒于门外,即便当年金榜题名的天之骄子,走出大学后,大多数人也沦为城市游民,早出晚归,难以洗净乡土之气,一并被称为"穷挫短"。

于是,中国大地上前所未有地出现了这样一群身形颠沛、精神流离的怪异人,谁也没有想到,唯一能稍息安放他们肉身和灵魂的地方,却只剩那一列列西去东来、南往北返的列车上最逼仄的寸尺空间。这是他们的宿命。

我将第十次从两千公里之外赶回那个遥远的川南村庄,只为与亲人分别一年后的短暂团聚,特别是二十五岁新婚的弟弟。我对女友说,虽然每年春运我们为了回川返湘,都历尽艰难,至少说明我们跟那方土地还有生命的关联。倘若经年之后,亲人不在了,那就成了真正的异地。正如我曾站在先祖们赖以生息的湖北麻城的山野间孤独迷离,惴惴然不知所往。

四川人总以为越远的地方越好,京沪穗深一定胜于成渝,芝加哥波士顿更胜一筹,即便是南非西亚诸国,也比自己的故乡好上很多。因为它远啊!两千公里的距离,我在南京回望西蜀,这种戏剧般的时空对换,终于让我开始思考我的故乡和与那里相关的一切。

前来接机的弟弟,比一年前清瘦了很多。三天前,他刚在峨眉山与相恋六年的恋人成了婚,今年夏天即将为人之父。我和女友很快上了车,弟弟驾驶,

我坐副驾驶位上，与他说着久别后的俏皮话。成都的天空总是阴沉灰暗的，曾经出租车都不愿去往的郊野已矗立起一幢幢新建的高楼，我们在绕城高速公路上爬行近两小时后，终于出了成都城，驶入新近通车的成自泸高速公路。这是我首次经行此道回威远，沿途三分之二的里程由桥隧铺成，两畔是初开的油菜花和蜀地最寻常的竹子，新旧不一的民舍三五座一体，或错落于道边，或星布于山野，炊烟与暮霭暗合于一体，辨不分明。

车过仁寿，便进入威远连界一带，这曾是威远西部最宁静秀美之地，崇阿峻峭，湖泊棋布，水天一色，翠竹四季新绿。中学时我曾与友人数次窃游于此，那时交通极为不畅，多是盘山小道，云雾里穿行，从县城来往此地要五六小时，却分毫不觉累。上大学后，再未靠近这片留驻于我们少年梦境里的桃花源。却不曾想，十年过去，这条最"寂寞的路"已担负起川南地区和成都之间最繁忙的沟通，而当年五六小时的路程，如今也只在须臾之间。

在我最熟悉的土地上，骤然有了高速公路，我在享受交通便捷的同时，却惺惺作态地高兴不起来。这条高速公路的贯通，让威远人去往省城从此不再借道资中，路程缩短了六十公里。但威远西部古老的深山再难沉寂，曾经的神秘荡然无存，我在千里之外日夜想念的那些旧时人事，都只能去记忆里邂逅。弟弟凝神开着车，我却形神分离，只身返回了童年……

我被母亲叫醒时，父亲正在忙着收拾包裹。母亲将最新的小棉袄为我穿上，动作一丝不苟，她的头发散落在我惺忪的双眼间，发间的香味是我依恋的。小棉袄是粉色的，母亲喜欢女儿，我在正式入学前着装上一直被女孩化，后来的弟弟也受到这般待遇。

起床的一番程序完毕后，父亲推开了门，夜色昏沉。母亲背着我走在前面，父亲拎着行李紧随其后，埂垄间的泥土路虽算得宽阔，却颇不平整，我们高高低低地向前走着。路的两旁是黑压压的树影，沉默不语却形态各异，不算长的一段路程后，向西转过一个大弯，路前方豁然开阔，这是威远通往内江的市道，远远地射来一束耀亮的灯光，公共汽车的声音由远渐近。车停了，母亲小心翼翼地背我上去，刚落座车便开动了，父亲在摇晃的车厢中细致地挪放行李。车窗外仍是漆黑一片，车的前照灯昏黄柔和，两旁的树都突然欢跃起来，倏倏地沿着窗玻璃向后奔跑，一直跑进我的初始记忆。

东方既白，汽车的灯光渐渐黯淡下去，车窗外的那些热闹的树影也都消失不见，我感到无比失望。这是我对汽车最早的感受，三四岁光景。为了赶最早的公车去自贡乡下的外婆家，父母好几次选择在日出前带我坐车。那是我当时能坐的最远的车程，但仍然让我意犹未尽，后来的很多年，我对汽车产生了特别的好感。

冬至未到，漫山遍野的甘蔗林排浪般涌向低低的天际线，我常常躲在林间，啪的一声折断一根，恣意地咀嚼和吮吸，累了就索性躺下来，天空被浓密的甘蔗叶割成碎片，却从不塌下来。我被风浪簇拥着，整个身子被托举起来。此时，父母和弟弟在远方，幼小的我弗辨其方向，亦不知其远。

冬至过去，大人们都变得尤其忙碌，甘蔗林被叔伯们陆续伐倒，除去蔗尾和尖利的长叶，用竹篾绑扎成一捆捆。马路上停了不少卡车，甘蔗一捆捆地被装上去，最后垒成一座座小山，晃晃悠悠地被运往内江制糖厂。那时的内江满境种蔗，"甜城"之名非有虚假。

我喜欢去五姨家，因为那里可以看见火车。五姨家在自贡的古镇三多寨城墙下，我和弟弟每次去时，大多数时间都待在铁路边。火车经过，我们就一同数车厢的数目，往往是列车走后，我们还傻傻地望着车尾的方向发愣，数数的事早已抛于脑后。后来，我和弟弟常常站在威远老家最高的山顶，眺望远处蜿蜒于丘陵间的白色马路上的汽车，很久才能看见一辆，从最东面的山头出现，很快又消失在湾底，继而又爬上另一座山头，循环往复，若隐若现，直到最终消失在西面最远的山头。卡车、篷篷公车、面包车、小轿车，我们一数就是一整个下午，但经过的车辆也不过二三十辆，直到母亲远远地召唤，我们才追着最后一抹余晖倦鸟一样地归巢。

村里又有妇人吵架了，她们隔着很远，立在两个山头上，中间是很多稠密的树，枝叶开阔，树下还有几户人家，谁也看不见对方的脸。妇人们扯开了嗓子开骂，各种乡野粗鄙言语迎来送往，诽谤、揭短、曝私，为压倒敌手，无不用其极。于是，骂架双方的八辈祖宗都被"问候"一通，各种丑事秘闻甚至家族轶史也曝晒无遗。诸如谁偷了哪家的汉子，谁家儿子不是亲生，谁身体哪个部位有瑕疵，时间地点各种惊艳细节全景展现。骂的人铆足了劲骂，既要靠口才和声音，还要讲究智慧和战术。旁人往往是不会来劝和的，窥私的欲望只会让他们竖起耳朵享受这场"听觉盛宴"。逢有此时，母亲都会把我们兄弟俩赶回屋去，但我仍然能想办法听得分明，记下这些故事，却从不吱声。

骂架时的妇人们不共戴天，恨不得活剥生吞了对方，三五天后却又和气一团，促膝谈笑，全然将过去的纠纷扔在脑后，真正的血海深仇跟这片土地没有关联。

婚嫁寿筵总是最热闹，方圆友好齐聚事主庭院，桌子不够，邻近人家把自家的搬了来，一律的简易木质八仙桌；人手不足，地邻亲朋索性丢下家事，打灶生火切菜烹炒，分工有序，执行无懈。宾朋满座，席筵开启，菜品俱是祖上传下来的，知其名的凉拌猪耳、烧白、扣肉、圆子、酒米饭、夹沙肉、牛舌、鸡爪，不能以书面语呼其名的席品也一个不落，色香味形器神俱佳。菜上齐后谓之“席满”，“席”是此类盛宴菜种的统称，仿佛满汉全席之名目。只是做法和来历均无文字记考，全凭村人口耳相传，躬身以授。“席”散了，帮忙的人陆续将自家木桌长凳扛回，筵席的热闹劲儿却氤氲不散。

我最近一次品尝故乡的宴席是去年春节，席间，我重新见到了那些阔别多年的村人。当年在山头对峙隔空舌战的丰腴妇人都已容颜黯淡，乳房松软；我年少时惧怕的彪形大汉也枯瘦如柴，身形似弓；当问及五个未见的长者时，被告知有四人已作古。“席”依旧是当年的品种和味道，人却仿若一夜之间全部衰老。桌上的年轻人发型怪异，着装新奇，大多都是不识之面，他们自然是不谙“席”的做工和传承的。我难免悲伤地想到，这些盛行于威远一带的民间“席”味在不远的未来，将随着最后这群老人的离去彻底消亡。

川酒、川菜、蜀女、蜀色，应是近十年来成都带领四川走出盆地的四张名片。且不说驰名已久的五粮液、泸州老窖、沱牌曲酒、剑南春，单是川渝黔交接处的二郎镇郎酒的醇香，就吸引了贾平凹、毕飞宇、阿来、刘醒龙、舒婷等一众著名作家前往，并竞相挥毫以较嗅觉高下，吹拉弹唱，各显神通；巴蜀两地大街小巷的川菜馆和德庄火锅店，坐满各种肤色的背包客；不知何时起，成渝两地成了中国美女原产地，声名鹊起，势压苏杭；九寨峨眉亚丁稻城常年门庭若市，络绎不绝。

历代文章中，叙写川南一带的寥寥无几，记诸文字的人事更是不多见，近代作家尤甚。我始终认为，只有深谙五谷之味的人，方能懂得生活的滋味和情调。沿着长江溯游，其实也是沿了一种美食的味层拾级而上，越往上，味层越多，滋味愈丰富。南京到武汉，味道浓重了不少，添了辣椒；再往上到川渝，滋味更加浓厚，辣味更带劲儿，并且多出了花椒的麻味。“麻辣”之中的“麻”是川菜别于湘菜楚菜之特性。味重之地，皆是性情中人。味愈浓重，性情愈爽朗豪直。川南重镇自贡，自古以盐名世，有“盐都”之美誉，此地出产的皆系上等井盐，历史上很长时期被御征以作贡品。产盐之地，其味更是有特别之道，人情风物个中滋味自不必多言。

威远隶属内江治，早年的精神气貌均有“甜城”之承，又因毗邻自贡，且供自贡全城生活用水，与盐的关联密不可分。川菜派系众多，名目繁杂，然而却鲜有人知，真正能登大雅之堂的还当数川南的盐帮菜。食盐为百味之祖，自贡为井盐之都，盐帮为美食之族。“吃在四川，味在自贡。”史籍称此地“衍沃饶润”“过于他郡”，为“富庶甲于蜀中”的“川省精华之地”。威远人性格中既有盐之豪爽耿直，亦有蔗糖的浪漫软侬。

川菜之所以精工细作，调料考究，滋味丰厚，一定是赖于早期蜀人安逸的生活，他们无惧无忧，不骄不躁，并深受土地的滋养，才有闲暇和情致来工于食色。现下，川菜名声越发大噪，昔日固守家园的蜀人却异乡求存，与故土失去关联。当那些慕川菜之名远道而来的游者，坐在巴蜀巷院中，品尝着由神色凝重手脚急促的川渝人烹炒出来的川菜，除了舌苔的麻辣，川菜的神韵与内核已相去甚远。

甘蔗林早在二十世纪九十年代中期就不复存在了，“甜城”早已不甜。我和弟弟数汽车的那条马路改了道，现在车流不息，原先的马路上新筑起了人家，临河而居，新舍遽旧，门扉脱落，室内空寂一片。

小时候去往外婆家那段意犹未尽的车程，被延伸了很长很长，无数个夜晚，我穿行于秦岭、大巴山的隧道中和金沙江、黄河、长江之上，窗外的树影在初次经过时升起一丝新意后，再无欢跃之姿，唯剩疲惫。

几年前，我坐火车由成都去昆明，列车过三多寨时，我伫立窗前，第一次从火车上眺望当年我和弟弟数火车的位置，五姨的家被内宜高速公路平行阻断，举家赴成都打工谋生。幼年数火车的弟弟，铁路学校毕业后做过列车员，参与武广高铁的铺轨，之后毅然离开了铁路。

女友戏谑威远的年味太淡，远不及她的故乡湖南汨罗张灯结彩，喜气盈门。当然，她是不解个中缘由的。这片土地上的人们被连根拔起，一批批去往千里之外谋生，蒲公英一样散落天涯，他们的根系自然也就在异乡的风雨中吹散冲蚀，过年全凭春运的跋山涉水，能带回多少年味，也就不言而喻了。

一切都在远去，一切都束手无策。

我曾从不同的地方回乡，但终究是短时的驿寓，就像我曾在疾驰的列车上眺望少年时和弟弟数火车的位置般惊鸿一瞥，无法停留。故乡变成了匆匆的途经之地，恰若我们路过别人的青春和爱情。

三十岁的我，重回故乡。在弟弟的婚礼之后，找一个古老的时间，等候离开前的自己，听他用稚嫩的声音絮叨那些被我轻视的岁月；等他说累了，我就给他讲述这些年我在途中的每一件事情，关于村庄、城市、日出、雷雨，以及每一个我不舍的人。

当然，最要讲述的是，来自湖南洞庭湖畔的我的恋人。因为只有爱，才能自由穿越，并带来光明。

耳畔突然响起年少时语文课本上的一篇小文，甚合心境：

我是蒲公英的种子
有一朵毛茸茸的小花
微风轻轻一吹
我离开了亲爱的妈妈
飞呀！飞呀！
飞到哪儿
哪儿就是我的家

念诵时摇头晃脑，童声清脆，整齐悠扬，鸽哨响彻深深的蓝天。我们的车掠过老家远处的山头，尚余一丝天光挂在屋檐，我远远地看到老屋昏黄的灯光，灯光跟前，老屋临道的东端，父母等待多时的身影骤然映入我的眼镜片，随着距离的拉近，我逐渐清晰了他们的面容。车停门启，拥过母亲的瞬间，屋内腊味丰盈，飘然而至，天际最后一丝光亮消失殆尽。

二〇一三年二月二十六日

修订于　南京苜蓿园

那些以梦为舟的岁月

现实是此岸，理想是彼岸，中间隔着湍急的河流，我们尽平生之力在河面上架桥，或历万千险阻假舟以涉。

梦想：垂髫之年

趁我不备时，母亲和外婆又背上竹篼悄悄溜出了院门，她们轻缓细致的动作仍然未能逃脱我眼角的余光。于是，我哭嚷着追了出去。母亲住了脚步，友好地向我走回来，俯下身温柔地对我耳语："春儿乖，就在家玩，等妈妈回来的时候给你买个包子。"

得了此话的我瞬间安静下来，认可地向母亲点点头，然后目送她背着竹篼的背影在晨光里愈变愈小，最后在山边一转弯消失不见。

年幼时，父亲在昆明做生意，我和母亲一直住在外婆家，在四川自贡的乡下。每次逢场赶集，母亲和外婆都要走十余里山路才能到最近的三多寨镇上。很多时候，为了赶集路上的顺畅，母亲和外婆临出门时，都会想方设法避开我溜走。但从小善于察言观色的我，几乎总能事先察觉她们的动向，免不了不依不饶地在后面追赶。母亲赶集无非是去卖一些家里积存的鸡蛋，或是卖掉一

只成年的母鸡,完了再置办少量的生活所需品。

母亲走后的一整个上午,我独自在家总能自得其乐,要么到竹林里捡竹叶堆宝塔,要么找一捧土和着水捏泥娃娃,再或者取出唯一私藏的小人书看图画。

日光当顶,当路上赶集的人络绎不绝地归来时,我就爬上外婆屋后最高的山坡,眺望通往镇上的小路,等待母亲归来。只要母亲的身影一出现,我就一溜烟地跑下山,朝母亲奔去。到母亲跟前,她对我会心一笑,伸手递给我早已准备好的一个鲜肉包子,然后说:“妈妈没骗你吧!”事实上,从小到大,母亲从未骗过我任何事情。不得不承认,那是我迄今尝到的最美味的食物。我也曾暗自思忖,母亲为何每次只给我买一个包子,不多买一二?让我一次尽味尽兴。当然,我从未向她提过这样的要求。

我在心中暗自立下一个宏愿:等将来长大了,一定要把镇上的包子全买回来。

梦想:始龀之年

“现在是语文早读时间,你拿本数学书做什么?”

“老师,我的语文书忘带了。”

语文老师眼里闪过一丝深深浅浅的责备:“你跟我来!”我低着头跟着老师走进办公室,她轻轻打开抽屉,取出一本崭新的语文书,对我说:“今天你就用老师这本书吧。”

我不自觉地在衣服上擦拭完双手,小心翼翼地从她的手里接过书,像捧着世间最宝贵的礼物回到座位上,却迟迟不敢打开它。那是老师用了整整一学期的课本,却崭新如初,任何一个边角都没有卷曲和折痕,更不见书中有任何污渍。那一刻,我被震惊得不敢呼吸,再想到自己那些七零八落的书本,顿时汗颜不已。

这个场景出现在我入学第一年的一个清晨。刚上学时,我跟所有农村孩子一样,把自己的课本画得乱七八糟,到处是黑墨图,也画过忙得不可开交的“杜甫”。半学期未过,书页早已变成了纸飞机或轮船,去往了天涯海角。

那天,老师拿着一本陈旧的语文书为我们上课,我十指托着属于她的新书,丝毫不敢用力,生怕会压出任何一丝折痕,更未敢用笔在上面写一个字。

顿悟就像是一瞬间的事，从那以后，但凡我用过的书本，无论多长时间，都始终像新书一样干净平整。后来，老师常批评同学："你们书上一个字都没有，笔记从来不记，成绩怎么可能好？"末了往往会补充一句："阳春除外，尽管他从不在书上做笔记，但他全都记到了脑子里。"

我很感激当年的语文老师，让我在童年就懂得了爱惜书本，这个习惯我一直保持至今。那时候总嫌老师发的书太少，几门学科的课本一周就被我读完。

于是，我又立下一个宏愿：等将来，一定要有足够多的书。

梦想：舞勺之年

开始依凭自身兴趣买书，是上中学后。那个夏天我收到了喜欢的女生的礼物，一本《林清玄散文》（浙江文艺出版社），我将这本书反复读了很多遍，直到好些篇目倒背如流，再把最喜欢的篇章用漂亮的行楷抄写在宣纸上。我的写作功底和书法水平在那个暑假突飞猛进。

此后，我频繁地出没于县城各大书店，省下每周母亲给的生活费买回一本本喜爱的书，于是苏童、贾平凹、余秋雨、余华、王安忆、司汤达、巴尔扎克、莫泊桑、大仲马等作家作品成了我课余最好的朋友。也是从彼时起，我开始向杂志社投稿，并频频收到用稿通知和发稿样刊。再后来，稿费成了我买书的主要经济来源。

中学课业的繁重愈发加剧，语文课成了我课堂上最明目张胆的阅读时间，老师发现后也不会突然冲过来，像收掉其他同学的课外书一样对我进行一番"烧杀掳掠"。我开始厌恶教材，不再如小学时渴望老师每学期能多发几本书，更不会在领到新课本后如饥似渴地一周内读完所有的文章，但它们毕竟占据了我绝大部分的时间。

我虽然爱惜书本如生命，但对那些教材却毫无疼惜之心，全然又回到初上学时那般光景，在上面画满了"杜甫""康有为"，最终弃之如敝屣。我虽爱书，却只眷恋心中所喜，一如对女人，只钟情心中所爱。至于其他，与己无关。

于是，我立下宏愿：等将来，我一定要扔尽那些枯燥无味的课本，只读自己喜欢的书（高考结束那晚，我将那些厌恶的教材累积成山，付之一炬。我在烈火中对青烟语：此生不再为你们所累）。

梦想:弱冠之年

藏书为富,爱字不贫。家中藏书愈发多起来,我每次回家必定为她们除尘驱虫,再按我对她们的宠爱程度排序环列一周,我立于其间,自有一种君临天下的豪迈,更有巡幸后宫三千佳丽的笑逐颜开。

少时有朋友进我书房,往往免不了随手取下一本,顺势翻开,要么胳膊用力一压,一道难看的折痕顿然而生;要么一边嚼食,一边用带油腥的手指翻页,书上立马油光斑斓。我在一旁只能黯然神伤。更有人会提出借书的不情之请,碍于情面我只能忍痛应允。而书被借走后,我便开始牵肠挂肚茶饭不思了。好不容易盼到借书者把书送回,往往已面目全非。我接过书后,等人一走,立马将此书弃于舍外,复又到书肆购回一册版本完全一致的新书。当然,还有一些借出的书自此杳无音讯,为了不愿见到它们全然失色的形样,我也就不再挂念。

在这世上,我不可与人分享者有三:童年时三多寨镇上的包子、书、女人。于我而言,食、识、色三者之佳品皆重于“藏”。也正是出于此因,后来的我几乎再也不带人进书房,更不轻易将心爱之人示众。但也并非无特例,若我偶有携爱人待客,在我这里必定属最高接待礼节,所待之人定是生命中至为重要的朋友。

我虽爱书如命,却也并非锱铢必较。“高斋卦榻骊歌后,坐守尘编少往还。”若遇徐孺子,有好书时也会购双册以其一赠人,共享同乐,只不过同一本书不可染他人指印。

有好友问,拆开一本新书是如何一种感觉?我说恰若退去一位美貌处女的华裳,急不可耐又小心翼翼。

于是,我立下宏愿,如当代诗人杜均言:好书如美女,筑室以藏娇。终其一生,我只想做一个“荒淫无度”的君王。

梦想:而立之年

最近几年我很少进书店,更是鲜有购书。原因有三:一来我曾拖着众多藏书南北飘零,舟车劳顿中让她们容颜凋敝,不忍再陷新欢于失色;二来目下出版社所出精品寥寥无几,大多粗制滥造,不堪卒读;三来因俗事缠身,难有平静的心境潜心阅读。

即便如此,在我眼里,当代文学也并非没有佳作,远的且不必说,每当我迷惘于书店的柜架时,一想起杨如风先生的诗文,就瞬间得以平静和欣喜。哥哥的诗文在书肆和街市至今是难得一见的,那些文章一如哥哥其人以及他身后的故乡长阳,永远散发着天然的清雅之气,不染纤尘,澄澈幽美如清江,亦似悬崖上一阵阵穿越竹梢的风吟,更似一道雨后天际的虹。

二〇〇八年秋,我从北京坐火车沿京广线穿行一夜,在江城的晨光里见到了哥哥的初面,温润如玉、淡雅如风,长发飘然,一身古典之美,栩栩然有仙气,亦有江湖剑侠的威仪之风,他的这种风仪至今未减丝毫。他站在那里,就是一座灵动的长阳和唯美的王国。哥哥是我平生所见唯一人与诗文天然合一的诗人和作家。只是这几年来,鲜能见其新作了。

哥哥除了作家、诗人的身份外,多年来一直执掌着中国通俗文学期刊界的黄埔军校《今古传奇》杂志社,担任社长和主编,历年来获奖无数,尤其是他主持的《今古传奇》(人物版)在传统纸媒整体下滑的今天,发行量仍实现百分之百的增长。今年,杨如风先生又入选湖北省"一二三"企业家培育计划。

也是因为哥哥其人及其作品,一直以来,我对巴国故都长阳心向往之,那是我能想见的另一个王国。"春有百花可采,有无数野果可摘了吃,夏有连绵起伏的苇荡, 秋有瘦出各色石头的浅滩, 冬有皑皑积雪和晶莹剔透的凛钩子。"(《桃花渡》)

"那里有颇知儒雅的农人,有寂寞来去的先生,有神神秘秘难以述说的风水……我确知固执候着我的,还有一位面容安详的老人、一群素手纤纤的笑面女子,或者还有一个破败的码头、几座石桥,甚至于路边的一堆黄土。然而,春来秋去,橘子熟了多少茬,我都不知从何说起。"(《古镇资丘》)

哥哥故乡的老屋"背靠青山,离水最近。门前是大片的竹园,肥竹之间,群鸟啁啾。木筑瓦盖、连排五进的大房子,分上下两层,四面板壁,冬暖夏凉;堂屋中空,画栋环围,粗壮的柱头直耸梁顶,厚重的大门和高高的门槛,很是阔气"(《桃花渡》)。

哥哥数次与我约定:找时间,我带弟弟回长阳老家看看。

话再说回来,完全不读书于我而言是不可能的,从燕地南归之前,我曾深

刻反省:唯读书可明志,唯读史可不惧未来。这些年来,我在著文立说上囿于各类章法和技艺,取媚迎合各种褒奖,性情消殆。“吾生也有涯,而知也无涯,以有涯随无涯,殆已。”在面对钟山王气和潋滟玄武时,我不禁感叹:愿得人生再百年,不负王气与诗章。

虽刚过而立之年,想起毕生诸多宏愿,却已感时光须臾,哥哥曾戏谑自己“来日无几”,从我梦想实现的层面去看,倒也并非都是轻松的玩笑话了。

海德格尔说:“诗人的天职是还乡。”在此,我只想再立一宏愿,如哥哥的诗句:

许多年之后

我要回乡

召集鲜花和小草

宣布一件光荣的事情

二〇一四年九月二十七日

于　南京徐庄

吾爱真理　吾尤爱吾师

在西牛贺洲，须菩提祖师把孙悟空逐出师门前对他说："你这去，定生不良，凭你怎么惹祸行凶，却不许说是我的徒弟。"听到菩提老祖的这番话，孙悟空只得一口答应："绝不敢提起师父一字，只说是我自家会的便罢。"

在我的求学生涯中，遇到过很多位老师，却很少有让我至今时常记念的。我从小理想中的老师，他应该有极高的修养、渊深的学识、传神的授业之道。按照此标准去衡量我早年的老师们，大抵上是鲜有符合的。尤其是高中文理分科后，我对自己所在的文科班的语文老师一度不满。在某天的早自习课上，我站上讲台义愤填膺地说："语文课绝不是这样上的！"全班同学听后蜂拥振呼，给我以最大的响应。

那次之后，我以时任语文老师"普通话发音太蹩脚、专业知识太浅薄、教学水平太低、黑板字太丑"四大原罪，联全班同学之名上书教导主任和校长，换掉了语文老师。再后来，到高中毕业前，学校因其他安排又更换过两位语文老师，仍旧没有遇上一位令我满意的。

再后来，我负笈两千公里外求学，当时的中文系系主任在新生开学典礼上，用洪亮的声音喊道："我们这里是全国最好的中文系，没有之一，也没有必要再谦虚了。"那一刻，我知道自己年少的那些遗憾将在这里得到加倍补偿。

这所学校是全国人文渊薮，名师云集。那位系主任成了影响我一生的恩师，我称他为“父师”。他学养深厚、著作等身、名满天下，不仅如此，他还风度翩翩，书法一流，授课时片刻间就把学生带入他的世界里，宛若武功盖世的高手。

出师门时，我的恩师没有像须菩提祖师一样，对我说“凭你怎么惹祸行凶，却不许说是我的徒弟”。另一位老师告诉我，“父师”说过我是他最优秀的学生。我听了此话，心里如火山喷发，难以平静，又有些许抱怨他为何不亲自对我说。出师门后，我虽从未生过不良，却也从未在极其亲近的人之外“提起师父一字”。原因很简单，他说的“最优秀的学生”这个命题，需要我们师生俩的相互认可，仅他一方承认是难以构成数学上讲的“充要条件”的。我从未敢认同他的这个观点，只怕自己学业不精，辱没师门。

我的另一位恩师，其实就出现在我先前提到的那所高中学校，她是我的高中班主任兼数学老师。一个文科生遇到的最喜欢的老师竟是数学老师，这兴许有点匪夷所思。一点不假，她是我中学时期唯一特别敬重的恩师。当年，她同时教着一个文科和两个理科班的数学，这三个班的学生同一套题考试，最高分却时常出在文科班里。她永远是未语先笑，宠爱学生如自己的孩子，甚至对个别学生到了溺爱的程度。但她也同样是一位严师，对于犯错的学生在原则上绝不让步，“即之也温，听其言也厉”。不谦虚地说，这所学校建校以来最优秀的学生，大都出在她的门下。

还有最后一位我经常记起的老师，在我小学临毕业的一天，所有同学都在认真做作业，他把我叫到教室外面，小心翼翼地从笔挺的西装口袋里，掏出一支精巧的圆珠笔。他俯下身递给我，说：“这是老师送给你的毕业礼物，你不要告诉其他同学。”我虔诚地接过来，望着年轻英俊的老师，连半句感谢的话都说不出来，那句“不要告诉其他同学”被我认为是老师给我的最高级别的毕业礼。他是我的小学数学老师，一位从来不愿意在我数学作业本上打叉的老师，即便在批改作业时偶尔发现有错误，他都会叫我拿回去再检查一下。所以，后来我有很多数学作业本从头至尾都没有一个叉。

今天是第三十三个教师节，我再次想起我的三位恩师，从大学到中学到小学，让思念逆时光之河溯流而去，在他们面前再行一次学生礼。同时，我也想对因我少不更事而换掉的那位中学语文老师致以遥远的歉意。

在我的词汇里，传道授业解惑者，可谓之老师、先生、师父、父师。老师与学生是最寻常的教学关系,先生与学生关系有所递进,师父与弟子有及门之礼、入室相授,而父师这个称谓则无需赘述,个中深意各自解读吧。很显然,我的这三位恩师,对我而言,早已超越“老师”的意义。

与亚里士多德不同,我要说的是:吾爱真理,吾尤爱吾师。

二〇一六年九月十日

于　重庆江北国际机场

与故乡和解

没想到的是，多年后我还会回到这座小县城来，并且还要待上一周的时间。跟以往很多次回来一样，我仍旧是默不作声，不惊扰旧时的相熟，没有人知道我在这个春天回到了故乡。但跟以往也有不同，这次回来我是为了除掉身体上的一些顽疾，它远比我预想的要严重许多。

这些年来，老县城的外围扩建了数倍，高楼一幢幢地拔地而起，并且有了二环路，据说三环也正在如火如荼地建设中，它们让县城的天际线变得异常狭仄。政府和房地产开发商是很精于成本计算的，拆建旧城和于农田之上兴修土木，两者成本上的高低不言而喻。所以，截然相反的一面是，囿于新城内的老县城，十几年过去了却还大体上保留着原初的模样。

高耸于城东山上的白塔依旧沉默而坚定，山麓书声琅琅、弦歌不断，从这些晨吟暮诵的学生中，先后有人考进同济大学、天津大学、厦门大学、吉林大学、北京师范大学、中国人民大学、浙江大学、南京大学等著名学府，他们的名字都曾在全县引起轰动，这是一片酝酿梦想的圣地。清溪河静静地淌着，虽然早已不能重现许多年前河畔女人们浣衣的景象，但河水比以往干净了不少，开始有了渚上垂钓的老者。还有那曾见证过无数青春懵懂爱情的桃花山，听过了太多年少无畏的誓言，也同样见证了那些誓言最终不切实际地轰然瓦解。

春光这般明媚，就像过去几十年里的每一片春光。我彳亍于城内的文化街，是的，一切都未曾改变，时间之河在我离开的这些年里，封存了这里的一切，上帝温柔地为我按下了暂停键。那时候的我是那么渴望了解外面的消息，互联网是一个陌生的名词，我一有时间就冲出校门跑到这条街上来，因为有很多的杂志摊、报刊亭，两三家书斯，还有一个邮局，这些都是我跟外界唯一的联系。我曾在那些杂志摊上急切地寻找自己新发表的文章。我在这条街上获得过很多意料之中的欢欣，也有突如其来的惊喜，还有怅然若失的落寞。而那个邮局，是我主动向外界发出信号的灯塔，用一封封信件告诉我想通知的人或地方，我在这里，只要给一个哨令，我就会随时出走。

现在重新回来，我怀抱恙之躯以最慢的脚步和疼痛的姿态，走在这条街上，我仿佛遇见了很多个年少明媚的自己，他们匆匆地来到一个报刊亭前，以最快的速度买走一本杂志，离开时健步如飞。可我已经走不快了，很慢很慢，就像落日从树梢松散地落进林中。我妄想追上他们一程，终归也是徒劳。他们随便一转身就是一个春天，我忽然感到鼻子一酸，忍不住想哭泣。

这次身体上的历劫已带给我许多的改变，对世界的看法，对生命的理解，对万物的尺度，舍得与宽戒，都会有新的启发。数日后身体康复，在饮食上我可以不再有所忌惮，但我已决定从此效摩诘居士“不茹荤血、居常蔬食”，更不染酒半滴。

自小到大，我对故乡的感情是极为有限的。其实故乡与母亲一样，它不仅生养我们成人，还总是最大限度地包容着我们的任性和偏执。这次回来，它对我施以前所未有的温柔，在最无助的时候给我最有力的拥抱，我和威远过去层层叠叠的纠葛，也如炎阳映雪般不自支持地融解。好啦，过往的一切我们就此和解算了。

这是我历次还乡中停留时间最长的一次，它将为我酝酿一次全新的出发。几天前回来的路上，我对弟弟说，春天这个季节实在没什么好的，看似繁花怒放，一派欣欣向荣之貌，地里却几乎未有产出。现在想想，这个春天对我来说，不仅没有产出，反而还能剔除体内一些不想要的顽疾，倒也是挺好的。

二〇一七年三月三十日

于　四川威远老城病榻上

昌的“蓉漂”岁月

我与昌不见已近十个年头，在这十年里，他先后完成了重要的“三子”任务：在温江买了房子、娶了漂亮的妻子、生了个聪明伶俐的儿子。由此，正式结束了“蓉漂”的岁月。

昌是我的中学同桌，他的老家在威远连界的大山深处，高中毕业后他曾带我去过那地方。彼时成自泸高速公路尚未动工，我们从威远县城乘坐公共汽车一路颠簸，山路蜿蜒六七个小时最终抵达。昌的家在半山腰，莽林蓁蓁，稍一落雨便是云遮雾罩，群山连绵不可穷目，景致之美宛若世外仙境。

离开昌家的时候，昌的母亲嘱我道：“我大娃长这么大，去过的最远的地方就是县城。你们是好兄弟，这次上成都你要多帮帮他，不懂的地方好好教教。”于是，昌在我的带领下，第一次离开了威远，前往成都开始他并不算理想的大学生活，同时也开启了他的“蓉漂”岁月。

昌的大学开学要早几天，报到那天，我陪着他从洞子口坐车去了北三环外的大丰镇，几经寻找终于走到了学校的正门前。昌的眼神里并未放出期待的光，他拎着行李淡定地从人群中走过，找到报到点后，他翻出录取通知书排进长长的队伍里，一步步向前挪动。昌身材高大宽厚，面相看起来要比同龄人年纪大一些，加上衣着朴素，以至于当他排到报到桌前时，老师从头到脚来回打量了他三遍，最后说："学生报到这事，我们还是希望由孩子自己来做，毕竟已经是成年人了。"

昌一时之间未能理解这句话，僵在那里不知所措。我在一旁见状后，凑了过去，帮腔道："老师，你眼力不怎么好哦，这就是他本人。"老师听后一脸狐疑，随后表现出一点点的歉意，情绪复杂地给昌办完了入学手续。

昌出来后闷不作声，我推一推他的肩："好啦！怄啥子气啊，是她眼力不行，你拿自己出气做啥子！"他朝我腼腆地笑笑，掷出一句："傻婆娘一个！"

进入大学后，昌对融入这座城市显得很积极，他经常坐公交车转悠在成都的大街小巷，尤其是二环路的环线公交不知坐了多少趟。有一天，他一个人出门去了游乐园，看到过山车觉得很刺激，于是大胆地上去体验了一把。没想到下来后，只觉天旋地转，世界一会儿明亮，一会儿黑暗，他在路边扶墙吐了一地。当清醒过来后，才发现钱包早已不知所踪。

这是昌与成都这座城市的早期磨合，有惊喜也有疼痛，有兴奋也有些微的自卑。

后来再见到昌，他刚从大学毕业，已开始工作。他跟几个校友合租在骡马市附近的老民宅里，见到我后满脸春风，他对这座城市的很多事情已经了如指掌。他领我去了寓所，自己裹围裙进了厨房，锅碗瓢盆碰撞的声音有节奏地传出来，很快就端出了好几道菜。这让我想起以前中学读寄宿学校时，我们经常出学校去街边的餐馆炒一个回锅肉改善伙食，每次昌都是大口大口地往嘴里刨饭，把菜碗里的蒜苗、辣椒等辅菜消灭干净，最后将大片的肉留给我。昌虽然外形粗犷，却拥有一颗内秀的心。

刚出校门的前几年，昌每天骑着自行车早出晚归，三环之内几乎都留下了他的车轮印。终于有一天夜晚，他回到家把一个鼓囊囊的信封扔在女友面前。小女友惊讶地打开一看，是厚厚几沓百元人民币，满脸疑惑地望着他，就好像那钱是来路不明的赃款一样。昌底气十足地笑着："没事，咱们的日子要改善了。"

那一年，昌的工作业绩得到质的提升，升了部门负责人，奖金和薪水也有了很大提高。自从我领昌到成都那天起，他除了毕业前夕去北京有过短暂的实习外，几乎一直没有再离开过这座城市。

再后来，昌告诉我他在温江买了房子，婚后的日子过得有滋有味，没多久

儿子也出生了，健康伶俐。我忍不住又问他：“你还经常回家吗？你老家是否仍然山青水绿？”昌爽朗地笑着：“很少回了，我把父母都接上来了。他们还经常念叨你呢。还有啊，自从成自泸高速公路从老家附近的镇上穿过，回去的路程已轻松了很多。”

听他这样说，我心里也一阵欣慰，这个从大山里出来的孩子，而立之年后，完全融入了这座城市，曾经那段“蓉漂”的岁月已成为幸福的回忆。

二〇一七年八月十六日

于　上海国定路

乙辑

舟楫痕

这些年一直在路上

人间四月天，我的生活圆心从多年不变的南京移到了重庆，生活的半径比以往拉得更长。这也是我始料未及的，这座横架于众多山脉和长江、嘉陵江上的超级大城市，让我既熟悉欣喜，又陌生彷徨，但终究还是可慰我心的。中国的城市中，至今为止我想住而未住的也只剩重庆和杭州了。

从入职新东家的第二天起，我就拖着一个随行箱，不断地从一个地方飞往下一座城池。往往在大家熟睡后，我乘坐的航班才悄然着陆。又或者在很多人醒来前，我已乘着朝阳提前飞走。

多年以来的家的引擎，突然浓缩为我手心的行李箱拉杆。走了那么远的路程，去了那么多地方，依然还有很多陌生的路和风景未曾涉足，尽管它们是多年来我从未想过要到达的。

我的一位兄长、诗人闻立先生说过："舌头是最忠贞的器官，故乡的味道能被它记忆一辈子。"我想大多数人肯定是这样的，并且相当一段时间里，我对自己也深以为是。作为围着盐帮菜长大的四川人，初到南京时，我每天在学校食堂近乎只拣一道菜，那就是韭菜炒鸡蛋，这是彼时唯一能挑动我味蕾的食物。十几年过去，我的口味却在不自觉中由早先的辛香麻辣变得清鲜平和。反倒每次久别回蜀，肠胃总会作祟一番。

最近两三年，我又开始频繁地在各大机场吃简餐和飞机餐，更无法讲究什么色香味形和营养搭配，图的只是果一时之腹罢了。于是又不免杞人忧天起来，怕如是年深日久，我的味蕾又偏执地只能接受这种简陋之食了。一个拥有浓厚乡愁的人，有一天站在故土之上，不但失去了故乡的原貌，连唇舌间的记忆也一并消失。

三百四十公里之外，在成都的父母已两鬓斑白，即便是每隔一段时间又染回青丝，也无法逆转岁月的流逝。他们对我来渝是欣喜的，在成都送我上重庆的高铁时，脸上第一次没有沉重的离愁。

妻与尚未出生的孩子在潇湘洞庭，妻的三十岁生日就在昨天，我不在她的身边，甚至没有一句华美的祝福。我想过要为她写一首诗，或是一段有纪念的话，但终究未能落下只言片语。我知道，这一切她都了然于心。

往往是至亲的人之间最深厚的情感，表达起来却过于拘谨和朴素。我尚不知晓孩子的性别，也从不急于知晓。他(她)在很健康地长大，虽然我们要不了多久就会见面，但我至今还未给他(她)取一个满意的名字，所以每次隔着妻的肚皮跟他(她)打招呼时，我都腼腆得说不出几句话来。

午后的春雨刚歇，妻尚在熟睡中，我轻轻地推开房门，生怕有一丁点儿声响。但她仍在那瞬间睁开了双眼，呢喃着对我的昵称，泪水从眼角滚了下来。她的肚子比我上次离开时大了很多，想着她为我和孩子受的累每天都在增加，我只觉心里一阵疼痛，温柔地拥她入怀，深明就里却又多此一举地问她怎么了。她哽咽着吐出三个字："我想你。"我故作轻松地起身去到一旁，佯装整理物件，背对着她，强作笑语："傻瓜，我不是在这儿嘛。"话一出口，我也泪如泉涌，复又赶紧收拾好自己的窘态，生怕被她看见。

妻告诉我，她睡梦中正见我回来了，没想到睁开眼果真就见我到了跟前。一直以来，妻是很矜于表达内心的爱的，这到底需要多少天的相思和春雨煮作黄酒，才能让她把这阕情愫吐露出口。

当然，上述场景并非发生在今天，我亦犹恐相逢是梦中。

这些年一直在路上，我还会继续走下去，没有多么宏大的理由。只是平凡如草芥，随风到处家。小时候听过一个遥远的童话故事，大意是讲一个穷苦人家的米缸里总是只有几粒米，一家人食不果腹。有一天，这户人家的小女孩在河边偶然拾到一颗美丽的珍珠，拿回家后藏到了米缸里。没想到翌日清晨醒

来，原先快要见底的米缸，奇迹般的装了满满一整缸米。自此以后，这颗珍珠保了这户人家衣食无忧。而我要做的就是走遍天下，去为我的父母妻儿找到那颗会变米的珍珠。以保我将来安于僻静湖山，晴耕雨读，闻五谷之香，和着过往路上的一切，酿成酒。

二〇一六年四月二十三日

于　重庆南坪

最后三百公里

端午假期结束，离蓉赴渝上班，我先径自出了门，匆匆过了街，背后听到母亲在叫我。我回过头，见她站在街对面，我知道她是要追上来送我。我隔着街对她喊："妈，你回去吧，不要送了，太阳晒得很。"其实还有一句话压在喉咙里，没说出口，那就是嫌她走得慢，怕她耽误我赶路的时间。

母亲仍然不顾庞大的车流和当空的烈日，急急地穿了过来。我停下步子，陪着她一起走向车站。母亲跟在我身后，我对她说着一些不着边际的话。又忽然想起以前很多次，我从南京回来探亲，临走时她和父亲送我的情景。那时候我一年到头很少回蜀，所以每次分别母亲都特别不舍，我离开后，她接连几天都回不过神来，心里空落落的。事实上，我又何尝不是如此，只是从不露色于形罢了。

今年四月初，母亲照旧送我去车站，她脸上第一次没有别离的神伤，她知道我此次不再去家四千里，只需向东走一段短暂的路程，一小时高铁即到。是的，我回到了西南腹地的重庆，这是我也始料未及的，至少比我预想的要早了很多。回家的路程近了，母亲亦可时常来渝看我。最近两个月来，我回家的次数确实多了起来，虽然中间只是短时间的分别，但母亲仍然会有不舍，只是这种程度浅了不少。

我放缓脚步，与母亲并行于小巷里，尽量让她走在行道树的绿阴下。虽然

年近花甲，但她的身体还算硬朗，做事情和走路都雷厉风行，言语上也干脆利落。她三番五次想为我买些食物，作为路上的晚餐。我都以嫌麻烦为由拒绝了，她不作言语，自顾自地走着。我洞穿了她的心理，正好见前方有人肩着发糕吆喝着迎面走来，便对母亲说："我买点发糕带着走吧。"她脸上突然泛上来一丝笑容："好，我去给你买。"我招呼过来卖糕的小贩，从他筐里拣了三块发糕，母亲把早早准备好的零钱递了过去，我也满意地向她点点头。这样一来，她终于不用担心我在路上挨饿了。

过街道的时候，我挡在母亲前头，先把她护在右侧。过到一半，我再将位置调换过来，把她掩于我的左侧。街道过完，突然有一刻，我想去牵她的手，却被一股强大的无形的阻力挡住，始终伸不出去。霎时间，一阵莫名的忧伤涌上鼻尖，我好像很多年没有和母亲有过亲昵的行为了，想想小时候，不管去什么地方，她都会把我拽在手心里，而此时我却变得这般不自然。

我终究是没有勇气去牵住母亲的手。

车缓缓驶进了站台，我匆匆朝车门走去，又转过头叮嘱她："妈，你回去的时候过马路慢点，一定要走斑马线。"她爽朗地应我："我晓得，你也路上慢点。"车门关闭的一瞬，母亲被扔在了空寂的公交站台上，烈日照得她周遭一片炽白。

余晖之下，车窗外的玉米林已开始抽穗开花，稻田里的秧苗繁荣一片。这是故土之上我再熟悉不过的夏日风景。恍惚中，窗玻璃上像幻灯片一样闪出一句：归家千里兮，所余三百（公）里。

是的，阔别十几年，我终于从江南而归，到重庆已走了一千三百公里。所谓行百里者半九十，这最后三百公里的路程，何不再设法一并裁去？

出成都往东南，沱水一路潺潺，行至内江，高铁舍水折东而去，掠大足、永川、璧山而入重庆主城。其中，大足石刻、永川竹海历来声名远播，山明水静，茂竹成林。成渝六百里，可谓半程沱江半程山林，旧途之中尚有许多新的好风景。

也罢！只再走它几遭，索性也弃之如履，和着以往的那些漫长道路，都扔给天涯算了。

二〇一六年六月十八日

于　重庆长江南岸

尘与土　皆是功名

小时候,我有一个白色的塑料文具盒,面上是马背上的岳飞,左手捋着须,右手提着红缨枪,领着一彪人马,自文具盒的左上角,风尘仆仆地往右下角而去。行至文具盒二分之一处,被一行竖排的文字挡住了。这行字是行楷一类不利于小学生辨识的字体,直到文具盒用得快要被淘汰了,我才初步知晓这行文字的全文和大意:

三十功名尘与土,八千里路云和月。

童年时,我的居处临近自然,有青山河流,有雾霭霞光,也有人间烟火味的农家生活。这种与自然接近的经验,后来成为我一生知识和道德的强有力的后盾。那时候,我最喜欢的事情莫过于赶公共汽车,尤其喜欢在天不见亮时,跟母亲坐最早的车去外婆家,那是我少年时代能乘车去的最远的地方。后来在大学期间,主要靠发表文章获取的微薄稿费,坐绿皮火车贴着地面行走中国二十万公里。

三十岁以后,因为工作属性的缘故,几乎每周高频率地出差各地,让我重新从云空俯瞰十年前走过的路。每次乘飞机进入平流层之上,我就隔着舷窗

俯瞰云层，其状像海像山，像峰像树，江河流川，亭台楼阁……人间所有一应俱全。于是，在这许多个“八千里路云和月”上，我常幻想，爷爷、奶奶、外公，他们都去了那里，幸福地生活着，没有病痛。每次飞行我都穷极目力，梦想着路过他们的世界时，能看一眼他们生活的样子。我就这样飞来飞去，从南到北。

我戏谑自己的生活是，一半在地面，一半在云上。

现在，那个文具盒像一道灵验的符咒把我带到了今天，也带到了这里。这是我第五次来到包头，此处是黄河流经的最北地带，北半球高纬区域的早晨，积雪尚未融化，气温远没有从南京来之前想象的那么低，街道两侧的行道树败叶落尽，生命的脉络历历可见。城外稍远的地方，满目丘壑和黄沙，除了深覆的积雪，还有几根高耸入云的巨型烟囱，欢畅地排放着滚滚浓烟，形成各种梦幻状的蘑菇。

在云海之巅，一条绵延不绝的黛色依稀可见，那是唐代边塞诗人王昌龄诗中提到的“但使龙城飞将在，不教胡马度阴山”的阴山山脉，也是那首南北朝最具代表性的民歌《敕勒川》中歌咏的草原全景图之所在，“敕勒川，阴山下，天似穹庐，笼盖四野。天苍苍，野茫茫，风吹草低再不见牛羊”。

在这个千里冰封的北国，我又毫无预兆地想到了那个文具盒。这种事情在过去二十多年里从未发生。二十多年来，我虽然足迹踏遍中国，纵横东西，一半受命于人，一半听由己意。但回过头来看，也许像岳武穆大人一样，也未曾走出那个白色的塑料文具盒。不管如何定位、规划人生的方向，不过是从一个左上角莫名其妙地走向右下角。

“三十功名尘与土”，四个名词短语往这儿一摆，任由你解析出不同的意思。岳武穆大人之意是说三十多年来，虽已建立一些功名，但如同尘土微不足道。若换一种比较华丽的解法，则是，三十岁了，虽然满身尘土，但已功成名就，大可衣锦还乡，光耀门楣。另一种比较颓丧的解法是，三十岁，功名何在？只是尘满面鬓如霜。当然，我还可以引入一些别的解释，譬如，这句话暗合佛家所说的“尘归尘，土归土”，也是道家主张的“圣人无名，神人无功，至人无己”，诸如此类。

三十载倏忽而过，向功名默默挺近，向一位将要为人新父的角色靠近。椅子上的我，左手托腮，右手拿着一把鸡毛掸子，一个人，自当前位置向未知区域风尘仆仆而去。人生路上,有一把鸡毛掸子可以掸掸尘土也不错。不论前方草木葳蕤,还是阴霾锁城,也要给自己一个尽可能体面的姿势。

过去的梨园行是这样界定"角儿"的:人可以倒,架子不能。架子倒了叫戏子,架子不倒叫"角儿"。事实上,对于我来说,至今所经行的每一段路,所有的尘土又何尝不是功名?

二〇一五年十二月十二日

于　内蒙古包头

访半山园不遇

在南京数年，一直未能寻得半山园王安石故居之所在。二〇一二年重回南京后，曾专程找寻过半山园，仍未得果。

去年深秋，悦竹自广东佛山来宁，席间提起想拜谒王安石故居。我通过打听，终于得知大丞相故居位于海军指挥学院内。翌日午后，梧桐纷落，细雨绵密，我与远道而来的悦竹前往南京清溪路后宰门，寻访半山园王安石故居。

我与悦竹同喜王荆公“执拗君子”之性情，更欣赏其“学杜得其瘦硬”的诗文；尤其仰慕王安石的怀瑾握瑜，他是历史上唯一不坐轿子不纳妾、死后无任何遗产的宰相。

一〇七六年，五十六岁的王安石第二次出任宰相不久，与保守派发生争端，遂于是年十月复求罢相，赵顼应允，给王安石一个“判江宁府”的官衔。

回到金陵后，王安石一直未去衙门视事，第二年六月辞官，在城东门到钟山途中的白塔为自己建造了几间居室。这块地方叫“谢公墩”，原来是东晋名臣谢安隐居的地方。王安石因此写诗调侃谢安：“我名公字偶然同，我屋公墩在眼中。公去我来墩属我，不应墩姓尚随公。”认为自己的名字与谢安的字“安石”相同，又隐居同处，乃是巧合，而从此之后，这块地方应该跟自己姓了。因王安石居住的地方在钟山主峰到江宁州城路途的半道上，故名“半山园”。

在园内，王安石结交了许多高逸之友，包括米芾、李公麟、欧阳修和苏东坡等。有一次苏东坡乘船经过金陵，王安石特地骑着驴子，穿着粗布服到江边去迎接。苏东坡也不冠而敬揖，曰：“轼今日以野服见大丞相。”王安石笑着说：“礼岂为我辈设哉！”既而两人说佛吟诗，王安石还邀请苏东坡同游钟山，并各自赋诗纪游。一九四九年后，半山园被海军指挥学院圈入校内。

我同悦竹披雨进入校园，寻访半天不见王安石故居踪迹，便问一过路行人，此人开口即问：“你们想干什么？”我回答：“想拜访下王安石故居。”“进不去！在军事重地里面。”

听罢，我与悦竹怅然若失，只得悻悻然离去。在离开的路上，悦竹戏谑一句：“不用感到失落，等有一天我们再来，让他们的校长陪同参观。”

在此之前，我每读《宋史》，也同梁任公一样，都不能不把书放在一边而痛哭的。访大丞相王安石故居不遇，不曾想，殁后无任何财产的荆国公千年之后，当年半山路上区区一陋室仍然享受着军区司令员的保卫级别。

二〇一四年二月二十四日

于　南京苜蓿园

山城的夏

进入七月后，重庆的天气热得让人随时想报警。长江沿岸的“三大火炉”，其余两座城市我都曾在那里生活过。武汉的夏天固然是难受得很，而南京近年来的夏天的酷热程度，已远不及杭州、长沙和福州。

不过，相比于重庆的夏天，前面提到的城市都不足挂齿。

高铁从成都出来，车厢前端的电子滚动屏上，车外温度的数字不断攀升，直至变成三十九摄氏度时，停靠在了重庆北站。为了在炽热的户外少走一截路，我出站后在北广场站外就近上了一辆空调公交车，开始缓慢地越过嘉陵江和长江。

公交车晃晃悠悠地驶出站台，之所以说晃晃悠悠，一来是因为重庆坡陡坎密，二来这座城市的很多公交还维持着二十年前的车型。

偏西的日头挂在车窗上，仍旧像个大火球。车行出没多远，我就感觉脸上一阵阵热风拂来。环顾车内，大抵上半数的窗户都被乘客拉开了。我正要抱怨这些人不懂事时，又禁不住伸手到头顶上的空调出风口探了探。果然那里吹出的风，跟老太婆嘴里哈出的气一样孱弱，可那风的温度却像热恋中人的舌头，火辣辣地舔在脸上。这一舔就要了命，一瞬间全身湿了个透，酣畅淋漓。即便是握在掌心里的手机，也像捧着的一团燃烧的炭。

无独有偶,重庆的计程车上的情形也比公交车好不了多少,同样像一口行走的火炉。空调永远只是象征性地开一点儿,有那么个意思就成。尤其在永川,停在高铁出站口的计程车司机,往往还要东拉西拽,塞满几个去往相同方向的乘客才肯发车,且每位乘客按乘坐里程计费,俨然担负起了小巴士的交通功能。

江北机场外的人,其热情程度也是出奇得惊人,从轨道三号线出来,通常就会有两列很长的队伍排在你前方,每个人都拿着小卡片,恨不得把你拽到自己家去住。很多年轻胆怯的女孩子,见了这票人都远远地避开,从他们身后绕很远的地方箭一样地溜走。但我总感觉不能驳人家面子,于是,我昂首挺胸,默唱着《远方的朋友请你留下来》,迈着正步从他们中间走过,大方地接受这种盛况空前的夹道欢迎。

傍晚时分,我独自迈进一家熟悉的小饭馆,一口气点了三道"菜尖儿":红苕尖、南瓜尖、莴笋尖。老板娘一脸迷惑,又对我施以极大的同情。我解释道:"天气太热,吃点草舒服些,少放油,别放辣。"她听了这茬话豁然开朗,友好地笑着:"前几天跟你一起来的那个伴儿呢?今天咋子没来?"我啜了一口凉茶,回她道:"他口味重,不爱吃素,不愿跟我来。"

二〇一六年七月三十日

于　重庆南坪

从故乡出发

近几年来，每隔一段时日，母亲就会在电话里跟我说，威远老家的谁谁谁过世了。

每次听到这样的消息，心里就特别惊慌和哀伤。在我的记忆中，那些人无一不是健壮伟岸的，他们中的大多数人是父母旧交，是旧时家中的常客。这些年来，尽管父母一直生活在成都，却依然与他们保持着不算稀疏的联络。

从某种意义上讲，他们就是我的故乡。如今，他们却一个个似乎毫无眷恋地相继倒下。

年少离乡时，我曾以为自己再也不会受故土的羁绊，就像久困笼中的鸟儿终于被放飞，欢呼雀跃，展翅飞往远方。

十几年后，我同样没料到的是，我对故乡的思念会来得如此之早和猛烈。而立之年刚过，情形就全然不同于以前了。

南京固然有着各种好，但归根结底跟我有多大干涉，怕也是难以回答。即便我在文学版图上如何费尽心力去描绘这座城市，其功也不属于我一人。当然，也不必在于我一人。李煜、李白、王安石、苏轼、袁枚、曹雪芹、鲁迅、朱自清、胡小石……历代文人雅士络绎不绝地从桃叶渡登岸上来，为这座城市创作的诗篇名章不胜枚举，任何时候，金陵盛名自然都不可能属于某一个人。然而,来这座城市熏陶数载又是十分必要的,浸濡六朝烟水气,品读千古大文章,又是何其幸运。

要成其为自我,恐怕终究还是要从前人布下的光环下迈出来,学会独立行走。或许,我应该“白手起家”去创造一个完全属于自己的文学帝国,正如沈从文之于凤凰,陈忠实之于白鹿原,贾平凹之于商州,马尔克斯之于马孔多镇一样。也唯有如此,创作的快感才会来得更加猛烈和持久。

重回原点,从故乡出发,让那些远去的风貌和逝去的人,重新活过来。阳光重新照在故乡的土地上,一切都是原初的模样。我相信,能最终抵达这些的,唯有文学。

回想起来,跟我年纪相仿的乡人,大抵上也都是陌生的。我自小就鲜有与同龄的孩子们玩耍,几乎只是跟弟弟和堂弟一起长大。所以,当父辈的乡人们逐渐消失于故土时,故乡为我留存的余热就愈发黯淡和冷却了。

我知道,迟早有一天,当我重新站在故土上,一个人也不会认识。那种情形无异于我站在上海淮海中路的某个路口,来来往往尽是人,却全然与己无涉。如放翁词:重到故乡交旧少,凄凉,却恐他乡胜故乡。

乙未年的春节愈发近了,我们时常抱怨年味太清淡,远不及童年时喜庆丰盈。事实上,幼年时候的年味是一串串爆竹声,满世界的美食腊味,焕然一新的衣裳。而今的年味,或许在故土乡情之外,还有“世界再大,也要回家”的心情和千里返乡途中的奔波。

时间往往只会为我们留下记忆中美好的一面,但那些远去或尚未远去的疼痛和忧伤,亦牵动着自己的神经。

它们,在证明着与己有关。这些又何尝不是专属于己的年味?

二〇一五年二月十一日

于　南京苜蓿园

天涯此岸是故乡

二〇一〇年，我从西南腹地的天府之国走向八百里古朴秦川，从水色江南走向岭南热土，从光怪陆离的上海走向荆天楚水……也是在这一年，我重新掠过云空，开始在另一种高度俯视我热爱的土地。

无数陌生的城市和村庄，开始变得熟悉。然而，同样也有曾经熟悉的城市，因模样的改变陌生起来。旅途中的村庄和城市，从一个季节穿越到另一个季节，连缀成一个古典意义上的天涯海角——应是一个很难具体也无需具体的地方，正因为它的模糊和广阔，才让人感觉出其间的十足美妙。不同的人可以凭借自身的经验和想象力，构建出自己理想中的天涯。

地理意义上的天涯，其沧桑意味在交通条件落后的古代，或许更能实现。一架木车，两只草鞋就能走向一条暮色苍茫的地平线。然而，在今天汽车、轮船、飞机充斥的高度文明的时代，地理空间上的距离早已被征服，所谓天涯也只是眨眼间的工夫即可抵达，天涯的原始苍茫和神秘已然消解于轰隆隆的引擎声里。行驶于高速路上的汽车和云空里的飞机，投影于它们窗玻璃上的都只是冰冷的风景画面，逝若闪电，僵硬而缺乏鲜活的气息，远没有木车、草鞋走向大漠孤烟、长河落日时的坚定和决绝。曾经那些木轮碾过的辙痕，草鞋踏过后深深浅浅的脚印，都在铁制的狂风里，散若尘沙。

之前，我一直在努力寻找故乡的意义和外出旅行的理由。但走的地方多了，我方才顿悟过来，原来行走是不需要理由的，也没有任何理由能成就行走的长久动力。行走原本就是源于生命深处的不安，一种不甘于现状的困惑、急切渴望获取新知的躁动。

故乡是缘起于我们祖先流浪过程中最后一站的留驻，是因为亲情大爱的生命维系，依存于血液。这是不由我们预知和选择就已事先完成的。人类总是顺水而生，择地而栖，迁徙也就自然难免了。有河流的地方，就有文明存在。所以，人类的行走和寻访都是为了寻找自由，心灵的自由，生命的更大空间。

我出行通常喜欢以火车代步，自年少起，火车和铁轨之于我，就有一种浓烈的梦幻色彩。我喜欢它们长龙一样的身躯，认为那就是一种可见的永恒的外形。列车带我们去的地方，或许是平原阔野、江畔枫林，亦可能是险峰峻岭，云空天路。但对于旅行者来说，每一段路程，都充满一种新的可能。

想想当年说行路难的李白，是不可能赶上火车的，他所有的也只能是两只草鞋，一壶冷酒。但李白却行走了一生，最终止于明月江心的洁白浪花中。那晚的他到底是酒后失足，还是随性恣意的自我终结，后人都不得而知。李白就这样归于天涯，在极远极近处回了家。

在我的生活中，家的通俗意义已然被逐渐消解，我是一棵无根的野草。行旅，让我渐渐地成了异乡人，而那所有的异乡也渐渐因了这种行旅开始变得不再陌生。我从很远的地方采摘回了许多自己珍爱的东西，那是我自年少时就渴望拥有的。我现在将它们橐囊归来。等有一天清晨醒来，我会为它们修建一座非常壮观的屋舍，让它们得以栖居。由此一来，所谓的远方就都将被我永远拥有和收藏，它们将永不风干和枯萎。

天涯和故乡，其实并没有对立得那么远。家或许并非那种夜幕下的灯火通明，亦非那黎明时分目送我们出行的目光；只要心里装着自己心爱的人，即便身处江湖，也会少了孤独和清泪。纵使一枕青霜，也会一路春色。

二〇一一年六月九日

于　成都九里堤南路

还剩下些什么

近来愈发陷入无声之境，纵使心中万马奔腾，也不想言之一字。八年前在我离开供职的杂志社时，主编问我缘由，我豪气干云地说“我想去做什么什么”。他听完一脸真诚地看着我，默默颔首：“想做什么就去做吧，趁你还年轻。只怕到了我这年纪，所谓幸福就不是想做什么了，而是不想做什么就能不做什么。”

其实那位主编年纪倒并不算大，也就相仿于我眼下的年龄。那个寒冷的冬天，他经常会从身后伸过来一只手，抓住我的胳膊寒暄：“你今天这件衣服真漂亮。”“你冷不冷啊？穿这么少。”或者说：“这么冷的天，要不你去我家背一张被褥回去吧。”诸如此类的关切，我当时并不怎么领情，反倒私下里与同事笑话他的迂。当然，除了这些，我们也曾在早晚的班车上谈论很多话题，文学与作家、地理与文化、民俗与历史等，亦时常从他那里得到很多新的教益。

到今天，我似乎已经变得很中庸，想做的事情委实愈来愈少，不想做的事情愈来愈多，又常常为自己深困樊笼不得释而懊恼。面对很多年轻的面孔，我虽腹有热心肠，却难有上面提到的那位主编一样的率真之口和表达之欲。

世界之大，我只求一张安稳的床，可枕安稳的觉，不惊不扰，以慰平生。读书、写作这样曾经的生活日常，已成为我难得的等待与邂逅。即便是偶尔遣怀于文字,也搞得跟偷情一样。一个离家日久未还家的浪子,用漫长的别离和路程去奔赴一扇温馨的窗。在这之前我怀疑路上的一切,也包括刚刚说的这些话。

二〇一六年十月二十五日

于　重庆南坪

你看那太阳多漂亮啊

一早坐计程车去上班，司机问我一个月能挣多少钱，我随口回答：“万把块吧。”他听了立马眼睛放亮：“老师（重庆人打招呼惯用的称谓），我跟你干吧！我家里两个儿子，开这破出租车根本养不了家。”

我劝慰他，你开出租车至少自由啊，没人深更半夜找你开会，更不会从上到下一拨人成天对你发号施令，每天不管多晚收车，还能回家陪老婆孩子。你看看我，常年居无定所，连一张固定的床都没有，抛家弃子，餐风饮露，最熟悉的朋友就是天上那俩：太阳和月亮。我有同事还曾暗讽过工作的无奈：离家五年，孩子三岁。

司机更加激动起来：“老师啊！挣不到钱就算每天回家又有啥子意思嘛？陪着他们一起受苦，一起过穷日子，这一辈子多恼火。你说的这些苦我都不怕，只要能挣钱，做啥子都行。”我陷入长久的沉默中。下车时，他务必留给我一个电话号码，让有机会一定要想到他。我对他说，再过十来天，这里会有大规模招聘，你不妨来看看，到时候或许会发现，未必会比你现在开出租车好。

计程车一溜烟儿地走后，我想起之前在南京的很多个深夜，那些等候在我供职的前公司门外的计程车，像零星的萤火扑闪扑闪地靠近晚加班出来的人。很多次，我上车后，司机问去哪儿。我都掷给他一句话：先往钟山里走一遭吧。是时已过零点,胆小的司机有时候能吓得立时熄了火。我接着又行激将法:“怎么?不敢去啊!”这时候司机就赌气了:“有什么不敢的!去就去。”

夜风潜入车窗,那是自由之风在吹拂,天地之间,我是自己的王。计程车从环陵路进入钟山,穿行于莽林瘦道之中,除了高大茂密的梧桐,其他如黑夜一无所见;除了夏虫的低吟,其他如深潭一无所闻。灵谷寺、流徽榭、音乐台、中山陵、美龄宫、明孝陵、苜蓿园……单看这些经行的地名,也怪不着一般人不敢深夜贸然进山。

我之所以进山,不过是想在一天的劳作之后,彻底放松一阵,亲临自然。即便真要遇上点灵异事件,我倒认为妖魔鬼怪未必不如人可爱,况且山里还有帝王之灵,遇上了就坐下来与他们叙叙天地经纬。我这个短暂的自由之王,与故去的江山之王,指不定能聊出点什么火花来。

在路上的日子,我时常想起去年立秋那天的清晨,我搭计程车赶往禄口机场,乘最早的航班去往内蒙古包头。车前方初阳如盖,不艳不妖。见此情景,左侧的女司机情不自禁地说:“你看这个太阳多漂亮啊,是不是啊?”我心里泛起一丝暖意,赞许地回答:“是啊!真美!”她无比幸福地笑着。

那是一个再平常不过的秋日清晨,这原本只是我们生活中的日常罢了,可是我们失去它已经太久。

倘若还能见到文章开头的那位计程车司机,我想告诉他,我并不喜欢自己现在的工作。在一座喜欢的城市开计程车,一度是我理想的工作之一。至少现在也是。

二〇一七年三月十三日
于　重庆江北

从终结之地开始

七年前的一天，在我供职的杂志社，一位走遍中国的老编辑突发感慨：天底下还有比成都和重庆更美的城市吗？彼时，我对他的这个观点大部分表示认同。

作为四川人，我曾许多次借道重庆飞往不同的城市，也曾隔着舷窗俯瞰过这座超级大都市的面貌，两江交汇、高楼林立、群山起伏、绿树成阴，万千座形态各异的桥宛若变幻的虹。很长一段时间里，我对重庆的好感是远远超过成都的。甚至在一次从南京出差重庆时，我自红旗河沟挤进早高峰的轻轨，脑中蓦地蹦出一个念头：倘若他日在这座城市里工作和生活一段时间，也是不错的。

这个念头的到来貌似并非全无依凭，二〇一六年的四月，它成为事实。最初一段光景，我是兴奋的，差不多每周日深夜从重庆北站搭轻轨三号线，横跨嘉陵江和长江，穿越半座城到达南坪。山城的夜色是立体和魅惑的，满大街弥漫着火锅和串串的辛香。还有很多人一直艳羡的如云集的美女，似乎街上随便走过一个就能教人眼睛放光。老实说，这一点倒是教我有些失望的，所谓的美女至今未曾多见。

与重庆的关系，后来我曾做过一个不大恰当的比喻。重庆好比我青少年时期充满性幻想的一位邻家少女，我远走他乡并结婚生子，但一直不曾忘记她。多年后久别重逢，她已成为风情万种火辣撩人的少妇，我带着年少的幻想和成年后的冲动，铤而走险地出轨于她。然而，激情和欢愉太短暂，随后各种问题接踵而至。

我到重庆不出一个月，就开始感到厌烦了。曾经喜欢的山城的立体之美教我出行时大为恼火，公交车坐过一站路靠步行走回来，往往要翻越一座山；百度地图导航的是直线或垂直距离，明明五十米，却要盘山曲折地绕出几公里方可到达，你要不服气就跳崖下去啊！还有那最让人抓狂甚至要骂娘的重庆北站：

“有到重庆北站南广场的乘客，请在重庆北站下车；有到重庆北站北广场的乘客，请在龙头寺站下车；有到龙头寺汽车站的乘客，请在重庆北站下车；有到龙头寺汽车北站的乘客，请在龙头寺站下车；有到重庆汽车北站的乘客，请在红旗河沟站下车……”

在我生长的川渝故土上，我仿佛变成了一个异类，与以往在江南四处寻找川渝菜的情形截然相反，我在重庆满大街搜罗杭帮菜和淮扬菜；我的乡音已被改变，即便能发出残余的四川口音，但语言也全被普通话的词汇替代。所以，我索性不再讲家乡话。

突然有一天，我日常性地从高铁上下来，车行驶在成都的大街上，我忍不住感慨：这座城市真够平顺啊，街道真宽敞，甚至姑娘们也远比重庆的看起来更让人想要“耍流氓”。

过去的一年里，我无数次乘坐高铁往来于成渝之间；航旅纵横的飞行路线在中国地图的西南地区，密密匝匝地连缀成一朵玉兰花；我睡过的不计数量的酒店，跟前台服务员照面的频次比家人还高……我从未想到的是，多年后我会在故乡流浪，形体劳顿，精神流离。当再有人问起我对重庆的感受时，我只能说她仍然是一座漂亮的独一无二的城市，但我已不再喜欢。因为过去的一年，这份剪不断的纠扯彻底磨灭了我对她原有的好感。

时间倒回去十日，我乘坐一辆普通的快速列车，从长沙开往重庆，也驶入黄昏和长夜。车窗外淫雨霏霏，连绵千里。躺在卧铺上，一路慢慢向前，晃晃悠悠地路过许多村庄和山野，从中国地形的第三级阶梯到第二级阶梯，曾经让我颇为反感的普通列车，在彼时却突然让我生出许多好感，就连以前难闻

的泡面气味也不觉讨厌。我知道,这一切都是因为“慢”的原因。

是夜,窗外夜雨长,笔下百草生。

事实证明,因为“出轨”而获得的感情是难以长久的,同样,因出轨而产生的纠扯也早晚会终结。接下来,不论是我归去向“原配”负荆请罪,洗心革面后过回原初的日子,还是彻底“离异”,另寻他人,从此过上全新的生活,总之都将于此刻彻底终结这段“婚外情”。时至今日,我喜欢的中国城市,大抵都已居住过了,个中感受不尽相同,也可谓无憾。

The last day, the first day.

今天是一个值得纪念的日子,年少时一厢情愿的幻想也好,多年后意外的欢愉和激情也罢,还有那些反复纠缠的疲惫,也都一并沉入记忆的泡菜缸里。八千里路云和月,萍水相逢又作萍水散。感谢这一段路程中遇见的每一个人,我们之间,记得当然是好的,相忘也未必是坏事。看!岁月正温柔向前,江流欢跃,青山不衰。

来日绮窗前,千里共婵娟。春风又绿江南岸,轻舟已过万重山。我将回归属于我的日常里去,譬如我此刻要关闭电脑,登上高铁赶回成都为母亲过一个盛大的生日。

二〇一七年三月二十一日

匆匆于　重庆北站北广场

就这样飞来飞去

华灯之下，所有人都在忙着归家，或行色匆匆，或优哉游哉。只要是通向家的道路，都充满幸福和喜悦。

气温骤降，雨越落越冷，心里存不住一丝晴朗。深秋的夜风远远地穿越而来，掠过莽林时发出的声音，仿佛加足了马力的古老火车的鸣笛，嘹亮而悠长，呜呜呜地从窗前跑过，魔幻得很，吊诡得很，此起彼伏、不绝于耳，陷人于无穷无界的想象中，一阵阵寒栗穿堂而来。

睡眠总是深深浅浅的，一直近黎明时分，被屋外的雷雨惊醒，密密匝匝的。想那全世界都是湿漉漉的吧，小镇外还极有可能是一片泥泞，即便撑伞出去怕也是艰难的。

由此一来，倒觉得这是一个不错的借口，今天要出远门这桩事又能往后延了，可以赖在家中多陪瞻儿一天。

谁想只一阵浅寐之后，雨声便歇了脚，推开窗望去，已是一片清新悦目的天地，初阳暖暖地爬上了枝头。街上的路面被冲洗得白亮亮的，镇子外面来赶集的人们脚底也是干净利落的。再看看去往长沙的中巴车，已忙忙碌碌地开走了好几趟，我又还有什么理由挨着不出门呢？

我又将去家千里。这一年来，家对我的意义从原初的日常概念变成特殊存在。世界这么大，我要的不过是一张安稳的床。这张床我以前是有过的，只不过我要再回到那张床上，还需乘坐很多次夜间航班，还得强撑着度过很多

个做幻灯片到凌晨的夜晚。诚实地说，这一路上委实索然无味，大部分都是教人不满意的。

人在极度疲惫的时候，连情绪都是奢侈的。我此刻就全然如是。就这样飞来飞去吧，再飞它几次，或许我就能闲下来想一些更远的事情了。

二〇一六年十一月二十三日

于　长沙黄花国际机场

丙 辑

滕下欢

最明亮的光

这时节已是满眼的春了，香樟树一冠冠地嫩黄。河畔的柳倒映在粼粼的水面，垂下万千条新的绿，柔美极了，连那鸟声也比平日里要欢快密集得多。

瞻儿蹲身在院子里玩他的玩具车，一脸的专注。他把许多辆造型各异、大小不等的车自由地列成队，仿佛一个少年的王在检阅军队，满眼的喜悦和神气。他背后的院子很大，有几棵高大的香樟，遮成了几片很阔的阴。一对香椿树越过屋顶，长出红棕色的苞芽，那是瞻儿和他母亲最喜欢用来炒鸡蛋的佐菜。还有一排厚实的竹，已然依着栅栏蔚然成林。

我立于院门前的一棵樟树下，并不作声，隔着这点距离远远地注视着瞻儿。他的侧脸进入我的目中，他的模样实在俊俏得很，我晓得此刻我的神情肯定亦是喜悦极了的。虽然我是极想跨过去，一把抱起他，将他的脸紧紧贴于我的唇，但终是迈不开步子。兴许是不愿过早地惊扰他的专注，也或许是故意要端起一点男人的矜持，还有可能是因为有些时日未见，不觉生出了些微的羞赧来。

瞻儿终究还是感应到了什么，他先是目光上移，再微微转过头来，一眼就望见了我。起初他表现得很平静，凝视了我两三秒，唇角就慢慢乐开了花，愈来愈灿烂。他起了身，嘴里总算喊出了“爸爸”。我原地屈膝蹲下，双臂伸向他，我知道此刻我的臂膀阔大无比。瞻儿猛然会意，拔腿就朝我冲过来，他的跑步已然很稳健且迅疾，“咯咯咯”的笑声玲珑清脆地活跃在每一片树叶上。他冲进我怀里后，反倒不作声了，仿佛也生出一抹女儿般的羞赧来……

再有四个月，瞻儿就满两岁了。

唉！先前这出场景不过是我午间的一段小梦罢了。那个院子是我在竭力为他创造的一个理想的生活环境。此时虽然已被窗外春日周末的鸟鸣和风声扰醒，我却迟迟不愿睁开眼来。瞻儿不在的这个天地，断然是趣味了无的！

此刻的瞻儿尚在湘东北的川山坪小镇上，我不与他相见已一月有余。这个时候他或许也正在午睡，倒极有可能，我父子二人方才在梦中是彼此见到了。那么从梦里醒来，瞻儿会思忖些什么呢？他睁开眼见不着我，心里是否会升腾起一阕落寞？他已然明白许多事理，却终究还不能用完整的言语外表出来。当然，他也有可能是被外公用摩托车带上了乡间公路，穿过田野和稻田上和煦的风，回到乡下的老宅，去给鸡鸭鹅这些“朋友”送些食物，抑或到屋前的菜畦帮忙斜斜地浇了几瓢春水。

我不在他身边的这些日子，他又学会了许多新的词汇，他和镇上那个叫加多宝的幼童的友谊有所增进，比瞻儿年长八个月的加多宝是外婆家门前那条街上唯一跟他年纪相仿的孩子。前些天，瞻儿随外祖父母去长沙小住了几日，当返程的车停靠小镇，加多宝出现在他下车的瞬间，小别重聚的两个孩子相向跑去，抓着彼此的手，一个兴奋地喊：“瞻瞻！瞻瞻！”另一个也喜悦地叫着：“加宝！加宝！”这份朴素的友谊愈发变得纯真而光洁。

上月从小镇上离开他的那天下午，妻欲抱着他送我去车站。我使眼色于妻，意在拒阻，弗愿让瞻儿瞥见我离去的背影，莫让告别过早出现在他的记忆里，然而还是未能逃脱他的视线。我听到他在背后远远地唤我：“爸爸——爸爸——”虽然这只是短暂的分离，我却依旧没有勇气回头应他一声，赶紧加快了步伐，迅疾地消失在他的视线中。是日垂暮，孰料瞻儿溜出了家门，径直走上我离开的那条街，妻发觉后不作声响地紧跟其后。瞻儿一边跑，一边喊着“爸爸”，尤其是到了交叉路口，他之前是未见我转向哪一面的，却极其准确地折身奔去了车站的方向。他从未这般去寻过其他亲近的人，暮色之下，瞻儿终未得见我的身影……听到妻在电话那端讲述这一幕时，我在飞驰的列车上潸然泪下，喉间沟壑纵横，千般狭仄。

初为人父时，我与天下所有父亲一样，养子皆望聪明。但当世事经受、人情蹉跎后，却唯愿他多一些“愚鲁”，少受些牵绊和负累。

好在瞻儿很快就要再来上海了，我将常伴他左右，守护他的每一点成长和进步，我的世界将复又变得无比明亮起来。要给他的那个“院子”，我将更加努力为之创造。或许多年后，情形就该逆转过去：

雪染青丝的我陷身于院中的老年摇摇椅上，借着从香樟树叶里漏下来的日光，睡眼昏沉。从重洋彼岸归来的瞻儿出现在院门前，不动声色地望着我。等我睁开惺忪之眼看到他的瞬间，我仍然会故作镇定，但这份镇定也是瞬间即破的。我终究还是要卸下老翁的自尊，一改平日里的老态龙钟，疾步跨过去，将他拥进我已不再宽厚的怀里。

多少年后，我希望瞻儿能明白：我这一生于他，不论是风和日丽的陪伴还是长短不定的别离，都是源于最深沉的爱。他就是我的世界里最明亮的光。

二〇一八年四月五日

于　上海浦东瞻园

我的代表作

我常戏谑一些人,自诩为某学派的代表人物,却往往没有自己的代表作品。这些年来,我断断续续写了不少文章,却几乎难有称得上代表作的。十年前整理付梓过一本作品集《半秋》,到头来只能躲在屋里自顾自地欣赏,鲜有勇气带出去示人。你们也不用去找,断然是很难找到的了。

两年前,我又开始整理第二部作品集《墙外行人》,从数十万字中挑选十七八万字,篇目上选来拣去,总觉不尽如人意,一直挨到今天,方才初步定稿。这部集子能成为我的代表作吗?恐怕也很难说,兴许今天晚上能代表一下,明天一睁眼又全然否决了。真正能成为我代表作品的,或许并非文学成就上的表现。

从当年离开故乡以来,我足迹所至的江山和原野,都已融入我于无形却又无处不在。我先后去了好几座城市生活和工作,也有很多身份,尽管我一开始就并不热衷于此。它们仿若一件件颜色各异的外衣,打开衣橱一看,表面光鲜整洁,实则每一件都是一种束缚,无异于厚厚的茧。只有裸露于浴室莲蓬头下的肉体,才是真实的自我。

当然,在这之中我也并非全然没有喜欢的身份。我更乐于对着镜子这样介绍自己:阳春,作家、父亲,代表作品为阳瞻、阳咏。

今天是瞻儿一周岁的生日,他自前一天晚上同外公、外婆、舅舅抵沪开始,就表现得十分高兴。他已有自己的主见,在先后给他安排的几次抓周中,都毫不犹豫地摒弃了零食、银行卡、书籍、玩具,右手坚定地抓起了笔。不知冥冥中是否有所注定,我要坦然地承认自己隐藏的私心,他的这个选择是合乎我心意的。瞻儿是一个极其好动的孩子,但又时常喜欢爬到我腿上安静地看我敲击键盘写作,这情形教我多少有些讶异。

我和瞻儿外公轮换着抱他走过南京东路、外滩,再从金陵东路渡口乘轮渡剪黄浦江,及岸陆家嘴。这座城市已不大容易能带给他刚到来时那么多的新奇,眼前的景物他好像已经习以为常,仅在渡江的船离岸时激起的浪花上,显示出了一些跃动的目光。我在心底反复念着:"瞻儿一岁了!"回想一年前的这个傍晚,我双手托着刚出生的他,只感到幼小似鸿毛,又仿佛沉重如整个世界,那天长沙湘春路上的每一棵树都表现出前所未有的欢喜。

一岁的瞻儿出落得白净而俊俏,还长出了七八颗小白牙,时常趁我不备时猛地一口朝我盖下来,随即咬疼我的脸。这是他对我表达亲近的独有方式,热烈而用力,齿过必留印。

北宋的苏东坡除了众多成就极高的文艺作品外,还有东坡肉和杭州这两部另一种形式的经典之作传世。在我这里,跟对待创作的文章大不一样,瞻儿没有任何可挑剔的地方,他就是我最得意的作品,并且我将帮助他最终成为他自己满意的样子。

当然,这一切很大部分是归因于上天的眷顾和安排,非我可窃自傲喜的。至于还有一部假想的代表作阳脉,那是未来的事情。

二〇一七年八月十七日

瞻儿周岁生日

记于　上海杨浦夜雨中

瞻儿的年

瞻儿此刻午梦正酣,梦里定是遇见了人间甘饴,所以清浅的呼吸声中,嘴角也吮吸得欢。这个时候,他是全然无暇理会屋外丁酉年的阳光和接连不断的爆竹声的。

这个湘东北的小镇上的年味,要比川南一带浓厚得多。年三十这天,小镇上和乡下的孩子会结队成群,或三五集成一伙,也有一些幼小的孩子由年纪尚轻的父母领着,他们各自拎起一个口袋,挨家挨户地串门送"恭喜"讨要"百家饼"。他们整齐地朝主家喊着:"恭喜哦!"各户的主人闻声开柜,喜笑颜开地把事先准备好的礼物分发出去,诸如面饼、点心、饼干、三两颗糖果、一小盒玩具鞭炮,不一而足。孩子们领了东西乐蹦蹦地离开,急匆匆地朝下家奔去,那高兴劲儿仿佛连脚下的路都是跳跃的。

等串完小镇的几条街巷,十家、百家、千家……孩子们去时干瘪空空的袋子,归来早已是囊中满满。照这样一来,新年里接连几日吃的、玩的也都不用愁了。大人们见状也无不是喜笑颜开,不外乎就是图个喜气,期望孩子们来年辟邪驱难。

讨"百家饼"的孩子一拨拨地来,从日出走到垂暮,屋门前"恭喜"叫了一整天。瞻儿打量他们时专注入神,在我怀里不停地蹬着腿,也表现得跃跃欲

试,但对不满半岁的他而言,显然是难以兑现的。这是瞻儿在外婆家过的第一个新年,所幸的是,他并未遗传我老是一副木然的模样。他平日里爱笑极了,对街坊邻里的招呼都是友好地笑迎,引得许多人的喜爱。岁末年初一连好几天,小镇上好多人家陆续上门来给他送新年红包,他倒从来不客气,小手抓过来攥得紧紧的,再示以微笑回应。

新年初一的天气格外好,原想着昨夜镇里镇外的人家鞭炮、礼花噼里啪啦地放了一夜,天亮后空气肯定是浑浊不堪的。熟料清早推开门,竟是碧空如洗,湛蓝高阔。太阳甫上屋檐,瞻儿外公外婆就领着我们一路挨家拜年,互问安好,送些新年的祝福。走完回来,又进到屋里,等着接待别的人家陆续上门来拜年。待这些都毕了,临近小镇的乡下亲戚也要逐户走上一遭。

这样的情形要在从前,我定然是会嫌麻烦的,也因我性格中与生俱来的迂,自小弗愿与平常人家多生过从。没料多年以后,我反倒也突然乐于此种人情往来了。瞻儿对此早早地显露出了比我强很远的天赋,他每到一户总是乐呵呵地笑着,甚至还很认真地跟人家说些话,似乎明白不少事理。他的语言虽然尚不能破译,却丝毫不妨碍他传递自己的友善和热情。

瞻儿外婆家所在的这个小镇叫川山坪,南距长沙三十公里,隶属县级汨罗市。余光中先生曾说:"蓝墨水的上游是汨罗江。"这条江就在县城北侧。公元前二七八年,屈原怀沙自沉于汨罗江河泊潭段,如今江北的玉笥山上筑有屈子祠。从小镇沿京广铁路线往北再出数十里,即可入得八百里洞庭。

汨罗的民间年俗,自古以来承袭了荆楚和湖湘文化的遗风,虽然有些已随时代变迁而消失,但绝大部分仍旧世代相传,得以延续至今。春节是中国人在故乡的教堂。套用西方人的话:"宗教源出于人类分享共同悟性的需要。"那么在中国,春节就是最高形式的诗意的象征隐喻系统。在城市化高速进程的今天,春节的"繁文缛节"表现于"生活在别处"的年轻人面前,其重要的仪式感近乎只剩下千里还乡路了。

时至今日,之所以还要不遗余力地还乡,是因为父辈和祖辈仍系于故土,且我们这一代多数人还有故乡的记忆。总体来说,春运是年轻人的还乡路,路的尽头大抵就是所谓的年味。我亦曾做过设想,数十年后,待孩子们安家立业,他们对家乡和故园的情结许是要比我们稀薄得多,极有可能出现截然相反的情景:老人们从故乡出发,踽踽独行在春运途中,不辞千万里奔赴另一座城市甚或海外与子女团聚。那时候，春运换作老人们的迢迢探亲路，中国的教堂和仪式感将被颠倒和置换。

我恍若也看见须发全白的自己，拿着飞往纽约的登机牌，颤颤巍巍地迈向登机口……瞻儿在睡梦中笑出了声，他仿佛在告诉我，答案并不在我一厢情愿的臆断中，而在那些讨要“百家饼”的孩子们的袋囊里，在汨罗江的静水流深中。

二〇一七年二月二十八日

于　湘东北川山坪镇上

一桩重要而光荣的事

二〇一七年的太阳上了屋檐，鸟雀临着窗边吱叫。四个半月大的瞻儿在一侧睁着眼，四下打量着一切事物，他对这个世界充满好奇。我告诉他，这是一个新的日子。他肯定是不懂个中深意的，但他仍然转过头来，对我满脸开心地笑着，并且咿咿呀呀说着话。他话中之意也是我不能解的，但这丝毫不妨碍我们对今天的太阳的一致喜爱。

日光很暖，在这样的冬日里尤显难得，因是落进了自家院里，总觉着这才是属于我的光和暖，旁人是争不过去的。还有青天碧落下那些极远极近的重阜，溪水岸曲直不定的炊烟，长桥上走过的三两个淡得不成墨点的人影，只因是入得了我的窗牖，便也认为都是户里私属的风景了。

我端了个瓷盆，出门去镇上的一家米粉店买两三人的早点。店里的娭毑见了我，热情洋溢地笑着："昨天回来的呀？"我应她道："是啊。""又哪天走？"我半开玩笑道："不走了，留下来帮您卖米粉。"娭毑一转身，半隐于屋内自柴火灶炉上蒸腾起的氤氲里："那是好咧！你是哄我老糊涂开心吧。"我朝着她轻轻地笑着。娭毑虽然年岁高了，却半点未见得糊涂，不过我也并非是哄她开心，确实想就这样过完剩下的几十年。

教我想念的地方已不多，无非就是三座山罢了：钟山、岳麓山、青城山。我也常幻想能搬移它们至一块儿，融山合岳，托体同阿。不过倒也并非全然无可能，譬如都移至我心里。我思念的人愈发稀罕了，但能留于心上的，决计是倍加珍视，待春风拂面，我还会坐远程的车去看望你们。我记念的事亦愈发寥落，人心毕竟有涯，只需装着那么几桩有味道的时常回嚼就够了。

瞻儿与我不同，他在屋里待久了就会哭闹，非得大人抱着出门去走走。我领他出了镇子，散步向田野上过去，他看见路边开得艳的野花，或是突然夹着尾巴跑过的小狗，都兴奋得在我怀里蹬腿一跃，笑得灿烂极了。我对他讲述着近旁的河流、远处的山、舍边的树木、轻掠于水面的白鹭……他一开始会稍作安静的聆听状，少顷过后便不乐意起来，咿呀着仿佛是嫌我啰唆，碍了他自己去认识这些。于是我知趣地默不作声，只抱着他闲悠悠地向前走。

不等走多远，再调头回来时，天已垂暮，上下间是久违的熟悉的安详。行至屋前，暖色的灯光下，妻正一脸和悦地迎着我们父子。

这是一个新的日子，太阳是新的，天空是新的，小镇和村庄是新的……它们的新无不映在瞻儿明亮澄澈的眼睛里。其实，只要有如瞻儿之眼，往后的每一天又何尝不都是长河悠远、天地常新？小小流萤，宇宙间所有的光亮都是它的亲人。我曾说要在二〇一七年密谋一桩重要而光荣的事情，是的，尔等勿用去猜，只需记得日月恒升、山高水长。

二〇一七年元月元日

于 湘东北小镇川山坪

你就是我想象的样子

八月十七日傍晚，小们（乳名）诞于长沙湘春路，我为他取名阳瞻，愿他一生健康快乐、正直上进，富有远见卓识和高阔的视野。

妻从手术室被推出来的时候，瞻儿偎在她的床边，他睁着眼睛望着我，满目柔和与友好，亦有些许茫然，不哭不闹。我只轻描淡写地瞥了他一眼，以确认他没有被医生落下。那是我们父子的第一次照面，他那么认真，我却草率至极。

彼时，我心里只顾念着妻，俯身下去凑近她的脸，跟着护士小心翼翼地推着她回病房。尔后，我在房里忙前忙后，把瞻儿全然撂给了他奶奶和外婆。过了好久，我都未想起来去过问他是男孩还是女孩。直到从医生跟亲人们的依稀谈话中，“大胖小子”这个词不经意地飘至我耳畔时，我才知晓瞻儿是男孩。

瞻儿是小子没错，但并不胖，他出生时只有五斤半。新为人父的我，身体上疲累不堪，每天来来回回地跑，心底里的喜悦也是很内敛的。等终于安静下来，我仔细端详瞻儿，发现他几乎完全合乎我之前预想的样子，皮肤白皙、浓眉大目、手指细长、聪明伶俐。当然，这些都是遗传了他母亲的优点。我把瞻儿抱在怀里，他是那么软弱和娇小，我仿佛抱着一团云，又宛若托着一座山。

我是满心的喜欢，忽然又生怕因为自己哪个地方不当把他碰坏了，只好轻手轻脚地再将他放回去。

总的来看，瞻儿并不是一个爱哭闹的孩子。我心里怕他哭，又极其怕他不哭。他要是哭得厉害，我恐他哭坏了嗓子；他要当真不哭了，我又担心他哪里不适我却弗能知晓，以致无法为他及时除障。

妻剖腹这一关太辛苦，教我十二分地心疼。她被推进手术室的瞬间，我泪眼模糊。她在里面的两个小时，我一直站在门外，像石像一样僵立着。中途不停地有术后被推出来的人，我隔着玻璃门望进去，好像每一个被推出的都是妻，每一次我都急急地迎上去，可是发现认错人后又自责不已：为何这一刻对生命中的人，竟陌生到如此地步？原本一直准备要一双儿女的我们，在手术室门外，我自心底起誓，决然不再让妻生第二个孩子了。

我跟瞻儿一样，他在用最初的本能认识并尝试着与世界相处的平衡之法，我在探索为父之道，我们每一天都进步一点，再进步一点。男人真正长大，或许也跟孩子有关。以前我总想去自己喜欢的地方，甚至不惜去家千里，哪怕路上茕茕孑立、形影相吊，也从不觉得半分孤独，而两天前我离家的步履却前所未有的沉重，几乎迈不开腿。此时我心里只有一个念头，只要跟妻儿在一起，无论在哪里，都是最好的地方。

为了大米和小麦，我仍然得登上离家的航班，即便已经延误数小时了，也终究要在深夜里飞走。这一切，不过是为了有一天再飞回来时，我能栖守于一处宁静之所，从容地铺开一张平稳的书桌，陪着瞻儿读书写字。看他在每一缕清晨的阳光里，快乐地跑到我跟前，告诉我他又长高了。我越过他的头顶望向窗外，茂竹青翠，水流花开。

二〇一六年八月二十二日

于　长沙黄花国际机场

在川山坪

眨眼间的工夫，春节假期已过半，因为时间和路途的关系，我终究还是未能回到曾经生长的故土。

这些天，我待在长沙以北三十公里的小镇川山坪，京广线从小镇腹中穿过。我把铁路的东西两边称作“铁西区”和“铁东区”，而我所在的具体位置就是“铁西大道”和“顺城大街”交汇处，绝对的中央商务区。听了我这样的定位，镇上的人们都笑出了声。

三十二年来，这是我初次在蜀地以外的地方过年。我作为新女婿，跟随岳父母在小镇上走街串户向邻人亲朋拱手喊“恭喜”，此外，姑妈姑父姨妈姨父一干亲戚也是要陆续拜访到家的，紧接着他们又各自到岳父家回访，一来二去，几天光景便过去了。整个过程里，我俨然一个从远方到来的稀世动物，供大家多种角度观赏。同时，因为湘方言的障碍，我还要连蒙带猜地接收着大家给出的一些友好而未必中肯的赞誉，并回以虔诚的谢意。

湘菜之味美，名闻天下，岳父又是工于湘菜数十年的大厨，功力深厚，勺法丰蕴。由此看来，我这个原本只钟情于川渝菜系且出身“小河帮系”的楚人后裔，在这个春节里也可暂时流连于湘菜的煎炒烹炸带来的烟火之中了。

自我到镇上的第二天起，这里就接连不断地落起了春雨，时而疏漏，时而急骤，甚或伴着短暂的春雷。这种时候，我只想告诉张爱玲，住或不住在溪边都一样，横竖是出不得门。

雨总有停歇的时候吧，原本想着等天一放晴便去趟湘西凤凰，专程拜谒中国现当代文学史上我唯一的偶像沈从文先生，和他作为一个士兵没有战死沙场，最终回到的故乡。

孰料两天前上楼梯，一时莫名兴奋闪了腰，疼痛一阵接一阵，行动变得艰难起来。为缓解痛苦，各种姿势尝试，最终只能平躺，简单翻个身亦要耗尽全身气力，还要忍受来自通身的巨大痛苦。此种状况平素未有，想来毕竟是年龄大了的缘故，再也比不得二十来岁时候。

是夜，窗外雨声潺潺，我想到了几十年后的自己，当我垂垂老矣，大抵也就是此番情形了吧。我受这具肉身累赘由来已久，为了侍候它，且不论我此番去不了凤凰回不了故乡，诸多精神所往之地也都变成去不了的远方。不仅如此，往后几十年里，我还将继续为它不舍昼夜地劳作，但凡要去往一城半池，亦要掏钱袋子买机票。

此次虽然未能回成都和川南，我却一样关注着故乡的人事。正如摩诘《杂诗·君自故乡来》：

君自故乡来，应知故乡事。
来日绮窗前，寒梅著花未？

先说一件教人高兴的事，旧时同窗阿莽，因为大学期间苦恋班上最美丽的女孩，受爱情魔力的驱动，为之写下众多感人肺腑的情诗，后成为圈内的著名诗人。遗憾的是，直到大学毕业，阿莽也未能牵上心仪之人的手。生活总比戏剧更加巧合，时光荏苒，辗转世界近十年后，阿莽履行诗人的天职还乡。

一个薄雾轻笼的清晨，阿莽驱驾刚上牌的新车自成都一路向南，在酒城泸州重逢了当年的班花王姑娘。最幸运的事莫过于，这么多年过去，阿莽未娶，她亦未嫁。这一次，他们终于相许一生，其幸福程度简直令人歆羡，详情此处不表。我不得不相信，这个世界上仍然还有爱情的童话。

与以往一样，在我的故土之上，每个家族仍在举行大规模的新年团聚，出

席的族人们无不是盛装出场，那场面俨然召开家族年度表彰大会一样，每个获奖者都热情洋溢地发表一番获奖演说，讲述自己过去一年里的成功案例和优秀事迹。譬如有人在纽约曼哈顿买了四百平方米的豪宅，有人娶了高官或大富翁的女儿为妻，还有人在上海创建不到半年的公司即将上市……听者无不虚情假意地发出各种赞叹，作由衷崇拜状。

筵席散去，余晖铺满回家的路，大家又开始在背后纷纷指摘他人“瓜米日眼，牛皮哄哄”，对于先前的演说内容，谁也不会相信。事实上，即便是自身慷慨激昂的演说又何尝不是漏洞百出？难以自圆其说，站不住脚。

自我记事以来，每年一度的“家族表彰大会”，几乎风雨不改。只要是远方归来的人，一定会扮成衣锦还乡的模样，若非如此，委实对不住自己背井离乡漂泊去那么远的陌生之地。这些演说者从弱冠之年，一直演说到两鬓斑白，年复一年地在自己编织的成功身份中慢慢老去。

一般情况下，外婆是懒得听他们演说的，还问我：“你怎么不去跟他们说话？”我微微蹙眉：“我成就比不了他们大，自卑呗！”外婆就朝我俏皮一笑：“你确实跟他们没话说，那就陪我这老太婆吧。”掐指算来，我不与外婆相见已两年有余。

话又说回来，这些族人也是极其可爱的，他们编织故事不过是为了身份认同的需要罢了，不外乎想从他人眼中寻找一些可怜的存在感，于自然生态和社会安稳皆造不成伤害。倘若哪一年弗能听到他们的故事，这年味就不够劲儿，年头就像跨不过去一样。

从弟弟发来的照片上可以看到，我们兄弟俩年少时无数次去往外婆家的那条泥路，已然铺上了水泥，落雨天不再会路面溜滑泥泞飞溅。道路的两边，那些最寻常不过的豌豆花、胡豆花、油菜花还像从前一样，相互依偎地盛开着。

二〇一五年二月二十二日

于　湖南汨罗川山坪

丁　辑

城池月

烟水金陵

江南佳丽地,金陵帝王州。我认为南京这座城是一半天造,一半人为。诸葛亮叹曰:“钟山龙盘,石头虎踞,此帝王之宅。”对于南京,我从不吝溢美之词,她几乎满足了我对中国城市的全部幻想,江南十分美,宁杭九分九。乌衣巷、朱雀桥、桃叶渡、颐和路、随园、成贤街、长干里、成贤街……这许多的地名都是会发声的,随意几个一经搭配,即可自然成诗。朱自清先生也曾写道:“逛南京像逛古董铺子,到处都有些时代侵蚀的遗痕。你可以摩挲,可以凭吊,可以悠然遐想……”

走进南京的每一条小巷中,一阙青砖、半片黛瓦都可能是一部皇皇巨著,深藏着厚重的文化历史。不夸张地说,南京是中国古典诗词版图上的天元。倘若说今天的南京是一座古典与现代完美结合的都市,那么用历代与这座城市相关的诗词文赋做砖石垒筑起来的金陵,其规模和繁华都远胜于我们肉眼所见的南京城。

我曾经说过:一部中国文学史,半部在金陵。

大抵城市跟人一样,都有着自己独特的性情和气质。一个人之所以迷恋一座城,多半是在那里寻到了自己性格中某种强大的对接和牵引。我对南京的向往和沉迷,已无法追究确切的肇始年月了。“四百年来成一梦,堪愁,晋代衣冠成古丘。绕水恣行游,上尽层楼更上楼。”或许就因为与王临川先生的一次千古邂逅,在这样一个清朗的拂晓,骤然应承了内心的某种渴望。

南京不仅有闻名于世的风景名胜,还有很多养在深闺人未识的寻常人家,以及那些吟不完的诗词曲赋,听不厌的秦淮丝竹,嗅不腻的梅桂之馨……罢了,我要写的并非南京的历史和文化,那要说起来何时是个头啊!以我在南京多年的生活体悟,窃以为南京之美,多胜在玄武湖、钟山、十里秦淮,既聚钟灵毓秀,又集文化深蕴,相得益彰,浑然相融。

“钱塘莫美于西湖,金陵莫美于后湖。”北宋文宗欧阳修曾对玄武湖作此赞誉。这里先容我掉掉书袋,玄武湖古名桑泊、后湖,已有一千五百余年历史,六朝时期为皇家园林,明朝时为黄册库,系皇家禁地,清朝时期辟为公园。

玄武湖东倚钟山,占尽江南风情,巍峨的明城墙,秀美的九华山,古色古香的鸡鸣寺环抱在右。环湖周长二十余里,分作环、樱、菱、梁、翠五洲,洲与洲之间堤桥相通,处处山水为缀,融为一体。其中环洲西端设有郭璞墩、郭璞雕像,北端有米芾拜石。环湖有玄武烟柳、武庙古闸、明城探幽、古阅武台等众多景点。历代文士如萧统、李煜、韦庄、杜牧、刘禹锡、李商隐、李白、欧阳修、王安石、曹雪芹、郭沫若等都曾在此留下身影诗篇。

玄武湖的景致和风韵终年都是极好的,暮春往盛夏一段,烟柳一色,水波轻撩,湖面一片碧绿,粉红色的荷花掩映其中,田田的莲叶最是多情。微风乍作,满湖清香浪一般层层叠叠地吹皱过来。彼时,骑车环湖逐浪,自然是最悦目醉心的事情了。倘若懒得动,伫立湖畔也是极好的,湖面温润的水波,时而平展如镜,时而又曲折似纹,借着微醺的凉风,便仿佛置身于造虹的梦中了,无数沉淀的故事也随着波光水影的兴作而摇曳浮现。

九夏过后就入了秋,这时候的玄武湖是我生平所见过的景致中的绝好,苍黄高阔的梧桐和笔挺的水杉矗立水岸,菊更是灿烂得将金黄渲染至整个天空,波光粼粼的湖水与云天一色,青山古木,还有斑驳的古城墙连成一线,错落有致,层次立体而丰富。水总是不安分的精灵,时而微微摇曳,时而荡漾至澎湃,由此一来,整个玄武湖都仿佛是摇曳着的,整个南京城都是晃动的,进而活跃了整个秋,幻象与现实终究是难舍难分了……

玄武湖南面的明城墙,改以往取方形或矩形的旧制,在六朝建康城的基础上,据南京山脉、水系的走向筑成,至今已六百余年,庄严而肃穆,一种幽幽

的古味静静地透露着。其中,北极阁北麓、玄武湖以南一段,就是最负盛名的台城了。唐末五代诗人韦庄有七言绝句《金陵图》,每次读来总教人心生感慨:

江雨霏霏江草齐,六朝如梦鸟空啼。
无情最是台城柳,依旧烟笼十里堤。

隔着玄武湖东眺就可见得钟山,从古阅武台的位置望去,颇近日本富士山之状。其实,钟山之美,也是断然不可与玄武湖分离的,正是二者的彼此辉映,才更加增添了各自的深远意境。钟山南麓的白塘有王安石晚年罢相后隐居的半山园,现囿于海军指挥学院校内,平常人不得进。萍苇杳杳、丛林森森,已看不分明,只可遥想那烟水苍茫、明净荒寒了。

同为江南佳丽名城,杭州以湖闻世,南京以山扬名。事实上,宁杭二城之中,都不乏名山秀湖。“仁者乐山,智者乐水。”相比之下,南京的钟山还是更教人起敬慕怀远之心的。且不说其中有孙权墓、明孝陵、中山陵,单就石像路、翁仲路、灵谷寺、流徽榭、美龄宫这些景点,就足够让人遐想和凭吊了。

钟山气象雄伟,地势优越,自古以来即与南京的盛衰气息交融,古都南京在政治、经济、军事、文化各方面的重大变化与发展,几乎都在钟山一带留存了丰富的积淀,刻下清晰的印记。自三国东吴大帝孙权开始,钟山即成为帝王陵寝及功臣勋戚的葬地所在,六朝以来又是江东佛教圣地和军事要冲。从古至今,文人雅士遨游钟山,留下无数脍炙人口的诗文篇章,可谓人文景观众多,历代风物荟萃,错落有致地掩映于苍松翠柏和法梧深处。

“凤凰鸣矣,于彼高冈。梧桐生矣,于彼朝阳。”有法国梧桐的城市不在少数,但能像南京这样遍植梧桐且成巍巍气象的就极鲜见了。南京的梧桐又尤以钟山最为神美壮阔。瞻园街道的梧桐绿阴蔽日、连绵不断;颐和路的梧桐清幽雅致、遍地掌故;灵谷寺路的梧桐笔直整齐、曲径通幽。但我独独偏爱苜蓿园经陵园路、植物园到紫金山栈道两段途径,唯有这里的梧桐翠盖斜偃,泱泱欲腾,高莽阔大又不失婆娑。

深秋季节,仰卧长石之上,满目苍黄的梧叶密密匝匝地遮断天穹,午后的风声奏成一曲深厚悠长的骊歌,偶尔有那么些斑斑点点的细碎阳光从树叶的缝隙里漏下来,落在身上浑然觉不出温暖。秋天的南京,陈叶飘落起来不再如春夏时节那般温柔,显得有些决绝,铺天盖地,带着雨点的湿润和不可名状的忧伤。

南京的古色香浓兴许只有在城外才感受得更加分明吧,尤其在这样的时节里,熨着那么几道从明孝陵里折射而来的余晖,再有紫霞湖面上被风揉碎的浮影,摇荡在历史深处的回声里。我总认为南京就是跟这样的秋天相映衬的,她让人迷失于时间和空间的坐标中,一切皆如幻影,却又弦音缕缕不绝。

我曾在无数个清晨,从梅花山进孝陵陪帝王说话,日出时分,披一身晨霭,穿过密密的鸟鸣莺啼和梅香桂馥下山;我也曾在许多个夜晚,流连在钟山里,幻想迷路于野径孤亭中,意外地邂逅一段人间之外的艳遇;即便是短时间地出差上海,我也会一早搭计程车从燕雀湖穿中山植物园、紫金山栈道,掠玄武湖去南京站坐高铁。天下名山无数,最入我心者仅此一耳。但得人生再百年,不负王气与诗章。

“烟笼寒水月笼沙,夜泊秦淮近酒家。”十里秦淮自东水关进水,从西水关流入长江,集中了南京最繁华的景象,画舫经过的两岸,瞻园、夫子庙、江南贡院、桃叶渡、东水关等文物景点逐次呈现,如今的秦淮沿河楼阁景观多为新仿,很难见旧时风物的颜色。

江南的细雨最是柔情,去秦淮河最好挑个微雨天,总能平添一种隽永深沉的风情。沿河两岸,古往今来的繁华仍然是可摘得痕迹的,轻柔地踏着湿润的青石板路面,上了几座精致的小桥,人立在桥中央,悬身于秦淮河的水面上空。脚下是千年淙淙不息的流水,当年诗赋歌词里的胭脂水粉,佳丽云集、俊采星驰的景象都已依稀了,偶尔邂逅一两个秀丽婀娜的女子迈着碎步上了石级,来往于石桥和古巷之间。那柔细的倩影似乎也是从遥远的古诗词里走出来的,散发着古典的清香。抑或在她们走来的瞬间四周起了烟雾和云霭,记不分明了。

夜游秦淮也是极好的,金粉楼台笼罩于厚重的灯光和水雾之中,印月桥、平江桥、桃叶渡、朱雀桥、武定桥在桨声灯影里都各具风姿。到夫子庙风光带,北岸的江南贡院已改扩为中国科举博物馆,这是中国古代最大的科举考场,共出过八百余名状元、十万余名进士、上百万名举人,明清时期朝廷半数以上官员皆出于此。两岸琉璃绚烂的古迹,旧时河上的歌舞笙箫和白衣卿相的文采风流,仿佛都可完完全全地收览眼中。

六朝旧事随流水,昔日的六朝古都、十里秦淮,文人骚客不能代表其精

髓;胭脂花粉不能说明其内涵;酒井商肆不能彰显其繁华。唯有那千百年流淌不息的河水,才能负担起秦淮河的厚重。

不少人说南京是一座伤感的城市,但那种伤感更多的只属于游人,与南京人和这座城市并无多大干涉。游人们站在台城烟柳下,或走在秦淮河的青石板上,他们想到的大多只是王朝更迭和藏于那些青砖黛瓦的缝隙中连绵不绝的硝烟铁马。而真正的南京人很懂得在保护自身文脉和历史的同时,乐观豁达地创造新的文明和梦想。

同处楚尾吴头的长江三角洲,南京街头鲜有上海那样的快节奏和形色慌张的路人,也不同于古都西安的遗世孤立和执拗凝重。南京不乏轻柔舒缓的线条,但她把这种阴柔之美表现得内敛而矜持。六朝古都深厚的历史积淀并未从骨子里改变这座城市清秀的江南气质,她的繁荣像是骨子里的一种乐观积极的天性。得天独厚的地理位置造就了她与生俱来的王者之气,可她没有争强好胜的虚荣,总是那般温婉顺从、虚怀若谷。

南京的街道虽比不得北京那般宽敞笔直,却相当具备江南小城那种点到即止的小巧气质。在鳞次栉比的高楼中,满城的梧桐井井有条地铺展开来,把这座城市装点得饱满又怡然自得。从斑驳的树阴下走过,丝毫不觉路面因狭窄带来的拥挤,有的只是一种豁然开朗的敞亮和透明,恰若行云流水一路畅通,总能带来清新舒畅的好心情。

对南京的解读,至少是需要两种身份的。金陵一梦,六朝繁华散尽。远道而来的游人在距离之外,或许更能读懂她的过往。而生活在这里的人,更能深谙她的当下和乐观。窃以为南京的代表色系可选青砖灰和高贵紫,青砖灰寓意她的过去,深厚的文化历史,冷静内敛、谦和包容;高贵紫象征当下和未来,极致辉煌之后的从容,乐观智慧、典雅浪漫。

其实,再美丽的繁华也都不过是刹那芳华罢了,可一座乐观坚定而奋斗不止的都市,却能让这份繁荣生生不息地保存下来,世代传承;南京的梦想,不曾因迁都而萎靡,也不曾因杀戮而断送,只是因为一份对繁荣最真诚的尊重,一份对生命最迫切的期待,这座城市便值得她的子民永不休止地付出自己全部的爱。

旧时孩童传唱的童谣,随韵接合,易唱易记,在每个清晨一张嘴就迎来活色生香的一天,开启南京城新的梦想:

腊八粥，豌豆糕，荷叶乌饭炒元宵；
糖山芋，糖芋苗，桂花酒酿小元宵。
豆沙条，马蹄糕，松子茶糕满街跑；
糖粥藕，五香藕，枣泥馅心山药桃。

二〇〇九年九月三十日
原稿于　武汉
二〇一七年四月十五日
修改于　南京

三多寨

入夜后的古寨，除了零星的几点灯火，只剩下夏虫的低唱，偶尔从山脚下传来一阵急促的火车经过的声响。除此之外，万籁俱寂。这样的宁静并未维持多久，我的美梦便被一阵阵嘈杂的声音和密匝的灯火扰醒。推开窗户，古寨里石板街道两侧已集满了人，各种箩筐、篮子摆得密密麻麻，长龙一样伸向街头。

这些人大多是乡下的农人，披夜色肩挑着自家种植的蔬菜，或是养殖成年的兔子、鸡鸭鹅等，经行十余里路来赶早市。菜贩们与农人之间的讨价还价声，喧嚣鼎沸。那些蔬菜，往往在天亮之前就会被菜贩们运往市里去。

我看了下手表，刚过夜里十二点，古寨外面仍然一片漆黑和宁静。

这个古寨的名字叫三多寨，上述场景是十五年前我偶然客宿寨内所遇。不晓得多年过去，这样的景象是否还存在。

我去过很多地方的古镇，它们或在山谷麓川，烟岚宁静，安徽西递宏村、江西婺源、重庆偏岩莫不如是；或在水乡泽畔，舟楫往来，浙江乌镇、江苏周庄、湖南凤凰、长沙靖港是也；还有在平坦腹地，声色不动，如陕西米脂、山西平遥等。但唯独像三多古寨这样建在巉岩之上的并不多见，且有完整宏伟的城墙护翼，寨内沃土绵亘，田园、古树、沟渠、街市相得益彰，赢得“川南寨堡之冠”的美誉。寨外的人,要想上古寨去,往往是要费很大一程脚力的。

很长时间以来,三多寨是一个被众人遗忘的古镇,尽管我跟它有着牵扯不断的关联,却也将其遗忘许多年。我很少在以往的文章里倾注情感去写我川南的故乡,但对三多寨却是有许多要表达的。在此之前,我只在《路过故乡》《那些以梦为舟的岁月》两篇文章里,用寥寥数语提到过三多寨。

尽管如此,三多寨昔日的辉煌仍然是不会被时光之尘倾覆的。

三多寨所在的山叫牛口山,隶属自贡市大安区。我的外祖父、外祖母、母亲就是三多寨人,包括我的母系族人大多数也仍然分散在那里,尤其我的五姨,一家人至今生活在三多寨的古城墙下。我曾在《路过故乡》里说:“我喜欢去五姨家,因为那里可以看见火车。五姨家在自贡的古镇三多寨城墙下,我和弟弟每次去时,大多数时间都待在铁路边。火车经过,我们就一同数车厢的数目,往往是列车走后,我们还傻傻地望着车尾的方向发愣,数数的事早已抛于脑后。”

一直以来,大安区都是自贡的主要产盐区之一,盐商如云,盐井林立。一八五一年,太平天国起义爆发,攻城略地,富甲巴蜀的盐商们预感到有灭顶之灾,准备逃亡或迁徙。于是,自流井铁匠出身的大盐商李振亨为在乱世保护家室财富,联合厂绅颜昌英和王克家,决定选址筑寨自保。清咸丰三年(一八五三年),他们选中了距城三十余里的地势险峻的牛口山,先后用工百十万,耗资七万余两金,历时十一年,建成了寨墙周长十余里,四门各有炮楼,有炮台垛口两千五百多个的坚固寨防。又花两年在薄弱处加筑外寨墙,耗白银七万两。因是三姓合建,又取《庄子·天地篇》中“多福、多寿、多男子”之意,寨子起名“三多寨”。

建寨伊始,李、颜、王三家以寨主身份优先择地,营建住宅。因选在地势险峻、易守难攻的牛口山上,水源充足、景色宜人,除三大家族外,自流井、内江、富顺的盐商巨富、乡绅官宦,也纷纷进寨建造各种风格的家宅,布局多严谨,庭园幽深,花木名贵。当时,三多寨的建筑分为三种类型:中式大瓦房,占地广袤,均是几进几重的庭院;另有西式洋房,既富丽堂皇,又清幽爽朗;还有中西合璧的建筑,因为屋基早被占完,无地建新房,人们就在旧屋边建起西式楼房,连中西建筑于一体。短短两年,过去人烟稀少、林木繁茂的山头,演变成商铺集市、良田果园、庙宇学校、五行八作俱全的繁荣寨堡。

这些建筑物皆以“堂”命名，占地近两平方公里的古寨中，修建起各种府第逾三百座，小青瓦房鳞次栉比，星罗棋布，房屋一座连一座，即便是下雨天，走在古寨的青石板街道中，不用打伞，也不会湿了衣服或鞋子。

三多寨古堂无不富丽堂皇，其中颜家桂馨堂就是一例。昔日的桂馨堂，位于三多寨中部，依地形建成四重，拾级而上。大门外有坪，坪前辟池塘，植荷花垂柳。走进大门，有大片阔地，左右各植丹桂一株。巨大的丹桂要三人才能合抱，盘成五层伞形，两树相接笼罩整个院坝。八月花开，香溢数里。数十株梅花树种在院内，旁植一片凤尾竹，摇曳生姿。拾级而上进入第二重，当中为三厅堂，左右小巧书房是用来接待显贵宾客的。出三厅堂，两面照墙壁立，就进入了二厅堂。这里长与屋齐，可同时摆席数十桌，为红白喜事宴客之处。四重房屋大门均在一条直线上，从堂屋可以望见门外景物及行人。

在桂馨堂的大门上，悬挂着一副由颜昌英的曾孙颜仿陶撰写的长联，下联就描述了三多寨的八景：八景世居三多寨，故乡绕乐事，任春去秋来赏不尽：双塘映月，峻岭横烟，仙洞云封，马鞍曙色，古寺晓钟山晚照，泉香而滴翠，地灵人杰，悠游长在画图中。

美景如斯的三多寨，也流传着许多名人轶事。自贡早期著名的花鸟画家张度、书法家陈俊熙、教育家廖泽宽都是三多寨人。一九八一年九月，三多寨刘家的安怀堂发现了八块石碑，均两面刻字，颜体楷书。原来，这组珍贵的文物竟是“戊戌六君子”之一，刘光第的一篇重要轶文——《浩封奉政大夫刘公举臣六十暨配黄宜人五十寿序》。

相传，刘光第未致仕时，与富顺县县长陈锡友善。因有陈锡解囊相助，刘光第才得步入仕途。清光绪十一年(一八八五年)，刘光第因母丧守制在家，三月到县署拜见陈锡，适逢三多寨乡绅刘举臣亦到县署办事，陈锡便介绍二人相识。刘光第小刘举臣二十岁，拜刘举臣为叔父。刘举臣佩服刘光第的为人，于是自刘光第居丧期满，携妻小回京就职起，每年资助白银二百两。刘光第也非常信赖刘举臣，重大要闻皆写信告之。刘光第蒙难后，刘举臣将刘光第的三个儿子接到三多寨老家，延师教读，抚育成人。

抗战期间，冯玉祥将军曾对于右任特别提到一事：“高门大姓聚居的三多寨，竟始终杜绝娼妓、烟馆、赌场等污秽场所的开设。”其实，寨里还有兴学重教的传统，延续至今。

三多寨因战乱而兴，当兵灾匪祸威胁减退时，财富人口日渐外流，繁华难以持久。如今的三多寨，褪尽奢华，仍保留着街市与农村交融的旧貌。每年三月，三多寨梨花烂漫，成为吸引众多游人观赏的美景。两百亩梨园上万株梨树，源于一百多年前一个人的举动。那时，颜昌英第三子颜辉山掌管三多寨寨务，就在北门外坡地上栽种了数百株梨树，名之曰“快园”。于是，三多寨人纷纷效仿，在房前屋后、田头地角、坡上塘边栽种梨树，以至于发展到今天漫山遍野的规模。

据说，过去三多寨人每逢新年将至，就要在梨树旁挖一个大坑，埋入童子鸡，并时常用蜂蜜水浇灌梨树。到春暖花开时，梨花格外洁白芬芳。当果实结满枝头，品尝起来既有蜂蜜的甜润，又有鸡肉的鲜美。

百余年的石板路，几代人脚下把街心磨低了三寸。走在古寨中，从老街到东门，还保留着青石板路，依稀能看出当年的繁华。再往南门走，那里是主要的出入通道，也尤为陡险，据说当年仅靠三百多级石梯通往山下。

寻田间曲径，绕过些碧水堰塘，找到去东门的水泥马路。几株尚未挂果的桃树后，有幢两层中式青瓦大屋，却用仿罗马拱形窗，就连中式民居特有的封火墙上，也开拱形窗，是原葆善堂的中西合璧建筑，可惜宅邸格局已被改变。

长长一列新修的垛堞贴近小马路，又来到崖边。寨墙在前方百米外，顺势爬上松树山绝壁，凌空高悬，格外艰险。俯瞰寨外，下边是内昆铁路、内自公路和渝昆高速路，三股现代交通动脉绕过松树山脚后，交会于一桥上下，又各自穿丘越壑潇洒南下。若沿寨墙登上松树山头，换个角度看这场面，想必更壮观感人。

若想沿寨墙走走，来到东门内也会碰壁，石壁用红砖加高，镶着碎玻璃，攀上城头直抵垛堞。内西门里外，都是精耕细作的农田，西寨墙没有悬崖依托，当年按照高三丈、宽一丈的城墙形制建造。如今还能望见几百米老墙，上下多荒草野树，局部坍塌，雉堞残缺，为给乡村马路让道，拆掉一段留下个豁口。内西门老态龙钟，幸而拱券完整，水泥路修通后，已少有人从这里进出，门洞怪寂寞地躲在一大丛慈竹旁。这长长一列未经修缮的残墙，默默展现着苍凉之美，与南门附近规整修复的挺拔城墙相映照，各有一种动人魅力。

当年周长十余里的古城墙，至今包括残破遗迹在内留下多少？未见统计。寨墙的损毁，除自然作用外，主要是人为拆解。据《三多寨镇志》记述：“一九

七二年加固西门水库，外西门和北门寨墙也全部拆除。”

其实外西门寨墙碍不着水库，北寨墙建在马鞍山上，碍不着引水渠，拆，估计是为攫取规矩石料，比开采坨石省事，一千多米寨墙便从此消失，公社拆，集体、个人也拆。而古民居的官方拆解，早在土改后就大规模开始了：葆义堂、葆礼堂、远怡堂、谷怡堂、乐善堂、光浴堂、滋福堂、熟思堂等房屋拆搬到富顺修县委招待所、县委大礼堂、电影院、川剧院等；拆搬到何家场修区公所、戏园……佛子寺古建筑也不能幸免，“为建富顺县招待所而拆除”。

十年前为开发旅游，三多寨南门被拓宽，能过大客车，这一带和东门附近有六百米的残破寨墙得到修复，新砌的青黄色坨石打凿规整，合缝严密，搭接在旧墙上。一百六十年风吹雨打，老墙道道接缝被刻出宽沟深槽，这里那里有挖凿的榫窝，留下倚墙搭建民房商棚的兴衰印记。新与旧，变与不变，叠加融为一体。

三多寨一九九六年被列为大安区重点文物保护单位后，二〇〇九年成为自贡市文物保护单位，二〇一三年又被评为四川省级历史文化名镇。古寨及幸存的近现代盐商大宅，要作为整体保护，几十年掠夺性索取，已改弦易辙，开始补交昂贵学费。

六十年前，三多古寨最后的繁荣景象，意外地邂逅了中国现代文学史上的大师，这一点也是让我未曾想到的。

一九五二年初春，一辆卡车搭载着从北京来的土改工作队员，自内江出发，朝古盐都自贡驶去，专程去参观井盐生产。一路颠簸，寒风扑面，广袤丘陵层层起伏，拉开一轴无尽头的画卷。出了内江地界，西边丘坡上，迎着朗朗阳光拔起的绝壁悬崖，巉岩峭壁上石砌城墙蜿蜒曲折，护卫着山顶，突然一座三层洋楼出现在古木葱茏的崖上，基座高出墙头，一二两层围着罗马式连拱廊清晰可辨，悬崖或远或近绵延数里，大小房舍丛丛绿阴，点缀在恰到好处的位置。众人仰望宏伟城堡，感触最深的要属沈从文先生，他在《沈从文全集》中提到这些感触：“车子快到自贡时候，看到悬崖上有个大砦子，两道石头城墙，简直是天方夜谭环境……山头上的砦子，名三多砦，有呈贡县七八个大，在山顶上，两道城墙，四面悬崖，壮观之至。”“远看砦门窄窄的，上去的小路又陡又长，两边山坡一层层金黄油菜花，镶着碧绿的豆田麦田，像在梦里才能见到。”沈从文先生习惯把寨字写作“砦”，有篇小说就叫《小砦》。“我到内江第四区便民乡住了几个月，住在一个旧式糖坊中，留下印象极深……经常还幻想，若地方平静，体力又还顶事，有机会再去……我极希望上三多砦去住一二月，可望写成一个好中篇小说……用那个山砦作为背景，写成的小说，将比《智取威虎山》画面现实性好……”

沈从文先生曾在《全集》里写道：“三多寨历史上，西门到北门一带是连片农田，北门外有许多果园，这格局保持至今。今天这里赶场，有抱了小白兔出卖的……卖东西的大多是女人，我熟透了那些乡村中善良人民清洁、正直、胆小、温和的性情。”

遗憾的是，这座被沈从文先生称为“像在梦里才能见到”的高山顶上的三多古寨，最终无缘迎来沈先生的亲自登临，更未有幸诞生沈先生伟大的文学作品，在“文革”精神困苦的日子里，他在心中一遍遍描绘想象中的古寨模样，更成了他解闷排忧、遥不可及的“世外桃源”。

在旧时三多古寨最大的茶馆里，总能找到我的外祖父的身影。他一生所好有二：泡茶馆、摆龙门阵。他喝的是盖碗茶，那种最寻常不过的茉莉花茶而已，往往是一盏茶从近午喝到日斜。茶馆是旧时的讯息集散地，有人从城里回来，或是闯荡江湖荣归故里，都会带来一些新鲜的见闻，茶友们便就此各抒己见，评谈天下，品论古今。

蜀有民谚：“少不入川，老不离蜀。”意指四川过于旖旎安逸的生活，容易让人轻浮懒散，耽于享乐。加之盆地内视野易被四围高山遮阻，难免目光短浅，胸无大志。这也是我少年出川至今不愿归蜀的原因。兴许与其他蜀人不同，三多寨人大多看似优哉游哉，却暗怀抱负，譬如茶馆里那些能舌之辩者，往往是有大智慧和大胸襟的。抑或茶楼某个角落里最不起眼的一介布衣，却是曾叱咤江湖而早早归隐故土的风云人物。即便是普通的庄稼人，也大多勤劳善良，乐观旷达。

二〇一六年三月十日

于　南京苜蓿园

奏一曲春宵

半山中的夜雨愈加急切了，密密匝匝地落入竹林中，屋外漆黑一片，远山和莽林隐于深深的墨。卧床于这海拔一千余米的半山深林里，连雨声也感觉是清脆利落的，撩得人不免生出一丝情欲，不忍辜负这般美妙的情境。

我有一个辋川梦，记不清始于何年月。一心想着寻一处僻静之所，背枕孤山，面朝野湖，悬一叶扁舟于岸，隔绝尘世熙攘；三五间木屋，栖纳七尺茕茕之躯；修竹茂密翠绿作屏，抚奏四时风月；极顶积雪和山间清泉为饮，品味仙雨甘露；桃树三五为缀，鲜活生命原欲，不失情爱和温度。我曾释言与亲近之人，这般梦想倒非我对现实世界的怯懦和逃避，相反却是另一种未至繁华而提前豁达后的入世之心。难能可贵的是，我的心境到达这一步时，年纪尚且算轻，没有挨到鬓染霜雪。

世间好语书说尽，天下名山僧占多。许多年来，我不辞名山大川之远，仿李太白寻仙五岳。究其原由，初衷莫不是为我的“辋川”择地选宅罢了。当然，名山显岳于我的意义仅在于游访，发幽古之思，仰前士文墨，览流岚烟霞之奇谲，阅绝壁峭仞之壮秀。倘若要于此中求方寸之地立身，断然是不切实际的。这点从价格不菲的峨眉山门票和万年寺内端坐于功德箱前泰然自若地数纸币的和尚的眼神中，已可窥出三分。

“蜀国多仙山，峨眉邈难匹。”作为中国四大佛教圣地之一的峨眉山，且不说其源远流长的道教、佛教历史和巨大影响力，也不必提比肩少林、武当的峨眉派武术。峨眉山的盛名同三山五岳一样，不仅在其绝对高度和自然之胜，更在于人文资源丰富而深远。

郭沫若称峨眉山为“天下名山”，其名何在？春秋时期楚国名士接舆隐居峨眉山留下歌凤台，战国时期开明王在峨眉山麓治水建立部族政权丹梨国，汉武帝为求长生不老药派人封祭峨眉山，明代朱元璋重建万年寺，清康熙帝多次赐墨宝于报国寺、伏虎寺等。历代文化名流更是纷至沓来吟咏相续，唐代陈子昂、李白、贾岛、唐求、薛能、岑参，宋代苏东坡、陆游、黄庭坚、范成大、冯时行，元代黄镇成、贝琼，明代海瑞、方孝孺、杨升庵，清代张问陶、何绍基、康有为、刘光第、赵熙等，留下的诗画和题刻不胜枚举，使峨眉山被称为“诗山”，为其增添了极高的人文价值。

峨眉山八大禅院之一的万年寺，古树参天、满目葱茏，镇寺之宝为铸于宋代的普贤骑象铜像，跪满了前来朝拜的信男善女，燃起的香烟和尘世的寄望融入氤雾中，袅袅的梵音空灵地敲响耳鼓。无梁殿历尽多次地震仍旧安然无恙，这里的一株草、一棵树、一朵花、一块瓦都浸透着佛性，一派仙山佛国气象。

“一山有四季，十里不同天。”昨日上峨眉山来只行至万年古寺，垂暮时稍作折返，夜宿半山。一早醒来复欲登临，却遇阻不轻，山麓细雨绵绵，雨势至半山更甚，潺潺于林中。海拔三千米的山顶已然仙雪凝空，人语逼苍穹。绝壁凌空高插云霄的极顶是难上了，只能披雨匆匆瞥清音阁、接引殿几眼。

极目群山，经细雨涤洗后青翠欲滴，牛乳般的白雾萦绕于碧绿中，一切迷失在雾霭之间。想那舍身崖，云雾苍茫、波翻雪浪，泯灭了崖上和崖下的界限。这里的云海有着极致的诱惑，以往从这里举身赴云海者，不胜枚举。据传舍身崖下欲成仙的人，皆因抵挡不住云海的诱惑，抱着凡胎肉体，一跃便成了终结。

清音流泉、山光水色、花草芬芳，在清音阁深夜卧听“清音”，想必是妙不可喻的，但此次登临未能亲历，不可表其中绝好。自万年寺到清音阁，青石铺就的石板路起伏不定，十里山道曲折抵达。“两飞双虹影，万古一牛心。”晶莹的溪水自清音阁下的双桥奔流而过，碧潭中状如牛心的巨石，任其黑、白二水

汹涌拍击，仍岿然不动。被巨石激起的细碎的珍珠，和着雨声、溪流的声音，“山水有佳音，何必非丝竹”，分明一首有声的诗，一幅立体的画，组成独具特色的寺庙、山水、园林之境。

历代写峨眉山奇胜景致的名家诗文浩若烟海，但眼前之色，窃以为还得数苏东坡的《峨眉山》所咏最为贴切：

峨眉山西雪千里，北望成都如井底。
春风百日吹不消，五月行人冻如蚁。

名山之盛，其功早已归于历代贤士，到我这里要出新实属不易，且造访者如云，熙攘不绝。所以，我最终要去的地方，断不会图其名头，只求清幽僻静。个中情境倒与我昨夜置身的峨眉半山有几分相仿，但绝不应囿于如是风景名胜区内。不出十年光景，我的“辋川”当成就我若水一般，不露锋芒、吐纳万物、自我澄净，不损于任何尖锐，却又坚定恒毅。

虽然遍访名岳道佛，但我自知不是佛陀，无须亦无力胸怀天下、普度苍生。我只求度一己灵魂和爱，还有这具肉身。我会为最终的那座孤山、野湖、木屋，分别取一个温暖漂亮的名字，修竹翠绿中，几抹桃红暧昧地邀约着情欲，垂暮之下，彩虹不语。野湖之上，扁舟离岸，晃晃悠悠地驶入藕花深处，我和我爱的人，用船身奏一曲春宵，不舍昼夜。至于其他，与我们何涉！

二〇一七年三月五日

于　峨眉山雨之上、雪线之下

二十四楼的断想

长江流到重庆鱼洞的时候，摆了个尾，便有了龙洲湾。轻轨三号线从江北机场贯穿全城，南向终点差不多就到这里了。倘若要从重庆北站过来，先不说要耗上一个多小时，中途往往还得下来，换乘两三趟区间车才能到达。

人生如卿，这些天，我就寄寓在这个江湾里。

在重庆，要么是在地下穿行，完全依赖于各种路牌导引，昏昏暗暗如蝇蚁乱窜；要么就是悬在半空，轻轨、高架、楼宇，上不着天，下不接地。为图有个开阔点的视野，我住在了二十四楼向北的一间房里。晚上推开窗，坐在落地窗前，看楼下的轻轨从高架单轨上乐此不疲地开往主城。

这让我想起小时候，我和弟弟时常坐在川南的某座山上，等待火车从山麓的铁轨上跑过，我们就一同数车厢的数目，往往是列车走后，我们还傻傻地望着车尾的方向发愣，数数的事早已抛于脑后，天地间只留下一条浓浓的黑烟。那时候，我的理想是去做一名火车司机，开着火车穿越崇阿峻岭、江流湖泊，还会遇上很多陌生的友好的人。彼时，火车于我的意义是出发。

还有一个相近的场景，是我刚入职上一家企业时，在南京的很多个傍晚时分，我和一位兄长趁在茶水间打水的空隙，端坐在十一楼的落地窗前，一起眺望五百米外的地铁二号线从经天路开往油坊桥，一趟又一趟，直到茫茫夜

色中，我会被其中一趟列车带回家。那时候我们比火车和地铁谁跑得更快，后来聊到“天南海北”，也聊野兽和美女，那些不着边际和犯傻的话题，让我们成为好兄弟。彼时，列车于我的意义是回家。

许多年过去了，我仍旧不晓得要怎样才能开上火车，但已丝毫没有再出发的意念。长大后的弟弟不会再陪我看火车，他只会笑话我的迂。而我的那位哥哥也已鸿雁般飞走，虽然我们彼此牵挂，却再难聚首天涯。

此刻，楼下的轻轨仍旧无休止地跑着，隔两三分钟就来一趟，像是在对我盛气凌人地示威，我对它们视而不见。

从二十四楼的窗口望出去，不出两百米就是上游的长江，两岸鳞次栉比的城市灯火，哗啦啦地倾泻到江里，宛若我们曾经用梦筑就的理想之城，轰然破碎的声音。它们随浪涛浩浩汤汤北去，把我一个人扔在岸上，我只能为它们盛大的远行做一个孤独的目送者。逝水滚滚，浪花淘尽的又岂止是英雄？还有很多草芥的青春。我知道此刻的自己目光深邃、神态自若，一切都如释重负，也心安理得。

二〇一六年十月二十五日

于　重庆龙洲湾

万州城

一个星期的工夫,我又沿着长江向东走了三百公里。对于我这样一个身体在壮年、目光已浑浊年迈的人来说,外面的世界很难再带给我什么新奇了,大抵都是覆于时光之尘下的灰白之景。然而,万州仍旧让我有些意外,它以灵动的色彩出现在了我的眼前。

万州火车站出站口那些极度热情迎接的人,让我在出站的瞬间有些踉跄,他们称呼我为“老师”“师傅”“小伙子”“眼镜儿”……无不争抢着要拉我去他们那里住宿,一时间让我对自己的身份认识有些凌乱,却也委实享受到了盛大的热情和礼遇。

自火车站离开,车稍微一拐便见了江面,这里是长江的黄金水道。南北两岸城市沿江铺开,街道楼房背山面水,城在山上,山在城中,城山全然一体,鳞次栉比。尤其到北滨大道二段一带,江水更是开阔,在晨霭里远眺颇有几分电视剧《琅琊榜》里江左盟的意境。虽是清晨,江堤上已群集了很多浣衣的女人,她们手上的棒槌敲打衣物的声音,汇成一曲节奏欢快的悦耳音律,卷入江水滔滔而去。这般景象还能在现实中亲睹实为难得,并且是在城市的江岸边,就更叫人兴奋不已。

虽是初面之缘,我总感觉万州这座小城是极具人情味的,我住的酒店位

于电报路上，从江边往老城延伸，一路盘曲而上，林阴浓密得很，各种美食的诱人香味从街道两边的店铺里飘散而出。这座城市里除了最著名的万州烤鱼外，还有无数极能挑逗人味蕾的小吃，我甚至意外地发现了童年记忆里的桐子粑。

在这里，大抵任何层次的人都能怡然自得吧。那些小面馆的门前，随便搭几张简易的桌子，就能坐下一圈人来，他们兴许是最普通的市民，也许是身份不凡的名流，或是穿着讲究的妇人和小姐，亦有背着篓筐从乡下来的农人，都毫无罅隙地挤在一起，享受着店家端出来的美味。

霓虹灯下，我彳亍在蜿蜒陡峭的街巷中，或攀爬于高不见顶的石阶之上。这里的很多景象都宛若在我遥远的记忆里，譬如那些陌生的友好的人所拥有的轻松笑容，不时疾疾地穿过街道的一辆老旧的公交巴士，从街道对面截断车流披着睡袍走过来的女子，一股飘然而至的熟悉的味道……都让我恍若置身于一座古老庞大的记忆博物馆中。

当然，万州的过去并非只有这些，“万川毕汇、万商毕集”是其得名之典。太白岩上仍隐隐可见李白的羽衣绰约，苏轼随父途经万州武陵镇时，曾作《过木枥观》，诗曰：“石壁高千尺，微踪远欲无。”杜甫、白居易、黄庭坚都曾履足此地。近代从这里走出的大家有何其芳、方敬、刘江、周漫白、张永枚、蒋孔阳等。

中国的都市都在急遽地变成一个模样，铺天盖地迅速崛起的高楼大厦，强势地驱散着本土文化的基因，湘西的吊脚楼、四川的茶馆、江南的青砖黛瓦、关中的汉阙宫宇、北京的四合院，都在一夜之间变成造型相似的玻璃幕墙裹就的现代化高楼。

长江和苎溪河两岸矗立的高楼一目难穷，万州的夜幕下也同样灯光璀璨。这座城市依山傍水，城内从江面算起，垂直高度有一两百米，原本是一座典型的山城，自古扼川江咽喉。三峡蓄水后将长江水位提高，江面开阔了不少，山城变江城，原来的老万州景象我是无法得见了。

万州的城市布局和地形都与重庆有相近之处，只不过万州在自身传统的一面保护得更好一些，同时在与现代的融入进程中也未表现得过于急切。当然，这也或许并非完全源于这座城市的自觉意识，其周围的天然的山形环锁也应是立了大功。

沿着长江继续往东，过云阳，便可到达奉节白帝城，既而进三峡。三峡之中有其二在重庆境内，瞿塘峡在奉节、巫峡在巫山。“曾经沧海难为水，除却巫山不是云。”“神女应无恙，当惊世界殊。”想必奉节、巫山一带的风物之美应是更盛的吧，而万州不过是三峡的引言罢了。

二〇一六年十一月三日

于　重庆万州港

山中也知岁月

去石家庄前，住我隔壁的老头儿经常在傍晚时分吹笛子，曲目古老，离谱跑调还破音。我曾连续上门几次提醒他放低音量，收效甚微，直到最终上升为警示，他方才有所收敛。

昨日，回宁第一天，外面烟雨迷离，我掩帘卧眠。十点不到，睡梦即被隔壁"久违"的笛声划破，叮叮当当掉个满地。于是，我怒气冲冲地走向隔壁，咚咚咚敲门，旨在告知老头儿我回来了！

老头儿开门见到我，一脸惊恐，声音微颤，小心翼翼地问：你要干吗？

我不动声色，只是指向他手中停在半空的笛子，随即转身回了屋，笛声再也没响起。

前日三更，我曾拎着灯笼打列位旧友楼下走过，咧着嗓门向他们宣告：趁我刚从庄里回来，身上还有匪气，大伙儿要有什么仇家想算账，果断吱一声，卸胳膊卸腿一句话的事。

对我此般变化，昔日友朋所抱态度大致有二：一种是认为我这柔弱身板和满面书生气模样，是断难有卸人胳膊腿的功夫的；另一种则被我这架势震住，好言道："等你什么时候不舞枪弄剑了，再出来见你，省得大伙儿受伤。"

对于第一类人，我想告诉他们，"士别三日，当刮目相看"，更何况我与你们所别已三月有余，除了性别未变，其他变化都由不得我做主。

石家庄傍晚的街上，总有各种来历不明的飞行物横空杀来，塑料口袋，泡沫硬板，铁锹残片，飞沙走石，不一而足。山中不知汉与魏晋，醉里乾坤大，壶中日月长。从最初的躲闪不及四面受伤，到后来的身避有度应付自如，蓦然回首，我已然不自知地成了武林高手。半夜里，一顶斗笠，一缕蓑衣，一把竹剑，冷月妖风里仄身前行，这就是我每天下班过街的场景。

在庄里待久了，除了性别勉强维持，我早已性情大变，基本上说话习惯吼，走路习惯抖，吃饭全靠手，看人斜着瞅，穿衣只遮羞，全然一副扛把子姿态。我曾担心过回到南京，走在街上保不准要被城管抓，即便城管懒得理，市民也会果断报警。

当然，我也并非未想过“洗心革面”“重新做人”。我曾在南归前作如是设想：

待中秋，自北地归南，过黄河，以水濯吾足；涉，遇淮水，涤十指，弃蔽履乘舟；至长江，褪陈服旧冠，焚之，又以柚叶蘸江水浴，通体净，舷离浦口，渡；及岸，越火盆，正新服，沐满月之光，乃入城。

前天下午，从南京禄口机场出来，倒没有如预想的那样被警察抓捕，也未曾被严刑拷问。当然，我更用不着急急然问警察：你们这儿可有读书人？读书人该知我姓名。

话题再拉回来，昨日隔壁老头笛声消歇后，我辗转难以入眠，遂邀从北地同归的文君冒雨登钟山。文君非女性，且不姓卓，姓张，最主要是因为我不姓司马。文君早年也曾长发飘然，抚琴时俨然太子长琴一般风度，长着一张帅得经常把自己从梦中惊醒的脸。当然，这些都是以前的事了。

在北地时，我曾语文君道：这一趟回去我得先进鼓楼医院，除了妇产科不用挂号问诊，怕是妇科、皮肤性病专科、肛肠科等所有科室都得走个通透。

事实是，我因眷恋钟山美景，不顾一身从北地拖拽回来的病疾，毅然弃鼓楼医院而上钟山。与文君自钟灵街进山后，各种清新亮丽，微雨化作烟霭，牛乳一样润泽全身。时而林中大道攀行，时而浓阴小径求幽，鸟鸣山涧，残荷如笠，遂记胡小石先生诗：

独向深山深处行，道人拥帚笑相迎。

青丝流管浑抛却，来听山中扫叶声。

亦有李商隐诗："秋阴不散霜飞晚，留得枯荷听雨声。"颇合微雨下我山中之意，我不止一次与文君道：活着真好！此地真是极好的！

当然，文君也难得诗兴大发，开口吟道：

床前明月光，地上鞋两双。

闻君有两意，故来相决绝。

此诗意境深远，所表内容极丰，详情此处不表。

我俩如是深山里行走四五个小时，只觉神清气爽，明眸善睐，早先之疾恙一瞬间不治自愈，原先的真气复又还原。

从山里出来，与文君自苜蓿园地铁站别，眺望燕赵大地，已觉惘然。不禁喟叹：大幸的是中国还有一个南京和杭州。

"来，小伙子！过来我跟你说三句话，不要钱！"正在我出神之际，路边一算命的枯槁老头儿，额下白须飘飘，友好地朝我挥手。若按以往的习惯，我都置之不理。但这次，我却一反常态地走近他：打我小时候你就这样说，这么多年了，你还能多说一句啊？说四句行不？

二〇一四年九月十二日

于　南京苜蓿园

与未来再握一次手

我粗略收拾了几件衣物，拖着箱子准备出门。母亲照常在里屋打扫卫生，波澜不惊。我忍不住朝她喊："妈，我走了哦！""哎！要的，路上慢点。"母亲回我的语气也是再寻常不过了。我鼻腔里莫名的一阵酸，佯作镇静地跟着弟弟从二十楼下电梯去了车库。

这一天是二〇一七年四月九日。

其实在出门之前，我也如母亲一样，都认为这是一场日常性的离别，倏忽间就会再回来，就好像是临近饭点去农贸市场买点增添的菜，或者去附近沿河的茶楼喝半天茶。可在抓起行李箱拉杆的一瞬间，我却突然预感到这或许又是一场阔别。也极有可能，素来敏感的母亲同样预感到了这一点，只不过比我掩饰得更加镇定罢了。

过去的一年里，我无数次往返于成渝之间，弟弟来来回回驱车往车站接送。虽然也是不停地离开家，好在大致每周末都能回到父母身边，这是十几年来我最高频次地陪伴着家人。我也曾想过是否就这样安此一生，然而大出我意料的是，我在故土之上身形劳顿，精神流离。

不过，也有值得欣慰的地方，那便是我的故乡修护好了我躯体上的故障，虽然我早已过了保修期，却仍旧被威远宽容地第二次友情出品。

高铁驶出成都东站的那一刻,我对自己说,这是我第二次正式意义上的离乡。至于要去往哪里,前面的未知数并非一张高铁票能破解,索性都交给窗外的春风和桃柳吧。

答案在一个半月后浮出水面,这个时间还是比预想的早了些,让我有些踉跄。我来到了最东面的特大城市,当我拖着行李箱走出高铁站时,蚁群一样的人密密匝匝地蠕动在摩天大楼和街道的罅隙中,那一刻我脑中闪过四个字:芸芸众生。我忍不住倒吸了一口气,嘴里冒出一句:祖国的大都市,我的小身板。

对这座城市我其实并不陌生,只是以这样的一种关系到来尚是头一遭。想起十年前的我,尚且还有激情和好胜心,那时候认为自己就是无所不能的阿瑞斯,喜欢生活有波澜,高峰和低谷皆是风景,北上南下眼前无处不春风。时过境迁,我却渴求平淡和朴素的生活,开始做理性的减法,也坦然承认自身的缺陷,并放弃意义不大的事情。

走遍中国之后,城市对我来说,不过都是拥挤的火车站,候机厅里大面积变红的航班动态显示牌,以及地铁站里水泄不通惊慌失措的蚁族们。当然也不是半点区别没有,譬如上海这样的城市里,酒店和租房的价格是要比其他城市高出很大一截的。

因为要赁个房子把自己安顿下来,接连两天我去了几个预约好的房源地。看房过程中遇见一对小情侣,大学刚毕业的样子,顶着烈日到处寻找蜗居点,两人小脸晒得红彤彤的,羞赧中又一脸幸福。我仿佛看到了十年前的自己,彼时我住在北京清华西门外十平方米的筒子楼里,做着经世济国之梦。去年我出差北京时有意重回故地,站在余晖斜射的巷口,巷内叮叮当当烟熏火燎,我当年的梦想早已被烤得焦煳,一时间顿觉况味复杂。十年过去,我意外地重返一线城市,虽然今天我能住进一套大房子,心里却早已没有了江湖和豪气,只想躲进小楼自成一统。

离开的时候,我对那对小情侣说:多看几处吧,找个舒适点的环境,你们对这座城市的好感就会增多一些,两个人的生活就会更美好些。不管将来如何,一定要抓紧对方的手,几年或十年之后,等你们回想起来会很幸福。

看着他们挽手离去的背影,像极了我和妻留在北京大街上的记忆。我转过身也对自己说:既然来了,那就再拼一把吧,与未来再握一次手。

两千公里外的成都，母亲一定在挂念今天这个特殊日子。事实上每年的今天，我都觉得它更应该属于母亲，诞日对儿子来说固然重要，可对母亲而言何尝不是最高的嘉奖。今天即将过去，翌日就是端午，它的文化坐标上的京都在蓝墨水的上游汨罗江，那是妻和瞻儿所在的地方。

二〇一七年五月二十九日

于　上海杨浦

驷马桥上的今昔风景

窗外暮色渐浓，沙河对岸的铁路桥上，向东出发或西进归城的列车来往交错。从幼儿园下学回来的小侄蔚羽，总喜欢趴在二十楼的窗前，眺望不同的列车，“是红色的火车！绿皮车呢！动车是白色的哦！”二〇一六年冬，弟弟从生活了多年的九里堤南路，举家迁到了驷马桥南端的新小区，临沙河而居，这让蔚羽很长一段时间里兴奋不已。

楼下这座桥原本横跨于成都北门的沙河上，因流过凤凰山，秦汉时称凤凰水，河道曲弯，河水清澈，两岸桃竹成林，栩栩然有仙气，因此起初叫升仙桥，后改名驷马桥。一九四九年后修建成渝铁路，原有河道被改，木石结构的驷马桥被拆除，改修一座铁路与公路两用桥，铁路横架于公路上方，所以老人们常说这是成都最早的立交桥。

如今的驷马桥是沙河改道后，在河面上重新建起来的一座石桥，垂直于铁路桥以南，是沟通驷马桥街、驷马桥路和解放路的必经之地。从地理上说，它是成都北大门川陕路上的要冲。

老人们回忆，在城市“北改”以前，驷马桥公交站背后有一座古色古香的三层歪楼，楼内有一铺子，三五平方米，毫不起眼，一老一少在砧子上当当当地錾着铜锅铜壶铜皿等铜器，在铺子外琳琅满目挂满一墙。最炫目的当数墙上挂的铜壶，壶身锥圆、壶嘴挺拔，俊俏可爱，色泽明丽。店铺里的货物鲜有人问津，这一对老少总是不紧不慢地敲着，不言一语，墙上的东西不见其增也不见其减，甚是奇妙。只是那座楼里的老铺被转移到春熙路后，一段时间里，只剩残破的歪楼和楼上挂着的店招在斜风里飘摇。

蜀中人嗜茶，酒饱饭足“肉欲”满足之余，总得来杯茶消遣。茶吃来吃去，没吃出名茶来，却吃出了不少“名堂”：驷马桥临河的茶馆里，小二拎一把壶嘴两尺的铜壶，老远就来一招“韩信点兵”或者“苏秦背剑”，唰唰唰几股细流热喷喷地射进茶碗，滴水不漏。

当然，这些景象都已不复存在，只可依旧凭记忆罢了。到今天，铜壶大抵已退出了普通人的日常生活，唯有在一些大茶馆里，方能偶尔见到类似的茶艺表演。成都市井气息浓郁，“赖汤圆”“龙抄手”“夫妻肺片”等草根饮食店开在类似于驷马桥旧时的背街小巷里往往能人气爆棚，经营者似乎不需要过人的商业天赋，只要有一分超出大众的坚韧，就能扬名一方。

自古以来，驷马桥上的浪漫故事不在少数。古时一车套四马，故称驷马，是贵族身份的象征。相传，司马相如在成都与卓文君热恋时，因家境贫寒，不为人所看重。不久后，他接到朝廷的诏书，同文君依依惜别于桥边的茅草客栈，临走时凛然大放豪情：“不驷马衣锦，绝不汝下。”绝尘而去的司马相如到达长安后名动京师，其才华深受汉武帝垂青，被派出使西南夷，官居“副省级”。相如荣归故里，果然驷马高车重过此桥，风光地兑现了当初的豪言壮语，一时传为蜀中美谈。到宋朝时，时人依凭这个故事，将升仙桥改名为驷马桥，一直沿用至今。

从驷马桥南面的二十楼向北望去，满目的高楼早已遮断了凤凰山，驷马桥街上车水马龙，而从桥东北侧的两条地铁线换乘站里出来的行人，行色匆匆地来往于桥上。至于司马相如和卓文君的旖旎浪漫，唯有桥栏杆上的石刻驷马在默默诉说。

自从家人搬到驷马桥后，倒是极大地方便了我约访旧友，诗人阿莽的华府就在沙河北岸。我时常跨过驷马桥，再沿街下穿老成渝铁路桥，去敲开阿莽的庭门，与之畅谈至星夜。末了，他再依着我去的路径送我折返，这一来二去也就二十分钟。

小侄蔚羽仍在兴致盎然地数着铁路桥上跑过的火车，“绿色的，红色的，

白色的!”三种简单的颜色宛若三个时代陆续更迭闪过,又不时交叉在人们的记忆里。其实他并不晓得,在二〇一一年成都东站启用之前,每天从窗外跑过的列车数量,不知要比现在多到哪儿去了。到今天还能从这里开进成都站的只剩下普通车次,以及少量的城际动车。

二〇一七年十一月十五日

于　南京钟山南麓

高手的阴谋

阿莽又在召集“八大高手”里的两位聚会了，至于剩下的四位高手，其实我也不多见，或许他们对自己是高手这桩事并不知情。八大高手的“高”招倒不局限于某一领域，譬如阿莽高于自命不凡的美貌，阿杜高于满腹经纶的才学，老敬高于锐不可当的敏捷……其他四位，我料想他们未必知晓自己“高”在哪一项绝技上，或许血糖高、血脂高、尿酸高，不一而足。总之，八仙过海，各有所长。

阿莽这次仿佛是要搞事情，并且铁了心要往大了搞。他向我明确宣布，组织已经抛弃我了，归因于我的肉体离开他们太久太远，每次都假惺惺地对他们说：“我的精神永远与你们同在！”

阿莽心里顿时跑过无数匹马：“我呸！你的精神就是最不值钱的。”

我满心失落又束手无策，显而易见，他们接下来要搞的事情我沾不上边儿了，尽管我揣度不出他究竟要领衔搞什么事情。这一瞬间，我感到成都这座城市离我越来越远。

到了这个时候，我特别怀念驷马桥附近傍河的那家万州烤鱼店，装修简陋，三面通敞，这是高手们约定俗成的风陵渡口。老板娘长得圆滚滚的，嗓门

老大，每次见我们都很热情。当然，主要是对阿莽一个人热情罢了，我们傍着沾点余温。老板娘乐呵呵地问："这次吃点啥子呢？"我们掷声回过去："先来两条烤鱼，一条泡椒味的，一条五香味的。"

于是，冬夜里的"高手"们围炉而坐，桌上炭炉里星火点点，烤炉上的鱼哔哔剥剥作响，热气腾腾地直冒着烟儿，桌下截然不同的是几条腿被冻得瑟瑟发抖。

尽管烤鱼的味道跟我好几次去万州时尝到的大不相同，但那又有什么关系呢？只要有阿莽在，那个夜色深覆的昏暗僻静的角落，也同样能成为成都最明亮的地方。

说实话，我从没想过要脱离组织。过去的一年里，我和阿莽见面的次数比之前几年还多，他几乎能像神算子一样掐准我每周从重庆回成都的时间，在列车进站时神不知鬼不觉地发来一条微信："要下车了吧？晚上一起烤鱼？"以前同窗那会儿，每次过生日，他都会很早地溜出去买两个煮鸡蛋，再蹑手蹑脚地缩回宿舍，轻轻地牵起我被子的一角，顺势把热乎乎的鸡蛋滑进我的被窝。我瞬间惊醒，只见他不怀好意地对我笑着："吃啥补啥！"这个中深意被我后来提炼为"以形补形"。

我还无比怀念某年的中秋，我与阿莽潜身越入某政府大院里，月光皎洁，我俩端坐于主楼的石阶上，对月怡情。那时候我俩长发如瀑，脚下踩踏的是私闯进来临时占用的政府属地；啃的是价值一元钱的麻饼，谈的是经国治世之道；腚下的石阶冰凉如水，胸中激情燃烧似火。阿莽几次对我欲言又止，但我明白他眼神里的话："天下高手，唯使君与莽耳。"至于使君何指？这个不好说，因为他也曾经常对着镜子发感慨：天下美男，唯使君与莽耳。

那时候的阿莽多叫人喜欢啊，饱蘸校园里一湖的秋水为女生写情诗，笔力遒劲，情感勃发，倚马可待，文不加点。当然，那些诗最终打动的只是高手中的另外七位，可恨那些女生的心都如顽石一样，一丝涟漪也不愿给。但这并不妨碍奠定他杰出校园诗人的地位，他的诗篇后来被译介到西欧诸国。遗憾的是，多年过去，他再也不写诗。我和八大高手中的首席高手阿杜用尽一切伎俩，妄图唤醒他昏睡的创作生命，到最后都只换来阿莽那句老话：走吧，今晚万州烤鱼！

也说说阿杜吧，他不同于那个唱《他一定很爱你》的红极一时的歌手，还有南京、成都的大街上那些冠名“阿杜造型”“阿杜美发”“阿杜花式按摩”的店铺,也跟他没有丁点儿干系。作为首席高手,他的绝活儿也不是吹着玩的,刚进大学那会儿,课堂上不管多大牌的教授都问不倒他,最后只能对他竖起大拇指。阿杜舞文弄墨极尽风流,诗词歌赋除了“歌”不擅长,其他都是名副其实的高手,不像新加坡那个阿杜只会唱歌。

有道是没有对比就没有伤害,前面讲到阿莽的神算子功力了得。虽然他能像及时雨一样感知到很多事情,但在预见性上却相对乏力。这点恰好是阿杜远胜于他的地方,每次阿莽事先在内心盘算半天后,想拐弯抹角地打探一件事情,自认为能神不知鬼不觉地把人套进去,但往往一开口就教未卜先知的阿杜单眼识破全局,单刀直入地把答案扔给了他。这让阿莽狼狈不堪,就好比精心策划了好长时间的交合,还没开始就被第三者野蛮撞入,只能草草收场,甚至还有可能带来经脉逆转的虞险。

阿杜的才学之高,还有一个事例可证明。有一次,我把他的几篇辞赋,递给一位著名的国学教授鉴赏,教授一口气读完后拍案叫绝,眼神戚戚:“大家手笔,名士风范啊!此人出自哪个朝代?”

我不无炫耀地回答:“当代人,我朋友!”“当真是?当真!你能有这样的朋友,了不起啊!”教授的赞赏让我极其满足,他那个“了不起啊”到底是指阿杜的才学超绝,还是夸我有本事能笼络这样的人为友呢?没有具体指向,这反倒让我更加满意。

其实八大高手能经常聚首的无非也就四人,还有一位就是老敬。老敬是一个让我佩服的人,这家伙沉得住气,引而不发,以前没发觉他有什么超群之处,让我们羡慕的无非是他把班上美丽的学习委员追到了手。一般人要么只顾花前月下荒废学业,要么死命读书不解风情。但老敬不同,他在软玉温香中接受学习委员的谆谆教诲,卧榻之侧仍然韦编三绝,所以他读书的记忆都是甜蜜芳香的,他的睡梦中有颜如玉,也有诗书家国,毕业后更是将爱情修成正果,恩恩爱爱地过起了小日子。

老敬作为高手的卓绝之处,正是走出校门后这些年练出来的,他就像遁世高人一样闭关修炼。等你多年之后突然记起他时,他也正好功成出关,扰得江湖一阵大风浪。老敬已成为成都金融行业的著名分析师,同时还担任慈善大使和文化讲坛的组织者,数以百计的文化名人、学者、作家,陆续走上他的

讲坛。加上文章出手不凡，又能口吐莲花、风姿郁美，老敬身后的迷妹迷姐大抵能从天府广场沿着人民南路排到隔壁的仁寿县去。

不难想象，这样阵容强大的一个高手联盟是多么让人难以割舍。可阿莽偏偏要宣布组织抛弃了我。虽然我至今也不确定自己在高手行列中，到底有什么高超本领，但我对这个光荣称号还是很享用的。以前就想，管他呢，不是高手，喊着喊着不就成了吗？就像鲁迅先生说的："世上本无路，走的人多了，也便成了路。"可如今貌似再也喊不下去了，也就是说，我作为高手的梦想之路就此被迫夭折了。

我一直想弄清楚阿莽召集其他高手要搞的大事情是什么，思前想后，除了要把我剔除出营，应该再无其他了吧！

这是一个阴谋，一个有关于高手的巨大阴谋。

不论如何，我依旧特别怀念驷马桥附近傍河的那家万州烤鱼店。

二〇一七年七月二十八日

于　上海杨浦

在石家庄

飞机进入燕赵上空时,舷窗外的云海全然不同于江南的五彩斑斓,变得异常黑暗起来,像无数妖魔即将出现的前兆。半壁燕赵图,尽在霾雾中。一出石家庄正定国际机场就顿感头疼,鼻腔里更是难受。机场大巴摇摇晃晃一个多小时后把我扔在了河北大戏院门口,此地距离我此行的终点石家庄铁路博物馆(原石家庄火车站)尚有两公里路程。

街上疾驰而过的汽车带来很深的泥浆,庄里许是刚下过一场不小的雨。我在街边招了辆计程车,司机见我不是庄里人,又听我说是来石出差,硬要把之前堆积的一大捧出租车票以半价金额卖给我。我友善地回绝:师傅,不好意思,我用不上。

司机听了并不罢休,仍然各种套近乎欲以其他理由转手于我。到目的地后,我递给他五十元钱让其找零(计价器显示为八元),他麻利地找给我三十元,并顺手递过来那捧车票。我不得不重新声明:你这些票我一张也用不上,就算以十二块钱卖给我也同样派不上用场。我顺势将票递还给了他。他满脸愠色地重新补找给我十元钱,又做艰难状一声不吭地在口袋里翻寻剩余的两块零钱。我推开门下了车,对他说:“不用找了,你走吧!”司机听完此话像受了极大的侮辱,以仇恨的姿态箭一般离去。

入夜后的石家庄依然繁华，在东购商圈的步行街和地下通道里，临时摊贩上的小喇叭营销内容已实现标准化运作，声嘶力竭："老板带着小姨子跑路了，我们辛辛苦苦干了大半年，老板不发工资，赚我们的黑心钱，原价两百元的皮包现在通通二十元……"这叫人丝毫觉察不出火车站南迁后的冷清。

在中国，石家庄和湖南株洲都是近代典型的"被火车拉来的城市"，石家庄的繁华一度以火车站为原点，沿着中山路朝东西走向延伸。然而两年前，这个被火车拉来的城市商圈，被火车无情地把庞大的流动人群拉走，南迁到了二环以南。无论是来和去，石家庄注定只是南来北往路上的驿站。在高铁时代到来以前，赖于物流运输的便捷性，火车站周围一直是中国很多城市最集中的商贸批发市场，成都荷花池、南京金桥玉桥、广州白马、石家庄南三条皆是如此。

庄里的饮食的确让我提不起来兴趣，满大街的凉皮、凉面、肉夹馍、烧饼、驴肉火烧、煎饼。除此之外，在我看来，沙县小吃已算这里上得档次的餐饮品牌了。在南小街的沙县小吃店里，我点了一碗大份馄饨，甫一入口就感觉馅儿有些异样，经过仔细辨别方才发现是用火腿肠剁成的。在这个连街边摊贩喇叭营销内容都标准化的城市，全国连锁的沙县小吃的馄饨馅儿食材却未能标准化运作，这有些出乎我的意料之外。

经历了数日的肉夹馍后，我终于夹不住了；经历了数日的凉皮凉面后，我终于面无菜色；经历了数日的驴肉火烧后，我发现自己的脸愈发像驴脸。于是，我开始顶着烈日捂着鼻子经行于脏臭无比的胡同，寻找四川菜馆和回锅肉盖饭；再者就是混迹于麦当劳、肯德基、麦德基、麦德龙、麦德堡等西式快餐厅或各种山寨版西式快餐厅。

在庄里这些天，我特别想念我的初中物理老师，就是那位经常拉我到办公室对我语重心长地说"你看看你那副样子，明明聪颖过人却要去谈恋爱，搞得要死不活还不如死了算了。你大可好好读书去最好的城市念最好的大学，娶城里最漂亮的姑娘为妻"的古老师。遗憾的是，当年他只告诉了我如何去到最好的城市上最好的大学娶最漂亮的姑娘，却没有告诉我这些事完成后又该做什么。于是我现在来到了当年不用努力读书就能来的城市，一个我做梦都想不到会跟我发生关联的地方。

我确实喜欢大城市，一直热衷于研究各种伟大的建筑作品。在我看来，这个世界一半是天造，一半由人造。天造的是自然，是九寨沟亚丁稻城香格里拉；人造的是南京上海芝加哥巴黎伦敦，也有清明上河图里的汴京、古扬州城和罗马。若不是少年时代疯狂写情书到后来向往中文专业，我大学铁定会去念建筑学。不过到这时候一切假设都是徒劳无益的。

建筑让南京有了明城墙、紫峰大厦，北京有了天安门，上海有了 IFC，成都有了 IFS，芝加哥有了豆子、西尔斯大厦，巴黎有了埃菲尔铁塔，伦敦有了廊桥，一座城市能有代表其独特文化的地标建筑是好的，但今天的城市每隔一段时间就换一个地标，追求的唯一圭臬就是拔地而起的高度。于是年轻的成都蜀峰来了，武汉凤凰塔来了，长沙天空之城来了，在这些野蛮生长争做世界第一的城市地标塔楼上鸟瞰，城市的全貌越发像老人脸上受惊过度层层蜷曲的褶皱。

一座城市的地标必然是能代表其文化和精神的建筑，天安门、中山陵、黄鹤楼、东方明珠塔皆不算摩天大楼，却无可替代地传承着自己城市的精气神。从这个意义上说，石家庄在城市地标的坚守上做得很好，它的老火车站和解放纪念碑像吸铁石一样，吸附着这座城市短暂的历史和看不清晰的未来。

暮色四合，从喧闹昏暗的地下通道过街，出口处我下意识一回头，只见身后一男子左手僵停在半空，手指距离我斜挂于身侧的背包不足五公分。他的头发杂乱，转身逃走时的眼神萧索如最后一缕斜阳，转瞬间便沉入茫茫的黑夜。我相信那一刻，我的眼神同他一样，是一种身若不系之舟的流放的荒芜。

少时读北宋诗人李觏《乡思》过目不忘，出口能详：

人言落日是天涯，望极天涯不见家。
已恨碧山相阻隔，碧山还被暮云遮。

此刻远离长江和金陵，捋须南望，诗句颇合我意。

二〇一四年六月二十九日
于　石家庄

戊辑

夜之烛

自由之风劲吹

The Wind of Freedom Blows(自由之风劲吹)。这是美国斯坦福大学的校训,也成为最近一段时间来,在我心底响起的最强声音。

春风又绿江南岸,春风是自由的,一绿就绿上千里万里,一绿就让渭城外客舍青青柳色新。

过去的四年里,遇到了很多人,形形色色。有些人共事一时,注定是短时的擦肩而过,自此再无交集;有些人朋友一世,西出阳关,仍旧天涯若比邻;还有极少数的人,兄弟姐妹之上,又爱情未满,足慰平生。

年龄大了,却愈发喜欢登山,且不愿走寻常路径,往往还喜欢选在夜里。登的最多的便是钟山,夜深登山恐怕是没有几个人敢的。尤其在钟山的莽林深处,还躺着三位已故的帝王。

很小的时候,我是怕鬼神的,那时候乡村的夜晚除了几盏或明或暗的灯火,一片漆黑,许多可怕的想象和幻影连绵不断地闯进脑里来,驱之不散。随着年岁渐长,我成了坚定的无神论者,为了向伙伴们证明自己的坚定程度,甚至还在墓地里睡过两三个夜晚。如今想来,真是年少轻狂。又过了很多年,我发现自己虽然从未遇见过鬼神,却无法找到可恃凭的依据证明他们是不存在的。与小时候不同的是,我不再畏惧鬼神妖魔,反而还极渴望能遇见一回，尤其是女妖或女鬼。

后来，我发现自己丰富的想象力，其实都受益于小时候无数个夜里天马行空的想象和魅影。

还是说登山这事儿吧，登山对我来说，无非是为了活络筋骨，强健体魄。此外，也是贪恋不同角度的风景。移步换景，节节攀登，感官体验自是不同。愈是往上，体力耗费愈甚，但在我看来，向顶峰挺近不是最终的目的，唯精神或信念所引。山有高低，风景无高下。即便登顶所览，景致亦有差异，或星汉灿烂，日月之行；或浮云遮望眼，不见泰山。究其缘由，大多数时候只是心境之迥罢了。

登高者，终究还是要重新走下来的。只不过，有些人登过之后，眼耳之侧只留下峰顶的几片浮云。而有些人，在心里从此矗立了一整座雄伟的山。

罗斯福说，当人们自由地追求真理时，真理就会被发现。

“凡心所向，素履所往。生如逆旅，一苇以航。”这辈子，我有三个偶像：苏轼、毛姆、马尔克斯。但愿若干年后，在我临死前，我的偶像只变成一个，那就是我自己。

二〇一六年三月十六日

于　南京苜蓿园

让每一滴雨有序地汇入江河

傍晚渐近，乌云从山的那端，滚着滚着就过来了。大雨倾盆，一串串噼里啪啦地砸下来，泛起阵阵白雾。今天，半个中国都被困在暴雨之中。

不难想见，这个时候很多城市机场的航站楼的显示屏上，应该又是大面积飘红；许多等待出站的列车不是晚点就是被迫停运，还有一些临时停在了半途中；也有一些悠闲的人，端坐在城市半空的落地窗前，品着咖啡怡然自得地欣赏这场暴雨带来的新奇夜景。

与上述情形截然不同的是，我的祖籍湖北麻城和同属黄冈市的英山县，很多的房屋倾圮在了洪水中，那些快要成熟的庄稼，像野草一样被洪水连根拔起，搅着泥沙消失无痕。还有很多人挣扎在暴雨里，甚至不知所踪……

每次遇到这样的暴雨，我都特别担忧那些远离城市的村庄。就像过去许多个夏日的雷雨之夜，我躺在城市里的某一张床上，担心着川南老家经年未住人的老屋，会不自支持地轰然一声倒在雷雨中。当然，老屋前两年已被推倒，在原来的位置上重新盖起了漂亮的新房。

倘若说今天的武汉成了“海滨城市”，大家出门可行舟，倒还有几分浪漫的谐趣。而暴雨中的乡村，仍旧还有很多像曾经川南那样孱弱不堪的老屋，在雷声里岌岌可危，来不起丝毫戏谑。我几乎要克制自己去想象那些可能会发生的揪心的场景，也无意去谴责天灾或人祸，只能违心地祈求在这场大雨中，女娲能早点出来补天，所有人都能运气好一点，再好一点。

就在此刻，有一列车呼啸着从我窗外的雨中驰过，它在夜色下的背影坚定而从容。但愿前方的道路都平坦，隧道都光明，桥梁都坚固。希望有一天，在任何一场暴雨来临时，这片国土之上的子民，都不再流离于洪水之中，他们都能耕有其田，居有其所，静守家园宁和。也希望机场航站楼和高铁站候车室的人，少一些为生计奔波的苦闷，多一些出行的愉悦。

不管雷雨何时到来，我渴望看见每一个人，都能悠闲地端坐在窗前，泰然自若地看着每一滴雨有序地汇入江河。

二〇一六年七月十一日

于　湘东北小镇川山坪

学富五车不及祖上姓潘

一早去上班的路上，远在佛山的旧时同窗阿莽为我讲了一则小故事：

某日，和老爸一起吃了一个带有伤疤的橙子，很甜。我问老爸："怎么越丑的橙子越好吃啊？"老爸一本正经地回答："它知道自己难看，所以长的时候就很认真，不然就会被其他橙子瞧不起！"

故事自然是阿莽引用的，他说从这则故事中想起了一句话："人丑就要多读书。"至于此话的出处，我无从考证。阿莽是当年大学时代"湖畔诗人三剑客"之一，自诩学富五车，善用典，工于诗，其貌之丰神俊朗蜀中难有。但他的学问主要来源于"我妈说""我小侄女说""我朋友说""我邻居说""我前女友说"。依我对阿莽多年的了解，"人丑就要多读书"很显然并非出自其母其侄女其友等诸者之典故。

这里要先交代一下，当年"湖畔诗人三剑客"中，若数文采风流，其中一位杜姓同窗可占七分，阿莽占二分，我得一分；若论美貌风仪，阿莽可据八分，余下二分我与杜同窗各占一半。

识得阿莽杜撰之典的深意后，我明知故问："所以你不读书是因为自己长得帅？"

阿莽稍有谦逊之态，却也在千里外颔首默许。

我复问:“那杜同窗穷经皓首,个中缘由不言而喻了?”

阿莽连打两个“哈哈”,敷衍道:“他读书是想成名。”

我不怀好意地揭穿他:“不用解释,你无非是想说他长得丑。”

阿莽突然变得善解人意起来:“我没跟杜大师说此事,怕他会伤心。”

听阿莽如是说,我也立时来了兴致,于是问:“照这样说,你认为我读书又是为了什么?”

阿莽回答:“为了能去斯德哥尔摩领奖。”

此话一听就言不由衷,我回应道:“你何苦违心对我作如此吹捧?我读书不过是为了不教自己继续变丑罢了。”

虽与阿莽相交十年有余,时至今日,我方才识得他的伟大,顿生“从公已觉十年迟”之感。从今天的对话中不难看出,他既有超群的幽默智慧,又有极强的辩证能力,同时还有悲天悯人之心。

也是因为阿莽长久以来“不读书”,我们才惊觉了他超凡脱俗的英俊,可谓貌胜潘安,才胜宋玉。几年前,杜同窗靠学养深厚、著作等身成为国内最年轻的报社总编辑,阿莽凭天纵之潇洒成为报社的风流楷范,能与此等人物称兄言弟,委实压力倍增。

当然,我也问阿莽:“人的丑陋,除去先天遗传基因拙劣,还有哪些后天因素可做挽救?”

阿莽强调:“气质。”

又问:“气质从哪儿来?”

阿莽回答:“主要从书本中来,所以杜大师只有靠多读书来弥补。”

“杜同窗学富五车,为何仍不及你十分之一帅?”

阿莽不动声色,良久,发给我一张照片,照片中杜同窗身倚榕树手持折扇,折扇展开,上书“天下第一”四字。阿莽的才华再次横竖都溢了出来:“杜大师帅在气质,帅在名声,帅在行为。譬如这张照片就十分好。”

“好在哪儿?”

阿莽笑而不语。我自作聪明地破题:“十分好,九分好在折扇,一分好在长相。”

阿莽意味深长地笑着,末了方才道出玄机:好在“天下第一”四个字。至于天下第一的具体指向,他却再也不言一二。

我终是明白，纵使腹有诗书五车，亦不如祖上姓潘。祖上若姓潘，我可取名潘安，得了此名，长相上自然就有了目标，弱冠之后决然是差不到哪儿去的；即便做不得男儿身，叫潘金莲也是好的，寻个达官贵人锦衣玉食自不会少。

阿莽之风仪，乃天赐地润，又岂是我辈所能望其项背的？

去年秋色潇洒时节，杜同窗过南京，我曾作陪逛总统府，游秦淮河，寻访王安石故居半山园，无奈社燕秋鸿，意犹未尽。后来我又约杜同窗择时再来金陵，我们泛舟玄武湖上品茗吟诗。如今想来，凭我等拙颜，还有何颜面湖上泛舟拾文人雅趣，反倒应假舟出江往东，遁隐于淼淼江烟之中。

二〇一四十月二十三日

于　南京苜蓿园

文学是一种邀约

春日的傍晚，南京五台山先锋书店，作家格非和他的新书《相遇》《博尔赫斯的面孔》在众多书迷焦急的等待中出现，与格非一道出场的还有另一位重要嘉宾：毕飞宇。抛开作家的头衔，他们还有另一个身份：大学教授。格非是清华大学中文系教授，毕飞宇二〇一二年正式加盟南京大学文学院。

格非和毕飞宇聊的是文学的黄金时代，生活和文学的变迁，读书与写作的甘苦，以及那些字里行间的小故事。应该说，格非早期的著作我都读过，《人面桃花》《山河入梦》《隐身衣》《春尽江南》，都是我非常喜欢的作品，语言精致华丽，叙事古典唯美，他是制造“谜”的大师，“纯文学”的真正追求者，以“叙述空缺”而闻名于“先锋作家”之中。

按理说，在这样一个美好的夜晚，我肯定会坐在听众席里，仰望这位曾经带给我少年梦想的作家，听他讲述文学世界里的各种故事与创作的艰辛和快乐。事实上并非如此，在格非和毕飞宇做客先锋书店时，我却在夫子庙的状元及第酒楼，带着自己的工作团队给领导频频敬酒，推杯换盏，忙得不亦乐乎。而当时，我与格非的空间距离不足五公里。

在南京遇上大名鼎鼎的作家和学者，是再寻常不过的事情。江南帝王州，秣陵才子更多人。这座城市有吸引文人到访的独特魅力，加之群居于此执着

创作的作家本来就不在少数。所以,当世界级文学大师陆续访谒南京,我都以这样的心态相继放弃目睹其尊容的机缘,那些让我一生只求见一面的作家,也常常就这样擦肩而过。

我总对自己做如是安慰:他们还会再来的,这次先忙着陪酒。

我常设想,倘若我的少年世界里,不曾出现过这些名字:格非、余秋雨、陈忠实、阿来、苏童、王安忆、北村、方方、莫言、曹文轩、马尔克斯、米兰·昆德拉、勒·克莱齐奥……或许我会安守于故乡旧土,四体勤,五谷分,晴耕雨读;不会在中学时代去投稿,并且一投即发;也不会拿到国家级中学生散文一等奖,更不会十七岁独身远行,从四川内江坐二十三个小时的绿皮火车到西安领奖,不会遇见著名诗评家谭五昌先生,不会回去后立志报考大学中文系……倘若不是为了靠近我仰慕的作家和学者,后来的我便不会历两千公里从成都到南京。

同样,不遇到上面列举的这些人,歇锄雨读中我仍会遇到另一群人:屈原、司马相如、李白、杜甫、苏轼、袁枚、鲁迅、胡适、沈从文、巴尔扎克、雨果、普希金、拜伦、雪莱、巴勃罗·聂鲁达、卡尔维诺、毛姆……所不同的是,即便遇到这一拨人,我也会安守故土,因为这些人早已故去,无处拜谒。

钱钟书先生对请求登门拜访的美国女粉丝说:“假如你吃了个鸡蛋,觉得不错,何必要认识那下蛋的母鸡呢?”至于我为何要执着于找到这些存世的作家,仅仅是因为一份少年时期朝谒的虔诚之情。

二〇〇七年的一个隆冬之夜,作家陈忠实先生在南大用西安话讲述《白鹿原》的创作经历,让那个冬夜星火斑斓。文学归根结底是人学,文学作品也应保持鲜活的生命力。我认为与作家的交流和对话,最重要的意义不在于对既成作品的解读,而在于从过往作品的理解之上,找到新的启发和起点。换句话说,是为了探讨文学新的责任和出路,遇见更好的作品。

文学是一种邀约,她邀约过我青少年时期里最好的岁月。当然,倘若继续邀约,或许我最好的时光还在后面。

话说到这里,我还是要感谢格非和那些曾温暖我少年时光的名字,尽管他们之中到今天有一些已不再让我仰慕和喜欢。但正因为有了他们,才让我有了远行千里的勇气,让一件件不可能的事情在我身上陆续发生。若不然,我将会提前很多年困于各种应酬的囹圄,在不同的酒楼酩酊大醉。

格非演讲结束后两小时，我终于满身酒味地出了状元及第酒楼。与酒楼一街之隔的是在建的科举博物馆，规模浩大，尚不见成形的模样，唯剩下一排排冰冷的钢筋直挺挺地立在昏黄的城市灯线里。

步行街上人流渐稀，我放肆地松了下腰带，独自沿建筑围挡踉跄着走向午夜尽头。

二〇一四年三月十六日

于　南京秦淮河畔

卖身不卖艺

《世说新语·容止》讲过一则故事，说一代枭雄曹操自觉身材不够魁伟，有一次，匈奴派使者来拜见，他为了壮国威并使匈奴对自己敬畏，竟采取“调包”计，让部下一名体魄高大雄伟的武官崔琰装扮自己，而自己却扮成一名持刀侍卫立于“魏王”旁。

会见结束后，曹操想知道匈奴使者对魏王的印象，于是派人打听，不料却听到使者这样一句话：魏王固然出众，可是宝座旁那位手中捉刀的卫士，看上去更像一位了不起的人物。

后来人们把代人写文章或代人考试等，统统称为“捉刀”。捉刀人又称刀客，后来由刀而枪，又称枪手。

长时间以来，我总会遇到一些旧识或新近结交的人，称是慕我之名，极其热情地跑来找我代劳写一段文字，或拟一则文案，还有要撰一篇演讲稿，甚至操刀一篇气势磅礴铺采摛文的辞赋。这些人里面，有的还是费尽周折才最终找到我的。

平心而论，面对这些带有功利色彩的请求，我无一不深感厌恶。当然，他们要的这些东西，很多我是可以举手代劳的，也有的是需要我费很长时间做足前戏才能勉强为之的，更有一些是不论我怎么吸食灵药也无法企及的，譬如作赋这事,不管是从先天还是后天甚至大后天而论,我都是干不出来的。并且就算干出来了,还要冠他人之名,这更加是费力不讨好的事情。

事实上,我一向深居简出,从不卖弄名声,当然本来就无甚声名。图的不过是一份安静,少一些俗世的叨扰。不过,在这些请求者的眼里,写文章一事,到我这里就好比从自家井里舀一瓢水上来那么简单,舀完了水还会自动从泉眼里溢出来,源源不竭。

尽管如此,我在面对一些感情好的旧识的不情之请时,却也不能全然抹下面子推拒。当然,这些人中很多也还是知恩图报的,他们在拿到所求之物后,往往都会紧紧握着我的手说:我请你吃饭吧。但我这人又常常"不识抬举",反倒对请吃饭这事颇为反感,对于果腹这么简单的事,我还需要他人请吗?搞得我像个江湖术士混饭吃的一样。好吧,或许人家只是出自好意想请我吃顿大餐,改善下膳食。这又让我更加不乐意了,我虽然不像唐代大诗人王维一样"居常蔬食,不茹荤血,衣不文采",除了偶尔端着一份回锅肉大快朵颐,大体上也算清简素食,所贪嗜的不过竹笋、芦蒿、鱼腥草罢了,近年来更是如此。

归根结底,最本质的原因是,在我的观念里,能够一同用餐的人必定是非常亲近或至为重要的,要么是父母兄弟,要么是卧榻之侧,也可以是管鲍之交,不然谁愿意跟他对坐几案齐眉举箸,还往同一碗盘里拾掇菜肴,正所谓"酒逢知己千杯少,茶不对人半盏多"。

不妨试想一下,倘若两个不投缘的人坐在一起,为避免冷场,拾筷之余还要费尽心思找话寒暄,即便是山珍海味也索然无味了。在我这里,往往更追崇"寝不语,食不言"。

无奈的是,多少年过去了,我仍旧不能在接人待物中做到游刃有余,很多事情明明不愿意,却还是会勉为其难地应允下来,紧接着就为了信守承诺,违心地不顾代价去奉行到底。我这人所怕有二:欠人钱财,欠人情义。生来一副"宁可天下人负我,毋宁我负天下人"的心肠,更怕为人带去丝毫麻烦。倒不是因为我有多么清高,而是怕自己有负于人后被人记住。至于别人负我,与己无涉,我是懒得去记挂的。

所以我决定,日后尽量只卖身不卖艺,更不无端献艺。倘若实在有推辞不掉的情分,事成之后对方若执意犒赏,也不再接受膳食酬劳,要是愿意驱车带

我自南京往南四百里路,到安徽泾县青弋江中游泳一晌,那便欣然捧受。

二〇一五年八月六日

于　南京钟山南麓

邂逅一场雨

一个夏天的午后，成都浣花溪畔，栀子花香气氤氲。我和女友共擎一把雨伞。雨最初下得还算温柔，轻轻地落在伞上，滴答滴答，那声音悦耳得让人沉醉；然而，夏天的雨总是变化无常，仅一会儿工夫，已是风雨大作，伞檐一围立时起了光洁的雨线，筷子般粗细，直直地垂落下来。

此情此景下，女友丝毫没有要退而避雨的意思，反而将绵软的小手伸过来，拉着我从小桥萍苇间急骤地穿行；我揽过她柔细的腰，将她完好地蔽在伞檐下，不让风雨侵袭进来，两个人蜻蜓点水般朝前方一路奔去。

雨就那样下着，溅落在路面上，散开成一朵朵洁白的花；湖面之上，早已是凹凹凸凸，雨水乱舞；渐渐地，天地之间，便升起层层水雾，在半空里方向不定地飘着，极远极近处幻化成了云烟。

尽管有雨伞的庇护，但我们的裤管终究还是被雨水打湿了大半。不过，那都勿用去懊恼了，因为有眼前这番良辰美景和赏心悦事，只需恣意消受便好。暂且如此吧，一把伞风雨同行，伞檐下是两个玩兴浓烈的孩子，伞檐外却是鼓着肚皮的青蛙，轻轻浅浅地啼鸣着。

我们就这样漫无目的地走着，走着。不觉间，一片翠绿的竹林忽然阻断了我们的视线，竹枝被雨水冲刷后，清亮无尘，挨挨挤挤的，茂密得很。我们

且收了伞，从林间一条石径穿行而过。尔后，顿然便看到了另一番情景。翠竹绿树掩映之中，是一条宽敞的石板路，约略几百米长。在路的中央，李白、杜甫和屈原的雕像高高矗立。李白袖舞长空，其豪情飘逸与杜甫的沧桑沉郁遥相呼应。坚硬的花岗石大道上，镌刻着从中国两千多年诗歌长河中选取的一百多朵绚丽夺目的浪花，黑白相间，古风盎然。

或许是凑巧，我们缓步走完诗歌大道后，随意拣了一旁的林阴小道而去。这条道很不起眼，人迹罕至，路面上亦刻有美丽的诗句。我们就那样顺着脚步向前，低低地吟诵着那些让人沉迷的诗句。路转溪头忽见，就在我蓦然回首的瞬间，我被一种从未有过的邂逅怔住了。

……
麦地
别人看见你
觉得你温暖，美丽
我则站在你痛苦质问的中心
被你灼伤
我站在太阳　痛苦的芒上
……

是海子的诗句。不，是海子！

他的诗句被刻在路边的石板上，四围的树木和花草已很稠密，不用心寻找是很难发现的。在这里众多的诗句中，却唯独只有海子的诗歌藏得最深，正如海子本人，总是站在人群的背后做着最深刻痛苦的思考，写着那些深藏土地内部或距离天空最近的诗句。

对于这样的设置，我想海子本人肯定是喜欢的。

刻着海子诗句的那块石板，很自然地就与其他的分离出来。它的边沿有着不算浅的围棱，所以逢有雨水造访时，也就有了浅浅的积水。风一起来，水波便开始荡漾，那些诗句也就自然地鲜活起来，在波光水影间自由摇曳，有了真正的生命……我想，在这样一种情境里，任何一个有点审美情趣的人，都会因为那些潮湿的诗句激动良久。他们可以不认识海子，但他们却能够在这种情景里得到一种诗性的共通、心灵的震撼和精神的洗涤。

我向来不喜欢去为某个事物附加太多的意义。长期以来，对诗人海子，我都处于一种朝拜的心情中，但因自己人轻言微，从不敢去为他说点什么。在我看来，真正的朝拜和信仰大抵都是难以言说透彻的；就算在祷告的当时，我们嘴里所发出的声音，或许连自身也听不明白。因为那不是说给自己听的，而是在跟信仰中的人物进行心灵的对话，只有他们才能听得清楚，这里面有一种神性的参与。也正因如此，这种语言是接近于无声的，但应该相信，它们比我们日常生活中的任何话语都更接近于真理。

我对海子的感情便是如此。

带女友转身离去时，我将紧握的伞柄微微一旋，雨水从伞檐斜斜地坠向那些复活的诗行。那一刻，愈觉烟水迷离，我仿若真的看见了复活的海子，看见了那些活动的诗行，一排排地进入一个金碧辉煌的宫殿。因为一场波澜壮阔的夏日骤雨和女友的调皮牵引，让我有了一次与真理和神性的美丽邂逅。

二〇一一年六月十一日

于 成都沙湾

浣花溪里花多处

公元七五五年春，诗人杜甫告别洛阳，携家眷往华州，客秦州，寓同谷，翻越秦岭……流亡四千里后，意外地走进了一个明净绚丽的梦乡，“溪时远时近，竹柏苍然，隔岸阴森者尽溪，平望如荠，水木清华”。

至此，他的腿再也迈不动了。在朋友的资助下，杜甫于百花潭北、万里桥边营建草堂，历时三月，草堂落成，在沿江的高地上，背向城郭，临锦江，可俯瞰郊野青葱。堂用白茅盖成，周围桤林蔽日、笼竹如烟、燕语莺莺，“浣花溪水水西头，主人为卜林塘幽”。

这是公元七六〇年的春末，杜甫已四十八岁。草堂为杜甫的生活，翻开了闲适的一页。春夜喜雨、江畔寻花、流连戏蝶，日子似乎就这么闲逸地展开了。浣花溪畔的草堂朴素而明净，后经他一番经营，草堂园亩扩展，树木繁密，水亭旁还添了专供垂钓、眺望的水槛。

茅屋草舍内，难得的温情与舒适，让杜甫一改往日的沉郁顿挫之风，寓居交游，赋诗题画，为后世留下了不少精彩的千名绝唱。从“两个黄鹂鸣翠柳，一行白鹭上青天”所见的满堂春色，到“野径云俱黑，江船火独明。晓看红湿处，花重锦官城”的春雨蒙蒙滋润大地的喜悦，再到“黄四娘家花满蹊，千朵万朵压枝低。”杜甫的身心得到最大的舒缓和放纵，此时的他一切顺其自然，

“花径不曾缘客扫，蓬门今始为君开”。

当代诗人冯至说：“人们提到杜甫时，尽可以忽略了杜甫的生地和死地，却总忘却不了成都的草堂。”

倘若杜甫没有遇上浣花溪，他的那些温情的闲适诗，还能被催生吗？固执的杜甫虽然不擅风月，但清江和飞花偏偏整日温情地相对。浣花溪的秀逸，静静地铺展在那漫漫长路上，它先是作为一个迎接和安顿，后又作为一个留别和遥想。这个颠沛流离途中的息肩之地，让杜甫写下了两百四十多首脍炙人口的诗篇，最终成全了另一个杜甫，徐徐展开了一轴中国诗歌长卷。

杜甫客寓成都的翌年，八月的一天，秋风怒号，卷走了草堂屋顶的茅草，再次让杜甫黯然神伤，唱出《茅屋为秋风所破歌》，“八月秋高风怒号，卷我屋上三重茅。茅飞渡江洒江郊，高者挂罥长林梢，下者飘转沉塘坳……安得广厦千万间，大庇天下寒士俱欢颜，风雨不动安如山。”

《堂成》诗中还有这样两句：“暂止飞乌将数子，频来语燕定新巢。”一个“暂”字，隐秘地透露了杜甫的心境。浣花溪虽恬淡闲适，但终究也只是个驿站。陶渊明归隐南山，那是他自己的故园；王维置业辋川，那是他意境深远的写意林泉；苏东坡筑雪堂有终老之心，“此心安处是吾乡”。“帝乡愁绪外，春色泪痕边”，浣花溪对于杜甫来说是“江山非故园”，再美的浣花溪也不能给他安适感。

“何日是归年”，杜甫的门对着清江，“门泊东吴万里船”，说不定哪天就乘着一叶小舟“青春作伴好还乡”了呢。倘若说起初的几年，杜甫的归乡梦还是清晰的，那么后来的局势让他感到了归家的迷惘。

杜甫在蜀中不宁还有一个缘由，就是他完全靠人接济过日子，“厚禄故人书断绝，恒饥稚子色凄凉”。这里的故人正是时任剑南节度使的严武，杜甫靠严武分赠禄米。所以即便面对自古繁华的成都城和旖旎缱绻的浣花溪，这种忧虞仍旧难以释怀。“但有故人供禄米，微躯此外更何求？”

杜甫担心的问题终于出现，严武死了。无奈中他只得买舟东下。站在前后居住了六年的草堂跟前，到底是留恋多还是去意多？他在《去蜀》一诗中说：“五载客蜀郡，一年居梓州。如何关塞阻，转作潇湘游。万事已黄发，残生随白鸥。安危大臣在，不必泪长流。”

只是这一去，他终究没有再回来，也没能回到故乡，就像苏东坡离开黄州

一样，浣花溪从此成为杜甫心中唯一诗意温柔的梦境，等待他的是更辛酸的漂泊与贫病。不过他的诗又迎来了极致的辉煌，只不过这已是最后的辉煌了。

如今的浣花溪已成为成都面积最大的城市森林公园，它的北侧和杜甫草堂临界处，一座小桥旁有座牌坊，上面是“少陵草堂”景观浮雕，用行云流水浅浮雕的方式雕塑杜甫草堂内的景观：照壁、正门、柴门、工部祠……杜甫草堂经宋、元、明、清多次修复，基本上奠定了草堂的规模和布局，演变成一座集纪念祠堂和诗人旧居风貌为一体的博物馆，十分阔气，建筑古朴典雅、园林清幽秀丽，方圆占地两百余亩。

在历史的长河里，浣花溪是汇入长河的一支涓涓细流，杜甫是一朵耀眼的浪花。“千秋万岁名，寂寞身后事。”这两句诗是他送给李白的，似乎更像自己人生的写照。

从浣花溪公园南门进入，是一条宽阔的“诗歌大道”，以我国三千年诗歌脉络为主题，按年代由清推至前秦直至楚辞、诗经。大道左右两边的竹林松柏里，塑有历朝历代的著名诗人雕塑像。从群像中走过，可见昂首问天的屈原，三曹、初唐四杰，诗仙李白、诗圣杜甫，仰天长啸的陈子昂，以及三苏、泪眼问花的李清照、浩气冲天的文天祥……

诗歌大道旁，还有一条“新诗小径”，小径上或立着诗碑，或铺着诗砖，镌刻着闻一多、艾青、冰心、徐志摩、海子、舒婷等现当代诗人的作品，分作“生命诗篇”“爱情诗篇”“故乡诗篇”等。

诗圣杜甫恐怕不会想到，他的文学成就能被后世极致推崇，更不会想到异国他乡那些碧眼紫髯的外邦人也会通过另外一种文字喜欢上杜诗。身后千余年，他的茅屋草堂周围还被请来这么多“诗人”作陪，以及那些每天来自世界各地络绎不绝的造访者，也不知晓他是否会感到嘈杂。

二〇一七年八月五日

于　上海骤雨后

细数落花

一大早,六十三岁的王安石便匆匆起床,催着家仆准备早饭。

家仆提醒,苏大人帖中说要巳时才到。王安石怒:“你这等人,岂知苏大人用意,他是敬我,欲早来江边等我,我岂能不知?你快快准备酒菜去吧,休得多言。”家仆不敢再言,默然而去。

不多时,在迤逦小道的雾霭中便隐约可见一个身着野服、骑着毛驴并不时抽打前行的身影。再不多时,江边高处便出现了一个倚石而坐,并不时起身翘首的老者。

江上的雾气比小道更重些。

五年前,苏轼因“乌台诗案”遭诬陷,以“作诗攻击朝廷”之罪被捕入狱。那时隐居于江宁的王安石知晓“乌台诗案”一事,苏轼罪名已定,只争一个早迟了。想起国家多难,人才难得,他连夜写信派人飞马进京给宋神宗。信中说:“岂有圣世而杀才士乎?”神宗看了王安石的信,思之再三,觉得很有道理,便下旨将苏轼放了,将其贬为黄州团练副使。而今天,离开黄州赴汝州上任的苏轼将路过江宁。

果然辰时刚过,一条小船隐约显现。船影越来越清晰,船头站立的身影也越来越熟悉。

果然是苏轼，果然是临风而立的苏子瞻。

等船靠岸，王安石往后退了几步，脸上惊喜的表情也收敛了一二。苏轼登岸后先施礼：“轼今日野服拜见大丞相！”王安石执苏轼的手笑道：“礼岂为我辈设哉？”二人大笑。苏轼继而又说：“轼亦自知，相公门下用轼不着。”王安石心中明白苏轼此言所指，乃是早年因反对新法而被自己罢黜的旧事，荆公一时无语，往事又何堪回首？彼时是道不同不相为谋，此际是相逢一笑泯恩仇，王安石拉着苏轼的手，有说有笑地回到报平寺。

坐下不久，王安石便问有无大作以助酒兴。苏轼客气地说不敢在丞相面前弄斧。王安石说：“那老夫就倚老卖老了，请子瞻和诗。”说完，拿出准备好的诗笺。

苏轼接过来，原来诗题为《池上看金沙花数枝过酴醾架盛开》，下面共有二首七绝和一首五绝。

苏轼看后，心中暗暗佩服王安石的文才，不愧是文坛泰斗。

几番酒下去，苏轼也巧然和对了第一和第三首出来，均以《次荆公韵》为题。王安石大加赞赏。只等第二首了。苏轼也觉得为难起来。但见：

午阴宽占一方苔，映水前年坐看栽。
红蕊似嫌尘染污，青条飞上别枝开。

苏轼为难地说：“这一首与其他二首大有不同，不是单纯的写景之作。尤其是‘红蕊似嫌尘染污，青条飞上别枝开’，大有空灵之感，难道荆公另有何深意？”王安石笑着说：“哪有？哪有什么深意？不过是偶然得之。”

苏轼说：“纵然没有深意，要想对好也不容易，若对不好，倒是糟蹋了这两句好诗。荆公难为下官了。荆公看这样对如何？”于是吟出来：

斫竹穿花破绿苔，小诗端为觅桤栽。
细看造物初无物，春到江南花自开。

刚一吟完，王安石就心领神会：“好，真是高妙，不愧是脱胎换骨的东坡居士啊。‘造物初无物’一句，可是用了六祖的‘本来无一物，何处惹尘埃’的偈语？”

苏轼笑道：“正是，正是，被丞相看透了。丞相难道也在这山清水秀之地参悟禅机不成？”两人都大笑起来。八年前，王安石爱子王雱不幸早逝，他心力交瘁，遂再次辞相归隐江宁，所居之地，四无人家，其宅但庇风雨，又不设垣墙，望之若逆旅之舍。而在苏轼从黄州赴汝州的路上，由于长途跋涉，旅途劳顿，苏轼的幼儿不幸夭折，他也承受了丧子之痛。世事无常，人心复杂同宇宙，此时二人的心境悄然近似。

不知是看了苏轼的诗文，还是多喝了两杯酒，王安石不觉有些醉意。王荆公借着酒劲，又吟出了自己最近写的一首绝句《北山》，诗言：“北山输绿涨横陂，直堑回塘滟滟时。细数落花因坐久，缓寻芳草得归迟。”

然后王安石又说：“子瞻，请再赐和一首吧。真不知这次相见后，何时再能与你吟诗唱和呀。”说着说着，眼圈不觉红了起来。

苏轼也心有伤感，看到对面的王安石已显露出老态，本来结实的堪当大任的身体，现在竟有几分消弱，身形瘦削，满头银丝，几乎撑不起宽大的衣服了，哪里找得到当年那个叱咤风云、说一不二的宰相的影子？

就在苏轼在寻词觅句之时，王安石大饮一口，醉意阑珊一把拉住苏轼的手：“子瞻，可愿买田金陵，你我比邻而居，每天唱和，了此一生，如何？”

苏轼十分感动，但欲言又止，尚属壮年的他还不能就此隐居，他朝王安石拱了拱手：“荆公，请听下官和的此诗，指教了。”

骑驴渺渺入荒陂，想见先生未病时。
劝我试求三亩宅，从公已觉十年迟。

苏轼诗中表达了自己对王安石彻底和解的诚意，也体现了对王安石急流勇退的仰慕。

王安石听后，知道苏轼是在婉言相拒，只得伤感地说：“子瞻，我有句话，不知你以为然否。世上有你，是我文学上的不幸；而有了我，则是你苏子瞻的不幸啊。”

苏轼赶紧说：“荆公言重了，言重了。你我本不是曹刘煮酒论英雄，而应相映生辉才是。”

王安石说："我变法时也是身不由己啊！对子瞻也有所不公啊！以我性情，本不该去那是非之地，而应一直在这青山绿水之间，吟诗颂词才对啊！"

苏轼接着王安石的话说："既然如此，我倒有话对丞相说。"

王安石以为苏轼要重提旧怨，一时变了脸色。苏轼又说，他要说的是有关天下的大事，王安石这才定下神来倾听。于是东坡对当前朝廷接连用兵和屡兴大狱的举措表示不满，认为"大兵大狱"是汉、唐灭亡的前兆，并劝王安石出面阻止。王安石说那都是吕惠卿主政的结果，自己已不在位，不便干预，而且劝苏轼也不要再惹火烧身。

两人又谈论起学术，王安石说他对陈寿的《三国志》很不满意，要想重修又已年迈，劝东坡着手重修，东坡推辞说不敢当此重任。

两人同游钟山，诗酒唱和，相处甚欢。不知不觉，几日光景转眼而逝。此时日已薄西，为江峰所挡，江面上又生起一层轻雾来。

苏轼欲起身告辞。王安石有些不舍："子瞻果真要走，能否给老夫再留下些字句，让老夫在想念之时，回味一二？"

苏轼也伤感起来。看来人到了岁数，都有些恋旧，以前的种种不快，都成了过眼云烟。他借来纸笔，平铺开来。苏轼远望大江东去，浩渺无际，不禁想起了自己前些时日作的《前赤壁赋》来。此时心中感慨万千，便笔走龙蛇，一气书成四句：

竹抄飞华屋，松根泣细泉。
峰多巧障日，江远欲浮天。

王安石大为激赏："老夫平生作诗，无此二句！"

苏轼告辞，王安石执意送他登船。两人步行，道尽惜惜离别之意。王安石再次挽留，东坡表示感谢，跨身上船，挥手而去。

望着东坡远去的如来时一样的身影，王安石竟如在梦中，不知刚才的相见是真是假，自言自语道："不知更几百年，方有如此人物！"

在回去的路上，只见一个老者骑着毛驴，口中不断地诵念着：峰多巧障日，江远欲浮天……

第二年，神宗驾崩，哲宗继位，众人想把变法全部推翻，苏轼一反常态坚持新法不可尽废。次年，当最后一条新法“免役法”也被废除时，王安石抑制不住内心的苦痛，悲愤离世。时年苏轼已回朝，他在草拟的《赠太傅敕》中，对王安石表示了高度的赞许。

可叹的是，苏轼在后来全盘否定新法过程中的态度，又导致了他与司马光等旧党人物的分歧。在新旧两党的攻击与诬陷下，他自求调离京城，出知杭州，辗转于颍州、扬州、定州，最后还被贬到地处偏远的岭南、海南岛。直到元符三年宋徽宗即位，大赦元祐旧党，他才北归，次年到达常州。由于长期流放的折磨，加上长途跋涉的艰辛，一代文豪从此一病不起。

二〇一六年六月八日
于　广西桂林

少游在横州

广西兴安县东面的海洋河，至灵渠分水塘，向南北分出二水，七分入湘，三分入漓，湘漓至此相离去。漓江流经之地，除了驼峰一样的山丘和低矮茂密的树林，人物风情乏善可陈。湘江北去，一路是不胜枚举的璀璨文明。余光中先生曾说，蓝墨水的上游是汨罗江。

早在先秦时期，灵渠就以人工之力疏通湘漓二水，从而沟通长江、珠江两大水系。在我个人感受下，过去的两千多年里，灵渠只起到了水系沟通的作用，而在文化与文明的沟通上，收效甚微。当然，过不在渠，其详情日后可撰文阐述，此处不赘。

今年以来，我数次到广西，先后履桂林、柳州、南宁等地，对漓江之盛名、阳朔山水并无羡意，更不慕刘三姐的美貌和歌声。唯一让我想起的是一位才华卓绝、风姿郁美的文人。一千年前，他也曾在这片土地上孤独地传播文明的火种。

雾失楼台，月迷津渡，桃源望断无寻处。可堪孤馆闭春寒，杜鹃声里斜阳暮。

驿寄梅花，鱼传尺素，砌成此恨无重数。郴江幸自绕郴山，为谁流下潇湘去？

——秦观 《踏莎行·郴州旅舍》

秦观，字少游，江苏高邮人，苏门四学士之一，三十六岁中进士，曾任定海主簿、蔡州教授，一〇九〇年入京任宣德郎、太学博士，先后任秘书省正字、国史院编修官等职位。绍圣元年（一〇九四年），少游因被列为元佑党人，贬谪杭州通判，后遭御史刘拯攻击他任意增损《神宗实录》，再次被贬处州（今浙江丽水），监督酒税。一〇九六年被罢职后贬谪湖南郴州，次年编管横州（今广西横县），一〇九九年迁徙雷州（广西合浦县）。

《踏莎行·郴州旅舍》作于少游初抵郴州之时，以委婉曲折的笔法，抒写了谪居的凄苦与幽怨，成为蜚声词坛的千古绝唱。

"两情若是久长时，又岂在朝朝暮暮。"这两句应是少游被人最熟知的经典名句，想当初意气风发之时，"苏小妹三难新郎"也没难住风流倜傥的他。接二连三的贬谪，且流放荒蛮之地，少游心情之悲苦可想而知，形于笔端，词作也益趋凄怆。

一〇九七年，少游从郴州赴横州途中，由差职押伴，日行夜停，整天蹲屈在窄小的船舱里，自由尽失，泪涕雨集，心泡黄连水。这一年，少游之师苏轼也从惠州贬往海南儋州。

横州当时被视为"南蛮之地"，即便到了深秋，成群的蚊子仍嗡嗡作响，极其猖獗，少游曾作《冬蚊》诗：

蚤虿蜂虻罪一伦，未如蚊子重堪嗔。
万枝黄落风如射，犹自传呼欲噬人。

在横州三年，谒访少游的文人墨客络绎不绝，亦有许多人前来拜师学艺。与苏轼到达儋州后开馆授学一样，少游也在横州创立淮海书院。在书院里，他广收生徒，讲授四书五经，传授写诗填词，教以礼义之节、成人之道。苏、秦师徒的到来，恰若文化的使者，不约而同地为蛮荒之邦带来了文明的火种。

一一〇〇年，徽宗即位，迁臣多被召回，苏轼复任朝奉郎，少游复任宣德郎职务，两人沿不同的路线北返京都。遗憾的是，这年八月，少游至藤州（今广

西藤县),游光华亭,口渴想要喝水,待人送水至,他面含微笑地看着,就此去世,终年五十三岁,至死未能走出八桂之地。

二〇一六年七月九日

于　南宁滨湖北路

我的临时书房

二〇一二年的秋天，我大抵每天都会趁午休的两小时，从长江后街经东箭道，绕半个总统府，去南京图书馆一楼的江苏作家作品馆阅读。这个馆厅以“吴韵汉风”为主题，采用大书房式布局，设计古雅质朴、意蕴隽永。馆内陈列了刘勰、范仲淹、施耐庵、陈白尘、汪曾祺、朱自清、陆文夫、赵本夫、丁帆、苏童、毕飞宇等八百余位作家近四千册作品，集中展现了江苏文学发展史的整体脉络，可谓气象万千。

与其他阅览室抢占座位的情形不同，作家作品馆因为位置相对隐蔽，加之不可外带资料入内，大多数时候，除了入门处的两个年轻的工作人员，偌大的阅览室里，就只剩我一人和簌簌的翻书声，俨然成了我的私人书房。

作为地域性综合文学馆，江苏作家作品馆时常会策划一些主题书展、新书发布会、作家见面会等主题活动。一开始，馆内入门展区重点推介的是上一年刚获茅盾文学奖的作家毕飞宇的《哺乳期的女人》《青衣》《玉米》等系列作品。

一个晴朗的秋日午后，南京的梧桐飘落成金色的瀑布，我照旧步入这个馆厅，推介展区上换成了作家鲁敏的作品，《博情书》《白围脖》《思无邪》《伴宴》《六人晚餐》等。我随手拿起一本《六人晚餐》翻阅，一位年轻女子走了进

来，穿着深绿色的长裙，轻步靠近我，低声问道：“你是李强吗？”我抬起头，微笑着向她致以歉意：“我不是。”

“您是鲁敏老师吧？”事实上，从应声望向她的瞬间，我就已认出她来。鲁敏点点头，淡然一笑，很真诚很干净的一张脸，宛若一位邻家姐姐。她因为要准备半小时后的读者见面会，三言两语后，便匆匆迈出了门。

大约几分钟，我也出了作家作品馆。在南图空阔明亮的大厅里，远远地看到鲁敏还在寻找她先前说的那位“李强”，仿佛是这次活动的策划者。在她的周围，依然是来来往往的读书人，他们却丝毫辨识不出这位当代优秀的七〇后女作家，更不会有人去注意她江苏省作家协会副主席、鲁迅文学奖得主的头衔。其实，鲁敏就是一个如她自己说的“小人物”，小到随时可淹没于寻常弄堂小巷中，亦可淹没于一个读书人高度聚集的场所。

那天下午，是江苏作家作品馆开放以来举办的首场读者见面会。在见面会上，鲁敏娓娓讲述自己从事写作的机缘和创作历程。她从小生活在苏北东台的农村，曾因被迫填报悖离文学的志愿，痛恨过自己的父亲，后来到南京上中专，毕业后在鼓楼邮局做营业员。有一天，一位文质彬彬的男人来买邮票。她一眼就认出了这个人，她非常喜欢和崇拜的作家，他就是苏童。然而，当时的鲁敏平凡如草芥，局促之中显出“一副不爱搭理”的样子，将邮票递了出去。事实上，是她自卑得不敢直视苏童的眼睛。苏童走后，鲁敏的心底汹涌澎湃，万般滋味。她当时想，这或许就是自己这辈子跟文学最近的关系了吧。

又是一个黄昏，年轻的鲁敏站在鼓楼邮局的高楼上，她俯视着中山路上熙熙攘攘的人流，只能看到他们的头顶，他们的脸、背影，他们的表情都不得而知。鲁敏突然想到，我们所看到这个世界上的人，只是他们非常窄的一面，他们还有很多故事需要去探索，她需要一根绳子去抵达这些人的内心。于是，她转过身去，开始了写作。这一写，就是十四年。

生活像一张薄纸，写作是一本厚重的书。

在当代中国文坛上，鲁敏是一位“忽然成长起来”的作家，她的准备期很漫长，爆发力很强大，一出道就表现出了自己作品“成熟”的功力。谈到鲁敏，很多人总会称赞她的中短篇小说，特别是她构筑的“东坝小镇”与“城市暗疾”系列。其实不然，二〇一二年，她已完成包括《六人晚餐》在内的七部长篇小说。

《六人晚餐》创作来源是凡·高的《吃土豆的人》,是鲁敏历三年六易其稿,潜心推出的一部具有突破性意义的长篇小说,讲述了两个单亲家庭六个主人公偶然的同行与必然的离散,是一顿“中国式的晚餐”。鲁敏称这部小说写得并不顺:“二〇一〇年七月间,书稿已经写了十多万字,但是我很不满意,打算放弃。后来因亲身经历的一次爆炸事件,局面有了扭转,小说有了新的转折点,我又接着写,才有了现在这部作品。”让鲁敏没想到的是,《六人晚餐》新书首发时,向来深居简出的苏童却成了她的宣传旗手。

那段日子,江苏作家作品馆作为我的临时书房,让我颇有不劳而获的窃喜,更有许多不请自来的著名作家。在这个馆厅内,我仿佛找到一条远航的瘦船,一边听舟子讲述南北琐事,吟唱古今船歌,一边拨开喧嚣的漂萍,追溯内心宁静的源头,添几块唐砖宋石,为现实生活中沉重的风帆拉拉纤,摇摇橹。

二〇一六年六月十八日

于　广西桂林

己辑

灯下书

春和之水流过峭仞之壁

你且入眠　我带着村庄出发

袖里乾坤『大』　壶中世事长

斡旋在『破』与『立』之间

从诗歌的秘径　抵达桃源的深处

胸中有逸气　笔底自磅礴

看似语语纤巧　实则深衷浅貌

一座城市的时光机

对抗与对称间的极致之美

春和之水流过峭仞之壁

——读鄢元平新诗九首

鄢元平先生自二十世纪八十年代起，就已著名中国诗坛，并且在大学时期就是非常活跃和优秀的校园诗社负责人。从一九八三年公开发表诗歌作品以来，三十五年间，他的佳作频传，声名累累。

《老枪》《将军与战争片》《父亲种的南瓜》《老战友》《军令》《夜航》《心事》《病中》《抽烟》，先生这一组新诗（九首）让我得以走进他的诗艺世界。为此，我想分三个主题去解读它们：退场、微爱、世情。

首先，关于“退场”。

别林斯基曾说：“诗歌不能容忍无形体的，光秃秃的抽象概念，必须体现在生动而美妙的形象中。”

“那老枪成为你一生中 / 最得意的一句格言”，“那把老枪 / 已成为战争的纪念品”（《老枪》），或许从这两排诗句开始，就宣告了一次盛大的“退场”。关于父亲热血青春的退场，一把“老枪”的退场，以及将军父亲和他的战友们从戎岁月的退场。所以，他去电影院回忆自己的将军生活，复活那些他曾用军令治理的军队。

那颗未取出的弹头
正与眼前的战争片一起
在渲染着他的回忆

——《将军与战争片》

军令使父亲微驼的腰杆
再一次挺直
父亲的回忆
唯一能发出声音的
便是军令

——《军令》

对于在“军令声中 / 生活了大半辈子”的父亲来说，战火的平息和年岁的增长，兴许只能让他们在职业上退役，却从未使军心和军容“退场”。即便是在棋盘上，也要杀声震天。父亲的一生，显然有着自己作为将军的荣光，也有着停歇下来后的一丝留恋和苦闷。在此，我们可以看到鄢元平先生把这种“荣光”和“苦闷”，从一个字、词出发，从一个意象、语象落笔，依托主体情思和诗性的奇特逻辑，像军令一样巧妙布局字与字之间的离散关系，迅疾精准地撑开延异性的张力，完全盘活一首诗的活性，让一个停下来的生命产生适度的碰撞、紧张、暧昧和新的意味。

与此同时，鄢元平先生又是极具生活智慧的，他恰如其分地引导父亲走向“棋盘之外”的“胜利和欢笑”，从而在“放下”中释然，并获得超逸。

父亲与老战友迷上了垂钓
他们把一个个阴谋扔进池塘
并让它们随涟漪渐渐缩小
让浮子侦察兵一样发出信号
然后在挥手之间
将鱼敌人般全线拉出

——《老战友》

突然间，一份“禅意”又呈现于读者眼前。“父亲像凡人那样 / 栽种一些和平的花草 / 他把那所有的日子都系在了 / 一根南瓜藤上”（《父亲种的南瓜》），鄢元平先生在诗句中楔入禅味、禅理、禅趣、禅机、禅境，开凿出一条古典与现代的奇妙通道，既在现代生命感中融化了禅，又与别的禅诗明显划开了界限。“父亲和他的战友并不知道 / 平淡的日子也在一天天垂钓他们”（《老战友》）。到这里，父亲的“将军心结”才完全“退场”，走向平和与新的愉悦。

这里需要交代一个隐蔽的背景，鄢元平先生是一位极孝之子，他的父亲早逝，他的岳父是抗美援朝战士，曾荣立二等功。这组关于父亲和军人的诗，既有对自己父亲的深切怀念，也有对岳父赫赫军功和将军生命的礼赞。两位长者以“父亲”的身份融合成统一形象，“老枪”“军令”“弹头”，在诗歌中多番闪现，锋锐、跳跃、闪回、穿插……主题宽阔深邃，意境超俗高远。诗人着情于写意，写“父亲”精神层面的复杂心绪，又呈现出感动人心的厚度和横空迭出的高度。

鄢元平先生用别具意象的诗性和空疏的朴素，表达粗粝、强劲、凌厉的气派。不仅具有强烈丰厚的生活质感和思想艺术上成熟的品质，也庄严地体现了广阔而深厚的人文精神和巨大的亲情温暖。一切诗性诗意，都在纷繁多变中昂然确立，“羽化”成一首献给“父亲”和生命的庄严绝唱。

其次，关于“微爱”。

毋庸置疑，爱是人世间永恒的主题，果决之外的鄢元平先生，也有着成熟透了的柔软和绵密，他的爱总是不动声色，静水流深。恋人间的融融洽洽、爱侣的心神交汇、天伦中的承欢膝下，甚至陌生人之间的友好、天地万物之爱，都无不默默溶解于他笔下的微末幽细之中，又自然而然地呈现出另一种磅礴和厚重来，开掘出生命的另一个柔软的桃源。

夜航船
把青色的浪
挤压成另一种形状
把爱从一个人的心

运载到另一个人的心

——《夜航》

然后妻站在阳台上
动作轻松地把我的心事
一件件晾晒起来
回转身
她就毫无障碍地
走进我浓浓的注视中

——《心事》

从上面这几阕节选的诗行里,我们不难发现,汉语中的许多字、词,天然就是微缩的“脚本”。当这些经由诗人的巧妙联姻,便给了读者异想天开的神韵,从而让诗学的价值不断丰富、撑大,也在创设出的新鲜意味中,助使形意裂变与形质并茂。

鄢元平先生笔下的“爱”,既通俗又亲切,在细小与微末中坐实,溢出格外的诗意。另外,像散布在诗语中的“江鸥”“药罐”“深潭”“方糖”同样可作如是观,如此以词为单位的张力可谓举不胜举。

爱是古老的话题,在鄢元平先生的诗里,仍然能寻到许多古典的意象,引起我们遥远的怀念。在当下这个钢筋水泥的世界,感知和再造情韵的能力,已退化得非常简单、粗粝。

“浑浊的停靠与 / 沉重的起航 / 都只为把装满人的码头一个个搬运”(《夜航》),鄢元平先生用心捡拾古典的碎片,重新编制这些美丽、高贵的诗句,来照亮我们的迷惘与遗失,来比对当下的匆忙、疏忽和嘈杂。他如烛光映照山河,虽然看似微介,却向更多的光发出召唤,让新诗之美,忽而有了落脚处。

此外,这组新诗中最不可忽略的一部分,应该是“父女之爱”。如泰戈尔先生说:“像山坡草地上的一丛丛的野花,在早晨的太阳光下,纷纷地伸出头来。随你喜欢什么吧,那颜色和香味是多种多样的。”作为父亲的鄢元平先生,他的诗作有看似沧桑的表征的一面,但内里却是满满的温情和煦。

她蹲在我的床边
静谧得像蹲在
一个闪着青光的深潭旁
……
从病房中走出时
小女口袋里一方糖
使我们三人融入甜蜜

——《病中》

"小女"是鄢元平先生生命中最柔软的部分,对于这份爱的解读方式饶有趣味。鄢元平先生和"小女"成为一个整体,相互依存、相互影响。这里面有父女在生活中用诗意的细枝末节去共同成长的过程。女儿用纯真拯救了"病中"的父亲和萧条的情绪。

"在小女纯洁的目光下 / 我把我那些心事 / 抽了一半便草草地扔进烟灰缸 / 小女咿咿呀呀的声音 / 把我的诗稿叫得乳香无比"(《心事》)。"小女"是整个家庭的心灵精髓,在这里重新定义爱,让我们看到灵魂的颜色。既有水晶一样的纯真,也可找到历经世事的感悟。感人至深的亲情、高天流云的真情、阳光灿烂的深情、砥砺前行的诗情,层层叠叠错落有致地丰盈着人间。鄢元平先生这种此心光明万物生的人格魅力,用温情和纯真拂去岁月的尘烟,重新打动我们的内心,还原世界"一块方糖"的最初形样。

最后,关于"世情"。

《抽烟》这组诗,带给我很强烈的心灵震撼,甚至隐隐觉出一丝疼痛。这些诗仿佛脱离现实,又深掘于现实。而这层奇谲的面纱恰好是"烟雾作背景"的"世界必要之雾"。这之中有人到中年、风云阅尽的睿智和内心莫名的伤感、疼痛,亦有"在清晰而寂谧的世界里 / 甚至被身边人喝水的喉结声 / 所惊吓"的孤独和因袒露的惧怕,以及与过往两相对比的碰撞。

当下的诗歌写作,大多愈发走向冗长、杂乱、乏味、无节制,鄢元平先生为我们换了一种方式,写一种新的诗,可细细品味的诗。以另一种表达方式,针对性地以回到汉语内在的力度。

他的影子显得冰凉
他的目光冒出冷气
而我手中的烟头
变成我唯一的亮光
跺脚使感应灯骤亮
眼前空空如也
只剩下一缕残烟
向窗外的更黑处
快速溜去

——《抽烟(三)》

以干脆利落、冷静老成、一击即中的表达“枪法”，鄢元平先生把古老的岁月和记忆擦拭得锃亮，使毫微的情爱融成大海，面对错综复杂、光怪陆离的“世情”，庖丁解牛一般不动声色又不留余地。恰若一汪春和之水，静静地从峭仞的石壁之下流过。表象和煦轻柔，实则只有水才知道峰仞之棱。最终又能在尘世的喧嚷中自留一份清气和赤诚，可谓人生不在初相逢，洗尽铅华也从容。

在我第一次到武汉前，就有相熟的朋友传言，鄢元平先生是今古传奇传媒集团的“男性颜值”担当者。我也不止一次见到年轻的女编辑们，谈起鄢先生时满面桃花的样子。大约在二〇〇九年的盛夏，我走在今古传奇大院里，迎面遇见一位中年男子，大背头梳得一丝不苟，仪表不凡、着装干练，步履之内几无声响，温文儒雅中又自带几分果决。因为不相识，不大好上前打招呼。但只在他转身那一瞬，我心里便突然有了答案：这位一定就是鄢元平先生了。

因为，他的诗歌作品的“颜值”早就由内到外地映现在了他外在的神采之中。所以，喜欢鄢元平先生作品的人，即便是现实中从未谋面，也一定能在人群中一眼认出他来。

二〇一八年四月二日
于　上海浦东瞻园

你且入眠　我带着村庄出发

——评黄金亮“村庄”系列诗歌

我到过黄金亮的故乡。

黄金亮先生的诗歌作品是我一直想推介给大家的。黄金亮写诗，这兴许教许多书画界的朋友感到新奇，他在书法和绘画方面的艺术造诣，早已有目共睹，且盛名之下颇具号召力。他是当代文艺界难得的通才，书法、绘画、篆刻、诗歌、散文、古筝等皆自成家，并有一定数量作品传世。

关于黄金亮为人熟知的“艺”我不作赘述，只说他新奇的一面，那就是“诗心”。

《村庄早已入眠》系列诗作，可缀成一个整体，我想到的三个关键词是：出发、变迁、怀乡。但在解读作品时，我将逆向而为，并力争避开过往一些诗歌评论的窠臼。

首先要说的是“怀乡”。

去家离乡的王维问故乡的来人：“来日绮窗前，寒梅著花未？”那是欲以一枝梅的思念复活故乡的记忆。黄金亮却丝毫不发问，只是从容地为读者展开一幅原乡之貌，“村外的小路”“一望无际的田野”“麦地里”盖上的“一层雪”，都构成了“村庄”平静的模样，或者称为静态的故乡，“已入眠”的村庄。少顷，他笔锋一转，“深夜独行的小鬼儿”“成群结队地走下来”的星星，“田鼠往上打洞”，立刻将故乡切换到动态模式，一股神秘的气氛弥漫开来。相比于那些深夜扭晃的屁股和车流声，星星、鬼神、田鼠，却更让人感到亲切和真实。

当然，在这两种反差中间，也不乏人间的烟火气，“几个汉子”还在关心收成，“捏”着碗喝酒，“扔”进嘴里几粒花生米，接连几个传神的动词，一种庄稼人的豪爽与醇厚，乡土的淳朴气息跃然眼前。这些都是黄金亮所怀之乡，根植于自身血液的记忆，脉络清晰，情状分明。

在这之前，或许我们看到的尚且只是一份平静的物化与具象的怀旧。不妨再用力一点，往诗人的内心探寻。《奶奶》一诗渐起波澜，从童年奶奶对山的讲述，到后来住进“一座很小的山里”。山的形象从“雄伟高大”到“矮小孤立”，寓意生命的变迁，成长与衰老，新生和迭代。在寻常而自然中，又呈现出一种想要挽留而不自持的无奈和忧愁。

诗人想要给奶奶盖一床厚厚的棉被，或以田野为被，以“厚厚的雪”作衾，“只露出一双眼睛看着我 / 以及我的未来”。奶奶的“眼睛”这一意象，读来顿时热泪盈眶，它们又何尝不是诗人的眼睛？一双可以对话“未来”和从前的窗口，穿越阴阳两界祖孙俩深切思念的玄关。到此处，组诗中的怀乡基调全部集于一体，仿佛一只旋转的陀螺，悬于时光的渡口。

接下来，切换到“变迁”中来。

关于怀乡的动因，有两种可能，要么躯体外游他方，去家日久未能归；要么时光远逝，物非人亦非，不可逆转。简而言之，即时空的“变迁”。诗人冉云飞说，“每个人的故乡都在沦陷”，中国每天有数十个村庄在消失。黄金亮的村庄也同样不能幸免，大片的庄稼地边上是“废品收购站和狗”，模样与时俱进：

路两旁盖着各样的小洋楼
墙壁上印着令人生厌的巨大广告
树越来越少了房子越盖越高了
小伙伴们都去了远方了

村庄的变迁既有背后大环境的侵扰，也有自身的急功近利，古典的原乡美学价值消失殆尽。在“物象”变异的同时，还有“人情”的冷却和被迫流逝，远离故土的“小伙伴们”带走了村庄的勃勃生机，村庄在崭新的建筑群落中却愈发显得苍老年迈，在“音乐和灯光搅拌”中愈显孤寂落寞。

《蚂蚱》一诗是我解读起来感到吃力的，甚至几度想逃避它，但又一定是绕不过去的，有切肤的疼痛感。黄金亮先生对“村庄”的关切是深沉的，他身上有着当代青年人少见的道义铁肩。“好不容易挨到了抽穗 / 十万只蚂蚱从天而降”，那是一个忧伤的年代，一九四三年中原地区蝗灾泛滥，蚂蚱飞过，原野之上麦子不翼而飞，殍殣千里，成为深埋于土地的疼痛。同样出生于“蚂蚱逃窜的时代”的诗人，与祖辈们面对自然灾害时的束手无策截然不同：

丰收的季节
我就和伙伴们到地里寻蚂蚱
用竹签串起来烤着吃
或者装进啤酒瓶
让它们窝里斗

这样的诗句读来多少是让人痛快解恨的。人事有代谢，生存能力也在时代“变迁”中更新升级。诗人在苦难里成为战斗的神，他体内激涌着几代人隐忍的力量，积蓄着来自古老村庄地壳深处的力量。是积极击破还是被迫对抗，勿用多辨，归根结底是一种力量的“变迁”。

“村庄”的变迁并未止步不前，从最初的恐惧到后来的对抗，再转换成当下的主动亲近迎合，“如今蚂蚱成了饭桌上的 / 美味佳肴”，仿佛在苦难的灵柩上升腾起一瓣欢愉的光，让人在一丝诙谐中又顿时陷入深深浅浅的惆怅。“我的祖父们错过了 / 商机”，此句道明一切，却又让读者不能言出一字，一种突然回旋的气流，况味杂陈。“变迁”的人与事，无论是从地理空间上还是从时光机穿越回去，都不再是原初的模样。一切似乎早已成定数，不可逆转。疼痛着，大声疾呼着，诙谐着流泪，都唤不醒沉睡的村庄。退一步舍不得，进一步是漩涡。

最后，我要说的是“出发”。

一个去家多年的人，再谈“出发”或许有些不可思议，但这正是需要我们重新正视黄金亮的地方。第一次出门远行，你代表的只是你自己，你积极接受的只是外界的新奇和广袤，对于身后的故土甚至是具有排他性的。于是，我们能看到诗人追求的故乡是“会在江南的某个小镇”“有青瓦白墙，桥以及乌篷船”“会在她的家里”“我们一起生活，说着不同的方言 / 再一起生一个孩子”，一系列的幻象排兵布阵一样走出来，勾画出生活的理想，或者称之为“诗和远方”。但显然，这是典型的错把他乡作故乡。

当然，周作人曾说：“我的故乡不止一个，凡我住过的地方都是故乡。”故乡或许只是我们生活之地的统称，过客有过客的故乡，原住民有原住民的原乡，或者叫源乡。根植于我们血液和肌理的故乡，是唯一的，同样也是排他的，是那个远游千里，却“在梦里很多次出现的地方”，那里或许“并不美”，但“奶奶葬在了地里”“爷爷还在，父母还在”，是“一碗饺子”就能抵达的地方。

在这个时候，“源乡”之外，那些“我居住过的地方”又自动纷至退隐，最初“出发”的村庄逐渐清晰，并像墨点滴入水中，逐渐放大成整个世界。也臻于此，诗人才真正成就了“我”，领悟了出发的意义。

这个世界充满移动的因素，因为许多理由我们必须出发，一个写作的人离开故乡是常有的事情，就像中国最早被流放的诗人屈原；像意大利的但丁，从他的故乡佛罗伦萨被流放到异地，他终结了“封建的中世纪”，又“开端了现代资本主义纪元”，类似的情况比比皆是。作为荷兰的伟大画家凡·高，他画画最好的时期同样不是在家乡，而是在他的移居之地。

流亡也好，迁徙也罢，移民也好，或者长期旅行、侨居也罢，都未必是故乡的流失，对于文化的继承者和发扬者，反而是故乡的扩大、延伸。

具象的故乡和村庄可能会不可避免地消失，但精神上的故乡将永存和鲜活。凡我在处，就是故乡。这应当成为一个诗人和作家的抱负。

在高铁网络迅速覆盖中国大地的今天，地理距离已切换为时间距离。春风十里不算远，千里江陵不算远，春树暮云不算远。余光中先生说：“文化的全球化是一种理想。其实所谓全球化真正说起来就是西方化。在可见的未来，所谓的全球化就是美国化，这对中国文化是很大的伤害。”尤其在快节奏的信息爆棚时代，还能有黄金亮一样在深夜坚守乡愁的诗人，已显难能可贵，让我

们看到中国文化还有抗拒的希望和力量。

“出发、变迁、怀乡”构成黄金亮先生不泯的“诗心”，不论这种坚守带来的是惆怅，疼痛，还是只可缅怀的愉悦，不可否认的是，黄金亮在“变迁”的岁月中，在一次次“怀乡”与“出发”中，扩大了故乡的意义。

二〇一八年二月三日

于　南京钟山南麓雪中

袖里乾坤“大” 壶中世事长

——评闻立《生日诗》(外三首)

此刻,城市和村庄都已入眠,远处的灯火落在水中,仿佛被鱼类咬碎的梦。我正乘坐一列直达列车,从上海穿越深沉的夜,夜的另一端是长沙。之所以舍弃白天快捷的高铁,在这趟要跑十小时的列车上来读闻立先生的诗,或许有尘世的俗事羁绊,但也在很大程度上是有意为之。

现实中的闻先生时常调侃自己长相老成,比实际年龄要走在前面许多。事实上,十年前我初识他时,样貌与今天并无二致。当然,你们可以理解为,他从来就老成持重。也可理解为,这些年来岁月的刀斧忘记了在他脸上着力。

闻立的诗歌远不止这四首,他在创作上的勤奋是有目共睹的,也是“五个麦子”中作品最多的一位,先后出版诗集《虚城》等多部作品集。

《生日诗》《秋风吟》《书签》三首诗,初读时或许很难说能留下几分印象,更不会认为有多少出彩的光芒。然而,倘若就此草率地掩卷,那我们将错过这位诗人和他诗作中的许多隐秘的信号。许多年来,闻立先生始终保持着一个特别的习惯,就是每年的生日创作一首“生日诗”,这首《生日诗》是其中之一。

大抵人在童年时都有发问父母:“我是从哪儿来的?”这种纯真的诘问得到的答案,往往都是大人们欲盖弥彰的偏颇释义,当不得真。在生命的序曲阶段,我们会不由自主地去关切来源。可是而立之年后,等一切疑团早已解除,

却极少有人再回过头来重新审视类似的问题，都只在岁月的洪流裹挟下匆忙向前。

闻立却不同，“我想，三十年前的今天 / 也是这样的”，异常平静的两句从唇间吐出，仿佛要宣告一件重要庄严的事情。他的姿态或许是松散地卧于故乡午后的旧榻上，抑或躺在红叶就要落尽的山脊中。

大风，大太阳
大树上凝露成霜
大块的云飞过山冈

一连串的“大”字整齐出现，“风”“太阳”“云”都被诗人瞬间放“大”，在“凝露成霜”的季节，上演一场盛大的事件，气氛的烘托立竿见影。这是外象的欢喜，“飞过山冈”的“大块的云”，这一物象冥冥中自有几分神圣和天意的安排。再看看诗人在内象上的表达：

父亲把大片晒好的粮食
收进粮仓。粮仓也是大的
谷子里有稗子，麦子旁边有高粱
此时此刻，我喜欢
这个大冬天
它像我一样

父亲的粮仓足够“大”，装得下所有的“谷子”“稗子”“麦子”“高粱”。既有对朴实勤劳的赞美，亦洋溢着仓廪丰满的喜悦。诗人出生于一个“殷实”的年头，或者说诗人就是一个“殷实饱满”的诞生。这种丰富包含了父母的爱、世界的爱，以及诗人反哺天地万物的爱。他热爱自己的诞生环境，接纳正统粮食的芳香，也热爱“稗子”的粗粝。五谷杂粮、粗茶淡饭，皆是生命，又养育新的生命，更寓表了诗人的出身和厚重。他热爱完美，同时也接纳缺陷。“我”就是父亲收割回来“晒好的粮食”。在这个冬天，一切都被热爱和热血无限放“大”。轻灵之中显厚重，深潭之内有鱼跃。

“藏”这个字形容闻立是极为贴切的，无论是现实中其人，还是提笔为文作诗，他总是一副波澜不惊的样子，八风吹不动，风却因其而来。《秋风吟》就是很好的体现，他能藏“落日”“雄兵”“乾坤”于“襟袖”，又能让“秋天”和“一座迷城”低吟于襟下。似乎一切收放自如、洒脱干练，即便偶然生出的“风霜”的惆怅，也一样在瞬间化为决绝。

以己之发作书签，本身就是极其诗意之举。“拔掉一棵白发时 / 带下一棵黑发”，韶华易逝，华发疯长，鬓角二色同存而歌。

我说发就发吧
随手抽出一本《人生》
把黑发夹在第一页
把白发夹在最后一页

《书签》一诗中交错的生命之状，并未带给诗人伤感，反倒自显风流与快意。可谓行诗意之上乘，纵江河之滔滔。

相比之下，《辜负》一诗就迥异于前了。几乎是直抒胸臆，不饰迂回，这也是在闻立众多诗歌作品中极少见的，不过倒也让我们有幸走进诗人的另一个世界。闻先生是多情的，他对每一个字动情，每一阕情绪和雨丝风片，都能在某一个特殊的记忆路口，带给他汪洋恣意的爱，也能带给他无涯际的惆怅和伤感，并幻化成浓烈的诗句，平平仄仄地折射出日月经纬来。

闻立的外形并非如他自嘲的那般衰颓，十余年前也是翩翩公子，妙年洁白，风流倜傥。不同的是，鲜花怒马的年纪他写杂文，针砭时弊、落笔惊风。而今世事洞明却收纳锐气，持重内敛，平日里以诗养心。闻立先生身上一派古君子之风，他的诗很少显山露水，襟袖之中总是藏着一座城池、整个乾坤。茫茫大海，他不选择巨轮，总是以一壶渡之，笃定所向，了然于胸。

蓦然抬头，车窗外的夜色更加稠密了。一切都在睡去，愈是这样安静的夜，愈是孕育着雷霆万钧，一如闻立先生的诗作。

二〇一八年一月二十一日
于　长沙洋湖

斡旋在“破”与“立”之间

——为《池的新诗三首》有感而作

世上若无池的，人间众生恐难以识梅、莲、菊之深蕴也。就仿佛历代文学作品意象中少了诗、酒、色，索然而茕茕。万幸的是，池的先生尚在我们身边，以“最娇羞的姿态”和“理想之形”，给予天地斑斓。

能在雪天里得见这组诗章，我丝毫不想掩饰内心的喜悦。池的先生一改平日里谦谦君子之风，以倚马之才，著下“梅”“莲”“菊”三章，蜿蜒幽微中又自显磅礴气流。是的，我们有幸见识了他的另一面，他或许是不正统的、诙谐的、玩世不恭的，但他一定是可爱到了极点的。

王安石的“凌寒独自开”的“梅”形象太孤绝和严肃；周敦颐“中通外直，不蔓不枝”的“莲”的品格被揠苗助长式的拔高。“出淤泥而不染”的功劳到底应归于“莲”，还是水自身的净化作用，不言而喻；陶渊明的“菊”被绑架了太多陶氏生活理想。古典意象或许能带来传统的审美趣味和自我陶醉，但这种技法被后人机械地复制了太多次，愈发显得呆板和凝滞。“世间好语言，已被老杜道尽。”树立旗帜的前人固然伟大，但一味地重复效仿也是几无意义的。要么像李白在黄鹤楼前喊“眼前有景道不得，崔颢题诗在上头”，坦然承认自己的一时局限；要么像苏东坡在庐山以“不识庐山真面目，只缘身在此山中”，呼应李白的“飞流直下三千尺，疑是银河落九天”。

正所谓“不破不立”。

很显然，池的先生这次是既“破”又“立”，他在拒绝中大胆地再造。

对于古典之“梅”，他并未以仰视的目光和赞美的心去奉承，而是抽离出一段距离，通过冷静的审视，对之发出喟叹：“恁你，如何用力 / 也别指望开成菊花”，既是对花之品类的自然区隔，更是对其属性的平静正视。池先生无意在“梅”与“菊”之间强分高下，只是对生命的本源进行回望，更是对自身轨迹的一个诚意满满的谏告。互不侵扰，互不攀附，只需把自己做到极致，就是生命最大的华彩。或许“菊”在今天的消解意义下，会带给一些读者扑哧一笑，但我相信你们的笑声腾出一半就会被停在空中，大脑的神经中走过一道振聋发聩的光。

相比于《弄梅》，《问莲》则稍显含蓄。此处的“莲”的深意亦非我们既有阅读经验可抵达的，“你虔诚地一叩首 / 身姿多像一个问号”。这个“问号”到底是叩首者的疑问，还是佛的不解？难以定论。人间谜团太多，前世与往生，情仇与爱恨，众生与神灵。在氤氲的佛龛面前，或许谁也解答不了谁的谜云，叩问者与佛祖，谁更高明？恐怕也并非一成不变的公式。总之，这里的“莲”不再是“田田地高出水面”的“莲”，亦非结出清如水的莲子的“莲”。它只在“佛的身下”“金光闪闪，不言不语”，尘世的淤泥和枝蔓，在此刻也同样不言一二。

纵观三首诗，池的先生最用力的当数《哭菊》这首，几乎是颠覆性地遣词造意，这种与传统的反差和对立，给人以强大的震慑力，勇气可嘉又独具匠心。“东篱下”“断桥边”，这些都是不留情面的拒绝和反讽，更是对以陶渊明、孟浩然为代表的既定意象和文化价值的挑战与抵抗。当然，池的先生并非完全否定中国士人的价值认同，“沏我以茶”“酿我以酒”“遗我成霜” 在很大程度上表达了诗人的接受向度。但“千篇一律”“约在那重阳”又让他在接受的反弹中遭遇最强的电流和冲击波，从而点破诗题的“哭”字。“重阳”之于“菊”无疑是盛大的，富丽堂皇之于采（就）菊人的快感声势浩大，但全盛之后的极伤和沉痛，却只剩“菊”自己收纳和消退。尽管如此，池的先生仍然给出人间“最美的等待”，那就是“一城的黄金甲”，自有一番高洁和无私，傲然于雪。

三首诗题目分别以“弄”“问”“哭”入情感基调，渐次递进，又互为铺垫，酝酿充分后突然喷薄而出，淋漓尽致，又余音绕梁。“梅”“莲”“菊”三个意象最初取自古典，又独自创新、创造，在颠覆和消解中带来现代意义的新活力和

气息，最终又以全新的姿态重新回归古典，隐隐约约中着了地。现代与古典之间，池的先生很好地开凿了一条高铁，让读者须臾往返，在览胜中抑制不住地拍案叫绝。

池的先生是温和的，生活中的他总是未语先笑，一脸和睦，正如他萃取古典价值时的儒雅洁净；同时他又是锋芒锐利的，恰若他在现代意象运用时，旋转天地于指尖的浑厚力量，日月为剑，势如破竹。至于哪一面更趋近于他的真实，我想这组诗已给出了最好的答案。

停笔之时，窗外簌簌的雪已隐形于冬夜，案前的正山小种续沏多次后褪色为无。还是那句话：

万幸的是，池的尚在我们身边。

二〇一八年一月四日

于　南京钟山南麓

从诗歌的秘径　抵达桃源的深处

——序胭脂小马诗集《凤图腾》

序,在古代指惜别赠言的文字,亦称"赠序",内容多为对所赠之人作品的赞许、推重或勉励之辞,大约由长辈或尊师执笔,以显"言有序"而"合文理"。

笔者和胭脂小马有数年之交、数面之缘。她才情出众而低调内敛,诚哉其心,大哉其人。作为当代汉语诗坛的优秀诗人,胭脂小马诗作数量繁众,且饮誉甚广。

《凤图腾》是胭脂小马于近几年来创作的众多诗歌作品中精选的一部新诗集,付梓前嘱笔者写几句话。明代大儒顾炎武说:"人之患在好为人序。"在诗歌创作领域,胭脂小马已走向高远的地位。在她面前,我既非尊长,亦弗敢以方家自居,恐难以切中肯綮,更难免挂一漏万,所以断不敢妄自"赠序"。但对这部诗集的面世,我心中还是有二三欣喜要表,以敬同好之谊。

一

南朝文学理论家刘勰在《文心雕龙·铨赋》中说:"序以建言,首引情本。"《凤图腾》全书分为五辑,依次以五首代表诗名作辑名:凤图腾、把时光喊疼、和你隔墙而居、散入珠帘的颜色、我是锁里最后一匹灵兽。仅从五个辑名去

看，即引人入胜，每一辑、每一页，都有早春晨雾般迷漫的清新、朦胧。那些清丽空灵的诗句，散落在字词句篇里，熠熠生辉。

古韵幽香，世所远之。今天的汉语新诗界虽披着典雅的外衣，然其心已躁，而胭脂小马，像一股清新之气吹拂。翻阅《凤图腾》，便可隔于纷事，纯乎我心，又宛若天然佳酿，香飘四野，终得回归。周敦颐谓“文以载道”，胭脂小马的诗实乃“载心”。她所抒的真性情，皆可谓美丽之心，美丽之诗。

当代著名书画家、作家黄金亮先生有言：“文学之兴盛赖于我辈之传承，而三秦大地历来是文学重地，出了一位胭脂小马，是顺理成章之事。”再撇开诗集《凤图腾》之美，胭脂小马其人自然也是极其美丽的。她喜欢一切华美的服装，色彩丰富而不凝滞，图案绚烂而不庞杂。对于她这种雍和之美，黄金亮先生同样有很深的辨识：“手如柔荑，肤如凝脂，领如蝤蛴，齿如瓠犀，螓首蛾眉。小马确乎符合这样的标准。”

胭脂小马生长于素有“鸡鸣一声听三省”之称的陕西镇坪，这里也是中国版图的“自然国心”，故乡纯净的山水使她对万物保持敏锐的观察，对故土饱含深深的眷恋。胭脂小马在隽秀斑斓的自然中，吸纳天地的灵气和纯净，从而赋予诗歌的旖旎之美。另外，镇坪处于中国地势的第二阶梯，勾连西部高山雄川和东部平原江河，涵养着多元的地貌和风俗文化，增强了胭脂小马作品的纵深感，从而锻造出诗作立体层级的壮美。不仅如此，胭脂小马在中国古典诗歌美学中也有很好的继承，同时又在现代诗歌中开辟出独特的气象，她的诗章，融通古今，走向平阔和深远。

二

从诗艺层面来看，胭脂小马的诗歌创作颇具特色，其主要的特点体现在她对语言充满某种高贵典雅的色彩的驱遣和运用上，以及虚实相接的古今意象的创造性炼造，和诗歌美学中异质碰撞所带来的张力与现代性表达。

“鸟儿在玉门关打探 / 惊世之作立于枝头 / 越溪浣纱，王朝颠倒 / 让月色失去光芒 / 让凌空的雄鹰，忘却了最美的翔 / 还乡的马，越古道，正赶上落叶归根 / 让睫毛下积攒的湖泊，结成墨香”（《聚在长安》）。清新如早晨，晶莹如露珠，奔放如江河，婉约如翠竹，明丽如皓月，忧伤如暮色，山川风物、花鸟虫鱼无不荡漾着情思。她常常听凭内心突然而至的激情、冲动和灵感倾泻而出，气韵酣畅，荡气回肠，造成某种语言的狂欢，于不经意间营造出或淡或浓的诗意。

“喊疼一个名字，喊疼二百零六根骨头 / 抓住把我的青丝染白的月光 / 拼成故事，像反复揉过的泥巴”，“喊疼正在分娩的太阳和遗失的一片白羽 / 听清苦的鸟啼，在松柏的枝头悲悯吟唱 / 喊疼平凡和不平凡的事物 / 看她们从村庄的云雾里长出来，再卧成尘土”(《把时光喊疼》)。诗歌是天地间飞舞的精灵，从不肯在俗世驻足，只有最纯净的灵魂发出最热切的呼唤，才能吸引它落在肩头。在矫揉造作之风盛行的当代，胭脂小马这种清新质朴的情感表达尤为可贵。

《凤图腾》这部诗集具有与描述对象相称的文化积淀，河流、花木、鸟兽的意象清澈饱满，“剥开吹向诗经的十五道风 / 从民间土风，流行的小调 / 穿越，从劳作的方正井田 / 从祖辈纯粹的心里飘了三千年”(《剥开历史的心》)。“用汉语和汉服，跟春天说说话 / 滚烫的是，是祖国的嘴唇”，“在百家争鸣上开花 / 在魏晋风度上停云，或一只蝶 / 雨水，春分，小雪大雪 / 纷纷从汉服上落下”(《用汉语和汉服，跟春天说说话》)。既有自然风物的美丽流露，又能纵横捭阖，运笔自如，将历史、人文与自然，轻松地打开。

胭脂小马一如既往地长于意象与意境的炼造，“万道山丘”“千亩梯田”“二百零六根骨头”“悬崖边摔坏的一盏灯” 等世间万物皆可入诗，在《凤图腾》中陆续出场，最后又饱含热情地合唱，形成身体和生命最强的共振。诗人对既往数十年经历的岁月和物象致以深沉怀念，又在生死交错时刻表现出淡然和从容，最终长成坚挺的松，抑或流动的云。在华丽的意境中，浑然一股流动之美，更有超乎寻常女性的洒脱和豪情。

在饱满的麦粒之间，我饮下镰刀的锋利
在荷叶田田之间，我饮下污泥的亵渎
在层叠的云朵之间，我饮下冰雹、雨雪的夹击
在潋滟水色中，我饮下打捞我的网
饮下树叶，溪水，长花短草

——《饮》

虚实有致，互为映照，是贯穿《凤图腾》全书的表现形式。这些美玉般精致的句子，在一种磅礴大气的氛围中跳跃着。这种虚实相接的意象，总是令人目不暇接。这些美到极致的诗句，以虚衬实，以实托虚，将具象充分展示，把情感饱满呈现。

胭脂小马在汉语的精致、诗艺的精巧、诗歌的精细上，都努力追求并做到自我的极致。这体现了她对传统的有效继承的一面，而在《和你隔墙而居》《云中锦书》《散入珠帘》三首诗中，我们又看到她超逸的一面，即追求现代性的体验与古典文化的表达方式。从这个角度来谈，胭脂小马是一个可以给予人更多惊喜的诗人。她的诗歌在审美经验与艺术表现层面上，美学元素融入诗歌内部这种精巧和异质冲撞，不仅可以让诗人走在稳健超脱的诗路上，更可以走在自觉的艺术超越的广阔前途中。

剥开初生。在大地安放经书
在茶与笋的青色上
煮茗炉，烧松子。剥开
暗香浮动，看新花的羞涩
剥开，青色疏影画在横窗上
剥开红尘紫陌，落在太行路
送走白雪，剥开经冬野菜
……
一袭青衣，花下吹箫
只唱一首歌，银汉青涩
少年，红墙，挨着生命的根
剥开。我路过江南小镇的青色
种一地桑麻

——《青色（组诗）》

节奏美、韵律美，是胭脂小马诗歌的另一个重要的表现特征。她注重在传统诗歌的音乐和创作等方面的继承性，寓含思想和情感的灵魂晶莹，编织的诗语珍珠，淡雅清丽又俊朗奇崛。字里行间传出的铿锵声、音律美，余音绕梁，回味无穷，宛若风过之处，环佩碰撞的清脆之声，豁然贯通了心灵的秘道。同时，这种像调色盘被打翻了一样泼到诗中的色彩，鲜艳而生动，使原本就画面感极强的诗作，更加绚丽夺目。

三

纵而观之，《凤图腾》这部诗集，到处散落着珠圆玉润、精彩传神的诗句，让我们徐行在瑰丽的景致里，感受胭脂小马的“宁静的丰收”。胭脂小马所创造的强烈的画面感、出色的拟人化，使诗集百读不厌。在诗歌创作的王国里，她就是伟大的造物主，常常只需寥寥数语，春秋亘古的千军万马便跃然纸上。

从文学艺术最初的神话表意时代，到英雄表意时代，再到我们的日常表意时代。胭脂小马似乎有意识地在新古典主义的基础上，去找寻并走向一个新的诗歌时代。她从一条自己斧凿开辟的诗歌秘径，抵达大地的桃源深处，从而完成一次诗歌王国里的图腾。

尼采说：“天生的精神贵族是不大勤奋的；他们的成果在宁静秋夜出现并从树上坠落，无须焦急地渴望，催促，除旧布新。”让人惊喜的是，胭脂小马在诗歌的精神世界既是贵族，又十分勤奋，从她笔下出来的佳作排山倒海，让笔者最终信服，在诗歌创作之上，还有一个更高的种族。

近三年来，除了诗人的身份外，胭脂小马同时还担任着大型综合性文学期刊《中华文学》编委、中华文学微信公众号桃花渡主编，她以自身在诗歌界强大的号召力和卓越的领导力，聚集着当代汉语写作的众多优秀诗人和作家，并形成强大的文学磁场，为推动新世纪诗歌及文学的发展，做出了非常重要的贡献。所以，在如此繁累的工作之外，她尚能始终保持旺盛的诗歌创造力，委实教人钦佩。

仲尼曰：“君子周而不比，小人比而不周。”“以义和”为“周”，“以利和”为“比”。今天笔者与诗人胭脂小马“周”，仅以此篇作淡如水之交。

二〇一七年十月十三日

于　南京钟山南麓

胸中有逸气　笔底自磅礴

——为黄金亮新著《与馗共舞》而作

许多年之后，我仍然不会忘记二〇〇九年深秋，我与黄金亮先生在武汉相识的那个上午。

黄金亮先生，字无可。《后汉书·仲长统传》有云："任意无非，适物无可。"犹言无可无不可。前些天，无可嘱我为他将要出版的新书《与馗共舞》作一篇小文，这让我战战兢兢迟迟不敢动笔。平心而论，我想写无可的愿望由来已久，但始终不知从何入手。

为了很好地写完这篇文章，我曾好几天挑剔于各种写作的环境。这对我来说，是史无前例的。家中书房过于安静，显然是不适合的；我时常去寻求神力的钟山，一到周末游客络绎不绝，也是不恰当的。鉴于无可的书画作品用色富艳，我甚至想过把电脑带到南京一九一二的酒吧里去写作，让文章也活色生香，但以上种种都只能作罢。最终，我还是选在了南京图书馆一楼的江苏作家作品馆内，期冀借助书架上众多作家作品的无形之力，帮我顺畅地完成这篇意义尤为不凡的文章。

无可的身份很难界定，他擅于书画且在国内外数十座城市办过大型个展；他长于诗文，至今出版各类作品集近十部；他又精于音律，一张古筝弹奏《高山流水》催人落泪，一笛《阳关三叠》吹彻梅花霜晓；他工于编辑出版，曾出任《今古传奇》《书法报》等国内顶级报刊要职，年纪轻轻创办《中国书画导报》和中国现代文艺出版社；不仅如此，无可还有极好的酒量，“温豪爽有气概，姿貌甚伟”。他豪饮如李白，“烹羊宰牛且为乐，会须一饮三百杯”。

虽然无可身上集诸多领域之长，但我今天要写的他不过是一位极其亲近的兄弟。

二○○九年，我在武汉《今古传奇》杂志社做责任编辑，彼时编辑部十来人，除我和主编外全是女性，平日里大家都只顾伏案编稿，鲜有活跃的时候，这样的日子就像一潭枯水一样沉寂。一个深秋的清晨，编辑部的玻璃门缓缓被推开，进来的是一个长发飘飘的男孩，健硕的身材，眉宇间虽然尚透露出几分稚气，率真的笑容却依然掩盖不住他非凡的风采和神韵。深秋的阳光从窗外洒进来，正好落在他的身上。一时之间，整个屋内骤然有了暖意。

他就是黄金亮，无可先生。我与无可一见如故，甚至是由一向过于矜持的我破天荒地主动发出友好示意的。他的到来让我喜形于色，一方面因为编辑部里终于有了第二个男孩子让我不再孤独，另一方面也是对他发自内心的不明缘由的喜欢。总体上说来，我就像一个孤独很久的孩子在一个偶然的机会，遇上了一位年纪相仿兴趣相投的玩伴而久久不能平息内心的喜悦。

那时候，无可是为《今古传奇》旗下“人物版”的创刊来的。这是一本以报道历史和当代传奇人物为主的期刊，无可成为该刊的主创者之一。那段时间极为艰苦，他与主编一道彻夜甄选各类人物选题，策划重大封面故事。很多时候，他既是主力编辑，又是大部头文章的撰稿者，还不时兼职担纲美术排版编辑，甚至连创刊号的刊头也是由他亲自挥毫题写的。

筚路蓝缕，以启山林。这本期刊经过近三个月的艰苦筹备，终于顺利创刊，甫一上市就深受读者好评和期刊行业关注。尤其值得一提的是，近几年来，在中国传统纸媒日趋式微的背景下，该杂志的发行量却一路逆势上扬，成为当代期刊界的一个神话。

与无可相识之前，我已从多方渠道对他有所耳闻。随着交往的深入，我开始了解到他既是书法家、画家、篆刻家，又是诗人、作家。在那之前，已有中国美术网主办过“黄金亮人物画研讨会”，他自己先后也在马来西亚、日本、中国香港地区和北京等地举办过“黄金亮书画艺术展”“带着我的女人上路”黄金亮仕女画展等重大书画展。与此同时，他还出版过文化散文集《全球最美的

一百个浪漫之城》《选美地球排行榜》等著作。

对很多艺术家来说，作品就相当于自己的孩子一样，是经过苦心孤诣得来的。相比之下，我更愿意把自己的作品和书籍比作心爱的女人，创作的过程就好比和作品谈恋爱，其成果就是作品的成形。这点感受上，我和无可是相同的。从二〇〇八年开始，为发展水墨人物画学术与创作，无可带着他精心创作的三十件作品，举行主题为"带着我的女人上路"的大规模仕女画全国巡展，足迹遍及三十四城。其声势之浩，范围之广，影响之深，显然是不言而喻的。

要真正了解无可，我想是万万绕不开绘画的。先后毕业于安徽工程大学和中国美术学院中国画系的无可，多年来坚持国画创作，兼顾理论研究，成果颇丰。无可擅长现代水墨人物画和古装人物画，尤其以画古代仕女和钟馗最为突出。

一直以来，钟馗的传统形象是"豹头环眼，铁面虬髯，相貌奇异，少有大志，性情豪爽，为人光明磊落，胆气过人，以'正气满身'闻名乡里"。无可画钟馗，并不囿于前人经验，而是一改钟馗传统的高大雄壮和威武凛然，对其形象作了大胆的变形夸张。原本威严肃穆、面相张狂的钟馗，到了他的纸上却立时造型夸张、表情风趣起来。无论是造型，还是动作，在他笔下都演绎出了一个性情文人的精神特质。在《钟馗听鬼图》《钟馗戏鬼图》《钟馗巡夜图》《钟馗神威图》中，钟馗并非怒目斩鬼，而是温柔而慈祥地收服。无可以率性豪放的写意笔法，使钟馗变成了极富情趣的文人雅士，或在乡间饮酒觅诗，或在山野调戏女鬼，或偶然手持宝剑怒目而视，令人猝不及防，看起来轻松诙谐，皆藏而不露，简约空灵，栩栩如生，极富表现力，深得人物之精髓，气质之神韵。换一角度去讲，这又何尝不是对无可自身的赤诚正义和情趣盎然的注脚？

中国美术家协会主席刘大为先生曾经对无可作如是评论："深厚的生活气息、挥洒自如的笔触、清雅悦目的色彩、标新立异的丰富构图，已构成了他鲜明的个人艺术风格，使他在传统技法和表现当代人文风貌上找到了新的定位。"

在对无可"钟馗系列"作品的众多评论中，我认为杭州著名画家谷风的评价颇切中肯綮，他说："对于传统钟馗的画法，无可有了很大的突破，他用大红着色、淡墨皴染，间或使用宿墨，阔笔挥洒，省去衣褶中的细小环节，全部用大线条，既整体又不失意韵。他克服了传统钟馗画法的僵化、呆板、平淡的弱点,更加突出了中国画表现写意的味道。”

除了“钟馗系列”,最入我心的莫过于无可的“仕女系列”了。在我看来,无可的“仕女”们可谓件件精品,《小园清梦》《云想衣裳花想容》《纳凉图》《清溪小憩图》等无一不是上乘之作。总体来看,无可笔下的仕女大多刻画非常精细,容貌娟秀,体态端庄,或眉宇间略带惆怅,或眼神果断、坚定,画面亦常常不着背景,使人物呼之欲出,敷色沉稳清丽,毫无沉重之感。其笔法细腻,勾简意丰,造型生动传神,人物栩栩如生,给人一种秀媚古雅的风貌。从画面而言,只施淡彩,以水墨展现空间的延伸和空寥幽远的意境。虚实相辅,以有写无,形成脱俗越尘的艺术效果。均以点笔写意绘花草,意境优雅,云雾或虚写,或实描,各得天趣。

张爱玲说,出名要趁早。无可算得上是少年得志的,他在大学时期就已名扬天下。年不过三十,已创作画品上千幅,且精品无数。难能可贵的是,无可并未因此自骄自满,仍然泼墨不辍,常常求新求变,尤其是近几年来,他的作品风格发生了很大的变化。他已着力于从笔墨造型转向意境造型,从文人精神升华为人文精神。

二〇一〇年,我与无可相继离开武汉,我辗转广东回到南京,无可回到家乡的省城合肥。五年多来,他又相继出版《纸上行走》《黄金亮画钟馗》《一千个地理常识走遍中国》《黄金亮人物画》等散文和书画作品集,并在哥本哈根和中国香港举办“黄金亮写意钟馗画展”“黄金亮水墨画邀请展”“晓苑清风——黄金亮仕女画展”,在书画和文学创作方面可谓成绩斐然。同时,从五年前返皖伊始,他就着力创办《中国书画导报》和中国现代文艺出版社,并已成功策划主办多场全国书画创作交流研讨会,在书画和文化艺术的传播方面做出了巨大的贡献。我对他既钦佩又为之深感欣慰。

不久前,我和无可受著名作家、湖北今古传奇传媒集团副总编辑、《中华文学》杂志社社长兼主编杨如风先生之邀,同时出任大型综合性文学期刊《中华文学》杂志社编委。在去往武汉出席创刊庆典的高铁上,我与无可久别重逢于合肥,并在武汉东湖畔的酒店里有过两日愉快的“同居”生活。真可谓“夜雨剪春韭,新炊间黄粱”,“对床定悠悠,今夜雨萧瑟”。一时间,只觉时光倒转,我们仿佛又回到了几年前在武汉的某个寒冬夜晚月下凭雪对酌的情景,或者是仲春时节同游于武汉大学樱花大道,更像很多次我与无可在南湖畔畅

聊文学和梦想，相互鼓励至星光黯淡，晨光渐明。

这次相聚，对我二人而言，最大的欣慰莫过于在离开多年以后，在我们相识的地方，在多重社会身份之外，我们因为同一份文学梦想，又重新走在一起，并以同样的身份共事和为之努力。

最后，我想说的是，无可的才华是立体的、多面的，而非扁平于任何一个领域。他是当代书画界难得的新人，却已比很多前辈走得更远。他虽年轻气盛，却并不盛气凌人。同时，他又是大文艺圈和大文化圈少有的通才，他虽工于各个领域，却仍然谦虚内敛。或许是出于偏爱，亦或许是出于方家之外的一隅之见，我可以无恃地说：世间无限丹青手，半壁才华归无可。

说这么多的目的，无非是想穷我的一己之力尽可能地把最全面的无可介绍给大家。事实上，他在我这里，与上述这些方面几乎是没有重要关系的，因为他对我来说只是无可本身。

二〇一五年九月二十日

于　南京钟山南麓

看似语语纤巧　实则深衷浅貌

——赏蒋捷《虞美人·听雨》

少年听雨歌楼上。红烛昏罗帐。壮年听雨客舟中。江阔云低、断雁叫西风。而今听雨僧庐下。鬓已星星也。悲欢离合总无情。一任阶前、点滴到天明。

——蒋捷《虞美人·听雨》

这阕词虽为小令简笔，看似语语纤巧、字字妍倩，却深衷浅貌，绝非用力雕琢者所能为。寥寥数十字，撷取少年、壮年、暮年三个代表性时段，拣选歌楼、客舟、僧庐三个典型地点，以“听雨”的背景情节贯穿始终，珠珠相串，井然有序，画面简洁，无一处闲笔。

“以我观物，万物皆着我之色彩。”历代诗人写雨，总与愁思难解难分，“秋阴不散霞飞晚，留得枯荷听雨声。”“欲黄昏，雨打梨花深闭门。”“梧桐更兼细雨，到黄昏，点点滴滴，这次第，怎一个愁字了得？”在蒋捷的词里，却因时间、地域、环境的迥异，依次推出三幅“听雨”的画面，将一生的欢悲歌泣渗透、融汇其中。

“少年听雨歌楼上。红烛昏罗帐。”闲适浪漫不更世事，色调轻艳迷离。“歌楼”“红烛”“罗帐”等绮艳意象交织出现，传达出春风骀荡的欢乐情怀。少年时候醉生梦死，一掷千金，在灯红酒绿中轻歌曼舞，沉酣在自己的人生中。一个“昏”字，把那种“风箫吹断水云间，重按霓裳歌遍彻”的奢靡生活呈现出

来。这时听雨是在歌楼上,他听的雨就增加了歌楼、红烛和罗帐的意味,与忧愁悲苦无缘,是“不识愁滋味”的青春风华。

“壮年听雨客舟中。江阔云低、断雁叫西风。”人在漂泊流转中转眼壮年,多事之秋,色调慷慨苍凉。一幅客舟中听雨、水大辽阔、风急云低的江秋雨图,一只失群孤飞的大雁。这里的“客舟”不同于枫桥夜泊的客船,也不是“惊起一滩鸥鹭”的游船,而是孤独的天涯羁旅,孤独、忧愁、怀旧时时涌上心头。舟外的雨伴随着断雁的叫声,只一个“断”字,诸多意境跃然眼前,断肠离愁、亲情寸断,难言的孤独和悔恨。“客舟”及其四周点缀的“江阔”“云低”“断雁”“西风”等衰瑟意象,映现出风雨飘摇中羁旅流离的坎坷和悲凉心境。兵荒马乱之际,词人漂泊在人生的苍茫大地上。一腔羁恨、万种离愁都包孕在这幅江雨图中。

“而今听雨”的画面,是一幅当前处境的自我画像,一位白发老人孤身在僧庐下倾夜听雨,处境之萧索,心境之凄凉,在十余字中,一览无余。江山已易主,壮年愁恨与少年欢乐,已如雨打风吹去。“悲欢离合总无情”,是追抚一生经历得出的结论,蕴有无限感伤和悲慨。此时两鬓霜染的枯槁词人,由跋涉而停顿僧庐,阅尽世间沧桑,深味悲欢离合,虽有无奈痛苦之潜流,黯然低沉之色调,但过往之事皆成云烟,一切渐入禅家万事皆空之境,纵使以往的“流光容易把人抛,红了樱桃,绿了芭蕉”,亦懒得记取,索性“一任阶前、点滴到天明”。

三幅画面前后衔接又相互映照,均以意象化词语连缀而成,既有个性烙印,又有时代折光。方位名词的巧妙运用,是这首词的一大写作特点。“少年听雨歌楼上”“壮年听雨客舟中”“而今听雨僧庐下”。“上、中、下”三个方位名词,也许并非刻意安排,但确实又从中折见作者少年风流、壮年飘零、晚年孤冷的人生际遇,由此分明可透见一个历史时代由兴到衰、由衰到亡的嬗变轨迹,而这正是此词的深刻、独到之处。

“莫听穿林打叶声,何妨吟啸且徐行”的潇洒,蒋捷少年时必然有过,但到暮年仍少了“一蓑烟雨任平生”的旷达。欧阳修在《醉翁亭记》里写道:“野芳发而幽香,佳木秀而繁阴,风霜高洁,水落而石出者,山间之四时也。”其实,在蒋捷的雨声里,又何尝不能于一夜间听遍四时的变化?

二〇一八年元月二十三日

于　南京钟山南麓

一座城市的时光机
——读北岛散文集《城门开》

我来到这个世界,为了看看太阳和蓝色的地平线。

——[俄]巴尔蒙特

一九八九年,四十岁的诗人北岛被迫离开了自己的故土,城门在他的身后轰然关上。那时他叫北岛,写诗说“我不相信”。此后,他以一个流亡者的姿态,漂泊欧美,颠沛流离。十年里搬了十五次家,住过十几个国家。可以设想,一个被迫离开自己家园,过着流亡生活的诗人,面对着无处不在的乡愁和孤独,能化解它并维系自身存在的途径,必然是对故乡的记忆。

阔别十三载后,当父亲年迈病重,北岛得以回到故乡的时候,一切都面目全非:“现在的北京像一个现代化的大都市的活标本,和我的童年记忆完全隔绝了。”在自己的故乡成了异乡人,北岛仿佛到了一座陌生的城市。

记忆中的故乡支离破碎,漂泊仅仅是远离,这个词本身就带着落叶归根的渴望,时代的断裂才将一个人从故土上连根拔起。

在后来的几年中,北岛试图“用文字重建一座城市”,重建故乡。北岛的北京,德胜门外就是荒郊,蛐蛐在坟圈子里放声歌唱,街上卖三分钱一根的红果冰棍,穿着军装的男孩子们在校园门口打架,人们在护国寺的电影院散场之

后会走入百花深处，深夜有一群驴子走在胡同里，自东向西穿越整个都城。

一九五一年，北岛刚刚两岁的时候，纳博科夫完成了《说吧，记忆》。事实上，它是由一系列发表于一九三〇年到一九五〇年间的文章组成。尽管北岛从一开始就想写一本完整的书，但它依然是由许多记忆碎片构成的故事，每一篇都沉默而忧伤地坐着，被四十多年前北京的太阳晒得发烫。

在《城门开》的自序中，北岛说："我要用文字重建一座城市，重建我的北京——在我的城市里，时间倒流，枯木逢春，消失的气味、声音和光线被召回，被拆除的四合院、胡同和寺庙恢复原貌，瓦顶排浪般涌向天际线，鸽哨响彻深深的蓝天……"

一股缥缈，从开篇蔓延至结尾，甚至是逐篇愈浓的凝重、感伤、悲凉、无力与凄凉。北岛的这座城中，历史波澜起伏，曾轰轰烈烈，也曾经哀鸿遍野。人世的悲欢与离合，情感的投注与背叛，理想的憧憬与幻灭，都在这一代人的童年、青年、壮年甚或中年阶段疾风骤雨般一股脑儿扑面袭来。

或许，北岛他们这一代拥有了更加纯粹和高尚的理想主义情怀。而这些情怀，纯粹而简单，容不得半点瑕疵，好像空气，稍加异味，就会立刻让他们感觉不适。

炊烟侵染，北京的冬日，仰望那似有还无的星空，远眺视野尽头那些高高的被烟云遮断的城楼，告诉自己不用慌张忐忑，至少有城门为我们抵挡外来的伤害和灾难。或许，北岛再也找不到那个门之所在；抑或是那个城门连及那个城都是他虚构的，它们根本没有真正存在过。

门这一概念只对感应到内与外、进与出之差别的人起作用。久居城中而日益安逸的大多数人是根本不在乎城门外的悲凉和凄惨的。城门为谁而开？城门只为城外的浪子、孤魂、异见之徒而设置。而这开启的城门、敞开怀抱的城，只是他们梦境中的一个奢望罢了。

将记忆形诸文字是一种冒险，危险之一是打破记忆的不确定性。经过漫长的时间，过往的光阴错叠，许多时间与人物都难以确证，因而具备了奇妙的无限可能，可以被不断提醒、尝试、切磋。当这些记忆被文字固定下来，就从无限可能"塌缩"为被记录的唯一状态。与此同时，它又面临着被质疑的尴尬。当纳博科夫结束二十年的颠沛流离回到欧洲时，他的回忆遭到了来自家庭的批判，"日期与环境的细节被加以核对，还发现在许多事例里我弄错了，或是没有足够深入地检验一段模糊然而是能够彻底了解的回忆,或者,倘若真是如此的话,有证据表明它们所关联的并不是脆弱的记忆将它们与之联系在一起的事件与时期。"

然而这种冒险依然在被不断重复。回忆是指向来处的唯一途径,借此回答"从哪里来"的问题,以逃离与生俱来的不安。

在这样的冒险中被构建起来的故乡,难免有许多地方是值得怀疑的。但是这无关宏旨。对于一个流亡者来说,他的记忆之城才是真正的故乡,实在的土地却需要与之一一对应。北岛的流亡姿态曾是俄罗斯文学的主题:"诗人们清楚他们的使命,那就是讲真话。"

北岛的北京消散了,如今这座城市充满突兀坚硬的建筑。

"每个人的故乡都在沦陷。"

能用文字表达自我的人是幸运的,每个人都有童年和家乡,并且不乏那些记忆中的亮点或是特别之处, 可是大多数人日后并不能传递这些记忆,张开口却发现无法说出,仅仅把它们埋藏心底,带进坟墓。

北岛没有让我们失望,他的文字为我们重构了早已消逝得杳无踪影的北京城。那些似乎来自另一个世界的声音、味道、光与影,被诗人的笔召回,归位。墨水把钢筋水泥筑成的现代城市撕裂推倒,然后推开古老的半掩着的城门,扑面而来的是低矮的房,衰颓的墙,昏黄的灯光,以及阵阵槐香。

"乌云压低到避雷针的高度,大树枝头空空的老鸹窝,鲜艳的雨伞萍水相逢,雨滴在玻璃上的痕迹,公告栏中字迹模糊的判决书,水洼的反光被我一脚踏碎。"

童年的经验,在成年后常常只会以一种隐蔽的方式左右人们的思维和行事方式,而具体的事实则被压抑在记忆深处,被社会规范和理性原则改头换面,可是在北岛笔下,那些溢出理性之外的水滴被收集聚拢,它们所折射的斑斓光线也一一发散出来。

北岛的北京,是从"光和影"开始的:"在儿时,北京的夜晚很暗很暗,比如今至少暗一百倍。" 而二〇〇一年的北京 "就像一个被放大了的灯光足球场"。阔别多年后重返北京,让诗人大为触动的,首先是映入眼帘那无边无尽的灯光,而直接的效果是黑夜消失了。黑夜消失了,意味着星星也随之消失,还有那些会发光的虫子和只有在黑暗中才讲述的故事……它也是诗意的消失,一种古老的生活趣味的灭亡。文学的传统自古以来,就离不开黑夜。诗人,更是离不开星星和萤火虫。

靠文字堆砌起的城砖显得那么摇摇欲坠，尽管在他心里是坚固无比的。人生的无奈甚至连叹息都化作不得,只是历史长廊中的几声回响。

地理坐标不变,沿着时间轴向前,向前,城门洞开,站在当年的出发点,迈开双脚,一步一步去丈量这片陌生的故土。车马不能到的地方,脚可以到,只有脚之能及,或许还有丝丝往事在片瓦间留存。

诗人曾说过,一个人的行走范围就是他全部的世界。“如果说远离和回归是一条路的两端,走得越远,往往离童年越近;也正是这最初的动力,把我推向天涯海角。”

城门城门几丈高?
三十六丈高!
上的什么锁?
金刚大铁锁!
城门城门开不开?
……

这首童谣,被北岛当作前言放在书里,想必是京中孩童曾经传唱的,念起来摇头晃脑,京腔京韵,也是书名的出处。流亡者渴望归来,却遇到一座紧闭的城门,这是一个流亡者的梦魇。

《城门开》从歌谣开始,到父亲离去的沉重结尾,儿歌里的城张嘴就能进,我们心里的筑城,实在是城门太重,城池太深,砖砾锈蚀。

或许每一个流亡者都深知,故乡永不可抵达,也永不会幻灭。它深藏在记忆深处,在城门未开的那一头。回不去的地方是故乡,但是转身回望,永远是故乡的方向。

二○一一年元月七日
于　武汉虎泉

对抗与对称间的极致之美
——我眼中的丁喃和她的诗歌世界

当下的诗歌界不可谓不喧嚣，俨然一派繁荣景象。尽管如此，我仍然要说，万幸的是，我们还有诗人丁喃，在人间这份密集的惆怅中，涤净出一缕湛蓝，并逐渐扩散自己的光芒。

必须要承认，丁喃的每一首诗都带给我惊喜，一组诗一口气读下去，仿佛置身于一部电影大片中，让人目不暇接。若反应不够快，你极有可能是毫无所获的。可倘若你没有错过其中的秘密，那么你又极难在谢幕后轻松地退场。

她的作品每一笔都举重若轻，又雷霆万钧，人间最隐秘的暗语都被她洞见无余。与此同时，丁喃在生活中又有着极致的美，她热爱每一朵花开和云朵，人间的微末都有着她胸臆的温度。她的诗歌或许是弥漫着一种“旧”的光晕，却在这种“旧”中折射出时尚欢快的气息来。

好诗的具体尺度一定是存在个体性、群体性与时代性的差异的。丁喃诗歌文本的想象力、与生活的对称和对抗、语言表达的活力与哲学意蕴的存在等元素，都是鲜明而持久的。我姑且称之为“极致之美”。

我幻想自己如鸟铺满地面
甚至，降落优美于起飞

我亦有过这样的前传：
飞行之伟大媲美死亡
的确，在活着的暗淡之中
我曾像一滴鸟鸣那样流动

——《鸟记》

诗歌是关乎灵魂和心灵的艺术，丁喃的诗歌作品都来自诗人生命最隐秘的地方。她将自己的精神和生命体验，以这样一种更为直接和理性的方式不动声色地逐一呈现。

她也时常将内心的焦虑和急切，在单纯与简单中和盘托出。对爱、温暖、善良和美好人间情愫的沉迷，也往往让丁喃在习以为常的朴素和微妙中发掘更为深刻和深沉的光芒。

与候鸟相比，它们才是神性的源头
藏在翅膀下的手指，比我们更早
收悉来自悬崖的消息
可依然升腾在即将败落的叶子中间
眼里的溪水足够我喝上一生

——《霜降，有一群麻雀》

诗歌的空间仍然在加宽，诗人的才情还在加深。意境和情感在诗歌中的运用，可以显现一位诗人的写作功力。丁喃的诗，宛若将一幅清冷唯美的画卷铺展在读者眼前，既现灵动潇洒之姿，又有隐蔽的强大的内在力量。

沉寂在自我的内心，视察这世界。丁喃自我深沉的抒情和无际的深刻联想，也留出了诗歌自身合适的空间。“万物浓烈。他比凡·高骄傲 / 他穿越莫扎特的雪花与宫殿 / 他统领柿子树，统领田野 / 他走的那一天柿子树就是永夜”（《给祖父》），我们可以看到诗人的表达其实是自我内心爱的延伸，在对祖父绵密不断的深切怀念中，又不乏开阔之势。无论何时，祖父和故乡都是诗人最后的精神栖息地。

“爷爷，为了怀念嗜酒如命的你 / 我打开了一瓶啤酒 / 那些泡沫啊瞬间就流满了我的手指”(《给祖父》)。乍一读来，心情忽然陷入一种无法修饰的低沉,诗歌的“重”抒情,往往是这样的让人心疼。一层一层剥开,露出素骨,叙述伤痛,使这首诗歌的情感直达人心。

在当代文学创作的经验中,有许多人是由早期的诗歌创作转向后期的小说创作的。这或许跟个人的阅历有关,也或许是把诗歌作为小说的早期准备,语言的准备、意象和张力的准备。但丁喃不同,她带给我一种偏执的错觉,她是逆向而为的。她有优秀小说家的禀赋,却独独以诗歌的形式去表达。小说要数十万字方能表达完整的,她只寥寥数笔就给你一个简洁的画面,立体而流动,层层叠叠又不失序,不冗杂。从不需要歇斯底里地呐喊,却把一切都在不动声色中道得再明白不过。这或许就是真正的功力。

我铁的脾性在显现
我钟爱的南方之南在梦里喊我
它是我体内的钟
黄昏时召唤我身体里的酒　远方的树与烈火
我独自走向异乡　拖着长长的机翼
……
我的寂寥呼应了父亲的史诗
河边永远有暖阳　船被照得很亮
父亲和母亲共读诗歌的黄昏
葡萄酒的木塞子在河面轻轻晃动

——《父亲》

这是一条古典的忧愁的河流,弥漫着怆然的历史之尘。这种写作方式可视为悲观主义和悲剧美学的演化,它注重理性的思考,是一种由内心在压抑之下从情感中衍生的一种淡淡的忧伤,既非大悲,也非大哀,更不携带颓废色彩,是融入理性思考和辨识的情感。

“平民翻译了帝王　镜子取代了河流 / 而无论我沉湎于哪一种讲述 / 水都会在火炉上静静地烧开 / 像苹果树隐现于少年的红色面庞”(《父亲》)。丁喃长于意象与意境的炼造,在诗中丝毫读不出忧伤和离愁,反倒像一场华美

的演出。在与父亲的身份对话中，过往的一切记忆瞬间爆发，也成了诗人内心的召唤。多年来的“沧桑”一下就挥写尽出了。诗人寻求与诗学传统的切点，也寻求与变化着的生活世界的切点。

对接亡魂的节日在绵延
光亮的部分被抹去
你看到的黑，和无声树木
是逝去的长者再次告别自己
……
我再次蹲在小河边看你浆洗
你做的米饭像一碗结实的云朵
……
她们说我像空荡荡的你
亮着灯光的黄色窗口也像
喜欢抱膝打盹
害怕鬼神，远离祂们
又恭敬如树叶最顶层的那簇

——《祖母》

死亡是诗人的重大生命课题。上下之间，所有生命都是向死而生，死并非生的对立面。丁喃的写作在精神状态上显得相当放松，因而她的诗作节奏舒展、从容，诗思与情感的传达也颇为自然、流畅。她对传统诗学审美原则的理性难能可贵，“浪漫与古典”并存的审美情趣是诗人极为鲜明突出的诗歌风格。一个真正的诗人，回到诗歌本身是尤为重要的，丁喃将家园的回归、自然的回归、精神的回归、生命的回归，以充满个体色彩的诗歌写作来实践其诗学理念。诗人自觉地向传统的诗歌审美原则、人文精神与艺术方法的靠拢与接纳，除了有续接传统的一面，还呈现出超逸性的一面，即呈现出现代性的价值取向。诗人对既往与祖父的经历和物象致以深沉怀念，又在生死交错时刻表现出淡然和从容。在生与死的隔界外，一场无法抵达的牵挂，却在世界的另一维度里，这层隔界却不自支持地化于无形。

“我该向它表达半生歉意 / 一个浑身弱点、满眼雪花的人 / 来得太迟，她晚于蜂蝶 / 晚于第一句诗的到来”《或者》。丁喃在绵密朴素中却别有深沉和幽远，流淌着一阕古典的情怀。“梨花”“铁轨”“白描线稿”“一个笨拙之人”都弥漫着月光的清丽之美。每一样都寂静无声，但又好像是极其密集的热闹，就像汉字与汉字在浩瀚的辞海中有序地相遇，最后成为翻动的唐诗集。

“为何对春天怀有独一无二的警惕 / 我深知爱穿白衬衫的人未必干净 / 手指山峦的人内心起伏 /”(《我始终像瓜果结在秋天》)。我们用泥塑的身与心，在大地上寻觅和解读。人与万物无不生于尘土，诗人将丰富的意象聚焦于一点，从而折射和透析生命的本真。

丁喃的才情和丰富多变的创作技法，是让人折服的。她似乎有意对抗当代简陋甚至粗糙的创作风气，却又在现实与理想、继承与开拓、华美与朴素之间保持了恰到好处的对称。她像一位孤独而坚定的朝圣者，走过每一寸时光。她或深或浅的足迹，轮回之中，温情不减。她的诗充满瑰丽的想象，意蕴丰盈，又往往不失单刀直入的力量。丁喃的诗歌世界，为我们展现的是，精心布局，道出一排自然之美，即便是痛苦，也一样轻若云烟，却留下深植于大地的厚重的爱。

二〇一八年七月八日

于　上海浦东瞻园

庚辑

长短句

我的母亲是一位诗人
给母亲的生日诗
给哥哥的诗
三十岁以后
是你
雪满山中
乡居岁月
鸟儿来到浦东
做你的鱼
我的帝王梦
在清晨醒来
书名号
回家
树
汉口路二十二号
进山
问候
超重
列车开过麦田
永世
陌生的旅行
写给瞻儿的诗
我知道你在成长
在梦里写诗
嘿！你回来了
虚掩的房门
归巢
春风十里
养一匹马
从中秋节出发
在橘子洲
呵！穷人
从辋川到汴河
任性的孩子
抵达与离开
哭泣的世界
地下铁
我们如此相似
桃花不歇
明天醒来
戏李杜
改变
左右脚
半山生活
匆匆
端午

我的母亲是一位诗人

十几年来，大抵上除了每年的春节能陪父母享受天伦之乐，其余各种节日都未能陪伴。

今年春节离家的路上，我暗自决定，从明年起，各种大小佳节都要尽量回到亲人身边，譬如端午、中秋等传统佳节和双亲生日，皆不可轻易搁置。

此外，各类浪漫之期亦不可废。那么，情人节就陪爱人和岳母，七夕陪父亲和母亲吧。为此，我已在竭力创造先决条件，不留遗憾。

今天是母亲节，有涉母亲的诗文，从一早上就在铺天盖地地传颂，这是一场关于母爱的盛大赞礼。仅以下面这首诗向我的母亲致敬。

我最喜欢的女诗人
是萨福、米斯特拉尔、申博尔斯卡
以及我可爱的母亲
母亲最好的作品，是她的一双儿子
当然，这只是她自持的创作观

年轻时候，母亲在稻田里泼墨挥毫
也曾在麦地上纵情书写
她在大地之上弯成一张弓
以最优美和舒畅的诗人姿态
刻画四季的形状
每一阵山风吹过，都对她发出赞许
她的作品，被雨露翻译成多种语言，流传甚广

后来，母亲去了城市
她不再用镰刀、锄头和汗水作笔
她时常站在城外的铁轨边

用一列列向东出发的火车写诗
每一次提笔都是几千里
舒缓含蓄,奋笔疾书,恣意饱满
分寸和力度,她总是得心应手
她的作品山河读过,大雁读过,红鲤鱼读过

在母亲看来,她也曾获过很多奖项
她的领奖台大多设在火车站和机场到达厅
她的奖品是从她诗作流传最远之地
回到她身边的儿子
事实上,母亲并不热衷于写诗
倘若儿子可以不再流浪
她宁愿一辈子不再登上领奖台

母亲仍然在用她斑白的两鬓写诗
她的新作开始用"奶奶"署名
虽然,这些年来,对于"诗人"这个身份
母亲向来是浑然不知
就像她不知晓萨福、米斯特拉尔、申博尔斯卡
写诗这件事,她或许是停不下来了
没办法,谁叫她生来就是诗人

给母亲的生日诗

在谷雨之前
母亲的六秩诞辰就已到来
以前,我会时常给她打电话

千里之外,总是言说不尽

不知起于何时,我惰于理会
新鲜事物。连手机也成了无声设备

而母亲,她的进步让我惊讶
她先学会了微信打字,乘高铁
从成都东到了长沙南
再登上航班,自双流飞往浦东
她在朋友圈为我点赞,戴上老花镜
一字不漏地阅读"和者不寡"

今天,我重新拨通母亲的电话
心跳如雷,仿佛初恋般手足无措
母亲在电话那头,并不提及
天气冷暖。更不关心时政要闻
我们都故意不提诞日的事情
她只说:你要忙,就先忙去吧!

挂上电话,我背东面西,轻声一语:
我的"诗人"母亲,生日快乐!
这瞬间,长江逆流西回,每一朵
回旋的浪,都欢腾成"寿"之形

给哥哥的诗

二〇〇八年秋日的下午

我第一次从诗文出发
穿越泛黄的纸,去抵达你的笔端
和几案。既而仰望这世间
关于美的造物主。为此
我已乘列车,奔出北京两千里
以及许多个幽幽曲曲的夜

你穿堂进来时披着一身霞晖
长发飘然,如木,如杨,如风
如英俊的王。世界听从指令
退至你身后,你聚集着日光

你说:“有些酒杯从未相遇
却已在梦里醉了许多回”
于是,你擎起一只只杯脚
将《桃花渡》一饮而尽
又为我,斟满《资丘古镇》《鹰》
《我的墓志铭》《金木水火土》
……

你仰天豪言:“弟,来啊!
这些都是哥哥千年的窖藏!”
百觞、千觞也不醉。你眉心微蹙
就蜿蜒出一条清江,直接汴梁

此后经年,我纵横东西
舟楫南北。却走不出你的召唤
我从桃叶渡去看你,采秦淮的风
我从合江亭去会你,摘锦城的花

我从敕勒川去访你,寄塞外的雪
我从岳阳楼去拜你,橐洞庭的月
我从幽州台去见你,囊京都的酒
……
而你。迎我古琴台,送我黄鹤楼

极目楚天,山高水阔。在世界尽头
你召集鲜花和小草,做回清江的王
我唤回蝉、蛙及鸟群,结蜀中的网
你是哥哥的模样。我有弟弟的荣光

三十岁以后

有很多改变,发生在
三十岁以后。而立之年能立的
已立起。未立的也懒得搭理

三十岁以后,不再追求
酒池肉林,鲜衣怒马和长安花
开始深居简出,蔬食长斋
蜀中的麻,潇湘的辣,别处的酸
都装进少年记忆的博物馆

三十岁以后,不再
留意满大街妖冶的美女
却乐于收集酒店门缝里的小卡片
凑足五十四张,斗一宿地主

三十岁以后,白酒都已成为
不及物动词。桌上只剩下
来自武夷山的红茶
杯里的味道一次比一次浓

也经常幻想,四十岁以后的事情
每天醒来,会在脑里数一遍
剩下的朋友、兄弟。以及
妻儿和父母,还有最后一点梦

一切似乎都还不错,其实
我也算得上富有

是　你

我从不问如来和西天
更不问前世和来生
这人间只你一人,就是
我的秦淮八艳和金陵十二钗

窗外簌簌不停的雪是你
明孝陵里那一顷凌寒的梅
娇红在雪上,每一株也是你
还有八百里密集的马蹄声
从格林尼治到埃尼维托克岛
二十四个时区里,都是你

而我，每一根骨头和细胞
皆化作飞鸟，它们衔着露珠
列队成你的名，神情一致
飞过。积雪融解于你的屋顶
暴雨一般，珍珠断线一样
砸碎一粒粒我收拾不了的思念

我还要和盘托出，我的前生
和往世，童年和迟暮
把天地万物做乘法，都化成你

雪满山中

雪满山中，河流凝结
航班困于跑道，高铁拴于月台
出发与到达都凝成名词

唯有你，从定格的林下走来
那飞飏的雪花是你
停泊的舟上晃动的棹是你
五千年来的一切动词都是你

雪收藏了铁轨，城市无法通达村庄
山脊、江堤、麦田都一般模样
无非是积雪选择了凹凸或凸凹
我们也完全一样
世界隐去，多余的人隐去

更多余的尘世的喧嚣和束缚
都统统自觉地销声匿迹

雪上不经行一匹瘦马
风里不掠过一串驼铃声
我们相顾无言
仍旧是两个洁白的妙年

嘘！谁也不要出声
真怕来自我们喉间的呢喃
会震裂一座座雪川
更怕涌于心底的深爱
会溶解冰封坚硬的江河
只要我们不动声响
世界就是暂停键上的名词

亲爱的！让我攥紧你的手
沿着逆时针一路奔跑
倘若速度足够快
就能赶在雪停下来前
抵达原初的地方

乡居岁月

你在山间午后的日光中醒来
久不睁眼，软语依依：
“我睡了多久？”我凝视怀中的你：

太阳西斜了三十五度，一百二十八阵鸟声经行枝头
我眼里奔出的千军万马，列队整齐
从你饱满的胸脯上跑过，又凯旋调头
你身下的草地，掠过乡间和煦的风

你仍然不睁眼，只是说：
这还不够久！我要下一道密旨
让太阳再下去五十五度，鸟声化作密集的星斗
千军万马、明月清风，都幻化成
你的唇，你的手，和向晚的弓

鸟儿来到浦东

寒潮过后，春天总算到来
过去一年上海外来常住人口
数量呈现负增长
然而，浦东的鸟儿
却比往年密集了许多
它们的籍贯天南海北

接连好一阵子，天不见亮
窗外的枝头上，就开始聒噪
仅听那鸟声就能判断得出
树上的拥挤肯定已超过
早高峰的地铁二号线

想必此时，它们家乡的群族

尚且酣眠在巢。苦了虫儿们啊
再也不敢随意出穴
任凭那枝头的叫声多么急躁

做你的鱼

“你又要出门！”
见我默不作声，她端上
一杯苦艾酒，灌入我肠
我说，好吧。你且做我
刚从河里钓回来的鱼
清蒸也好，红烧也罢
都随你所好
只求为我多撒几层葱花
到了饭桌上我吃葱
你吃我。吃到最后
你会发现，其实我的嘴
并没有被鱼钩划过的痕

我的帝王梦

八个礼仪小姐及着红裙
无一例外地高挺着胸脯
踩着高跟鞋从台前列队晃过

再绕到台后叮叮咚咚地踩回去
她们的芬芳划出一个圆
把坐在主席台上的我囚成圆心

她们手中托着奖杯和荣誉证书
奖杯再托着她们饱满的胸
获奖者实在众多
她们不停地登上来,又走下去
半个下午,整个舞台就循环于
一连串节奏分明的震颤中

这般感觉真让人目眩神迷
有那么一瞬间
我真想做一回古代的帝王
遇到风调雨顺的盈车嘉穗之年
就把后宫三千佳丽,拉出来
走上他整整一下午

在清晨醒来

太阳来到我的房间
掀起我的被褥
扯开我的扣子和衣服
尔后,我们就这样对峙不语
谁也不敢先动一步
窗外的鸟声一阵密过一阵
仿佛无数个爱凑热闹的围观者

而我被解开的衣裤
却躲在墙角瑟缩发抖
当然,谁又知道
它们到底是不是蠢蠢欲动

书名号

每一次想你
我都给这桩事
打上一个书名号
并在心里隆重出版
让它从此变成典籍
在我经行的路上
随意取阅和诵读出声

回　家

列车在垂暮中抵达
一只鸟飞过低矮的云
路上的人,急着往家赶
我伫立于路口
仿佛众多路灯中的一盏
目送他们陆续回家

树

就做一棵树吧
给方寸之土就行
只要能安静地生长在这里
不再像草芥道路为家
要是做梧桐或香樟那最好
我将用细挺的腰
撑开一片莽苍的林
纵使四季轮换也坚定站姿
更不会惧它风雨和雷霆
就这样站着吧
立在行道两边也好
盘于高冈崖罅也罢
我绝不阻碍他人的方向
更不遮挡旁者的日光
我只愿，把道路让给列车
将远方还给飞鸟

汉口路二十二号

我到过的天堂
是汉口路二十二号的模样
在北大楼前，我愿做一棵树
法国梧桐、水杉、雪松，或者一株翠竹
只求终身不毕业

永世不被一纸学位证赶出校门
每天吟诵圣贤古书
从宋词唐诗到诗经楚辞
从晨光熹微到日光薄暮
喧嚣是民国的书声，沉默是魏晋
的风骨
半个世纪前余光中先生缺的课
我每一节都会替他赶上
铁塔铜钟的呢喃与仙林的应答
有我头黑、头斑、头白的合唱
纵使有一天我被风雨摧折
或是被虫蚁倾圮于土壤
我的根系连同枝叶也将长留此间
以春泥之形
更护北大楼的常青藤
由春爬满夏,从绿绸缪至黄

进　山

还进山吗？他们仍在长眠
该说的早已说尽
再去也不会有新的语言
难道想了却紫霞湖畔的私情
不必了吧！都已随露水散
你只会重复低吟那两句：
但得人生再百年
不负王气与诗山

问　候

今夜，月光如水
我想念一位从未谋面的朋友
我想向她表达问候
就像燕子问候春天
柳树问候河流

我想念很多年未联系的旧识
我想向他们表示歉意
就像一株野花致歉最远的小草
古老的塔致歉一曲童谣

我想念一支废弃的钢笔
我要向它致以敬意
就像猎人致敬退役的猎枪
列车致敬停运的站台

我也想念很多在路上邂逅的女人
我想向她们诉说情欲
就像久旱的大地渴望甘霖
将要成熟得紧的果实渴望秋天

呵！还有啊
我想念一个尚未到来的孩子
我想向他传递希望
就像最长的夜等待黎明
准备出海的船等待桅杆和风帆

超 重

无数个不同表情的我,围成一圈,做加速圆周运动。他们是不同年龄的我,被周围超高分贝的声音牵引着,丝毫停不下来。

自诞生起,我就登台表演
剧本堆成山,角色频繁转换
从学步萌宝,到少先队员、团支书
于是,再换一沓剧本吧
儿子、情人、丈夫,再成为父亲
脊梁逐渐被压成一张弓

那陌生的人也招呼我
小伙儿、老师、师傅、眼镜儿
三四十年光景倏忽而过
仿佛一次寻常的日升月落

此外,我也积极创造社会价值
木匠、司仪、魔法师、贴膜师
午夜节目主持人……
直到有一天
我在机场办理登机牌
被柜台的美女居高临下地审视:
你的头衔太多,严重超过二十公斤
请办理随机托运!

列车开过麦田

两列火车开进站台
兄弟们就要分别
一列向西,一列往东
我们拥抱,并互致祝福
麦田上的风吹过来
火车就在麦香中起程

列车相向而行
我们把骊歌唱彻山川
别离的泪一行行
像枕木一样铺向远方

不论东去,还是西还
纵使再快的列车
也驶不出这片麦田

看啊! 往前的道路都平坦
桥梁坚固,隧道也光明
每一株麦苗,都在噌噌拔节

永　世

梦里依稀是见了
你脸上含笑的花瓣

散发缱绻,一夜花香
晚来寂静的风
吹过铺满你红尘清冷的小巷
古老的窗,一扇扇地开

从这个黎明醒来
那些由远及近的思念都将入诗
我永世为你吟唱
一份永世倾城的爱
我用恪守生死相偎的许诺
与你的生命一起终结

陌生的旅行

上月末,毗邻复旦赁得一宅,带小院二三十方,门前有香樟几株,干高枝茂,庭后有梧桐、水杉、斑竹,数量虽不繁,却皆系我所喜之物。

我曾欲为此宅取一雅号,譬如"香樟别院","香樟"二字好解,无非门前之物罢了。只"别院"非旧时意义中主院附近的另一院或偏院,更不比时下各种豪宅的名代,而是再简单不过的"别人之院""别时之院"的意义罢了。毕竟这只是我三五年的寓身之所。

宅寓中有一间书房,书橱里陈列着满满的书籍,大多已泛黄,料是上了些年月,可供我闲暇之余随意取阅。是夜一瞬之感,遂成小诗。

梅雨季节的上海,杨浦的夏虫
把夜灯唱睡,我躺在书房中央
仿佛撞进无数人的故事,将与
许多人同眠。那书橱里的书籍

绝大部分非我所有，尽管当中
许多故事，我老早就有所耳闻

儒林外史、镜花缘、湘行散记
悲惨世界、基督山伯爵、简·爱
……
今夜，他们也像换了陌生的妆
我这张床幻化成一叶漂移的舟
从夏日的芦苇岸边，驶入长河

我仿若要经历一场陌生的旅行
那些故事里的事，相爱与仇恨
悲伤或欢喜，圆满的，破碎的
无不是生命的浪花，舟过无痕

写给瞻儿的诗

年少时舞文弄墨，铺张扬厉；而立之年后，对世间万物皆持冷静，作文亦含蓄平抑，弗愿明表个人厌恶和情感，苍苍然若老翁之态。然肇为人父，大有所变，心内爱子之情，常恣意喷涌，不愿有所抑。人生如寄，多忧何为？怜子而诗，日后期成系列，下为首篇。

瞻，不见你的这五天
爸爸多么想你啊！

我总幻想你开心地笑着
你的四颗洁白的门牙

在晨光里格外地活泼
你每一次伸出双手拥向我
你新生的牙，盖在我脸上的印
你熟睡中偶然的笑语
还有梦见美味会吧唧吧唧的唇

爸爸不在，你睡得安稳吗
是否怀念我离开前，在你耳畔
絮絮叨叨的那些听不懂的故事
五天啦，你肯定长大了许多

等不及了，爸爸必须立马回
快过风和雷和电和光的速度
用最短的时间出现在你面前
我要重新抱起你，你爬上我的肩
再溜到我后背，等我双手
把你勾回来，重新举向秋阳里

我知道你在成长

我知道你在安静地成长
在我远离你的每一天
我跨过一座高山上的桥
你正在喜悦地笑着
吮吸自己的小拳头

我知道你在健康地成长

我路过一条鲜花怒放的野径
妈妈正在带你打第二针疫苗
跟第一针的情形全然不同
所有的孩子都哇哇地哭
唯独你连眉头也没蹙一下

我知道你在快乐地成长
在我疲惫地倒下床头的瞬间
大雪骤至　鸟雀飞过屋檐
你欢叫声连连　咿咿呀呀
讲述着妈妈尚不能破译的密语

我知道你在幸福地成长
你出生的湘春路上
时已隆冬　却仍旧绿意盎然
你在妈妈怀里蹬着双腿
想从这里探到更多新奇的光

我知道你每天都在成长
我整装待发走向朝阳
你开始长出第一颗乳牙
但你并不知晓爸爸在远方
等你懂得思念时
爸爸会一直守在你近旁

在梦里写诗

在梦里写诗
频频有出彩的句子
生怕一觉醒来
就什么都不记得了
后来啊！还真是那样

也有时候,在梦里
仿佛什么也没干
可醒来后
枕边光芒四射
是闪烁一夜的诗行

嘿！你回来了

世界昏迷　我梦见自己
白发三千丈　脸上沟壑纵横
我终于可以不再流浪
以往路过的村庄　和半路上
那个从未谋面的叫“桂琴”的女人
都是别人的　我也不用再读书
那里面都是别人的故事
唯有白发和皱纹　始终对我忠诚

笔和书以外的世界　风雨飘摇

将来和过去一样
墙角的锄头、扁担　锃亮无比
我冷不丁一锄头下去
就挖疼了整个春天
这都不碍事　想那繁花锦簇
处处闻啼鸟　两山排闼送青来
这点儿疼痛算得了什么

池塘中的倒影
竹林、烟树、梅花、南瓜藤……
我肩着一扁担的蝴蝶踩过
最后　站在废园的柴扉前
童年的我握着书　隔着雾　隔着月光
摇头晃脑地走出来
对这一切　他仿佛早有预料
他得意忘形地望着我：
嘿！你回来了
我颇感不悦　训斥他：
把手上那书扔了吧，
这辈子　先读透彻你自己再说

虚掩的房门

为何让我夜夜梦见，梦见
你寂寞的虚掩的房门
在门外，我徘徊在四季
四季也一样灼灼不安

你暧昧的邀请,像一道光
让我无处遁形,逃亡
终究不过是徒劳
再说啦,我的内心也不会允许
既然这样,那就靠近吧
为这经年的执念,酿一坛酒
无论醇香,抑或苦涩
你在屋内,我在门外,欢饮达旦
唉!就这样吧。就这样好啦
就像以往很多次一样
徘徊在四季,彳亍于屋外
看啊,去往纳木错的这一路上
星星已开始黯淡,露水也忙着蒸发

归　巢

夕阳之下,麦田之上
倦鸟们结队成群,盛大地归巢
初夏的风,抚动古老的弦
每一根麦苗都致以友善的微笑
向落日,向群鸟,向这次归巢

看啊,最强健的鸟,伴着最衰老的鸟
它们翔姿一致,神情同步
你再看!那长势最好的麦
也呵护着最孱弱的苗
从不抢夺他者的土壤和阳光

队列有序,每一棵麦苗都相互尊重
等到麦穗缀满,变成金黄

夕阳之下,麦田之上
夜色就要闭阖,风吹过麦浪
群鸟与群鸟,翅膀和翅膀,连成夜幕
夜晚之后,在黎明一同飞向朝阳

春风十里

你怪我,到底还是去了远方
温暖抵达不了,都冷在了路上
事实上,你我之间,不过春风十里
我数过了。七重山而已
群山之外依旧是长江
关于这些,它们都记得。你住长江尾
我从长江头而来,跋山涉水
虽道阻且长,却也曾两岸猿声轻舟过
只是,这最后十里。让春风来走
别记恨碧山阻隔,也别记恨暮云遮
你看夕阳,从一座座山头过来
只一个夜晚,又从一座座山头回去
你再听听,溪边的烟树,就要绿得紧了
树丫上最接近天空的巢
也在蠢蠢欲动。不再道路为家
待春风吹起,这些沿河的窗
就往你的方向一扇扇地开

到那时。我扛花去看你。就算我不去
花和蝴蝶,也一定会去

养一匹马

在城市的花园边
我要养一匹马
每天喂它粮食、果冻和自来水
我们一起长大
有一天　我会骑上它
背上晨光和芦苇
起程回家

在此之前
我会耐心地给它讲述
奶奶墓冢前　小草的模样
她离开时　交给我那个浑浊的黄昏
她的掌纹　从故乡铺满天涯

我还会告诉它
昨天　就在我给它喂食、捋缰的时候
家公[①]躺进了棺中　一脸安详
他叫我不要哭泣
那样会湿了他的衣裳
浇了路上新燃起的油灯

---

①家公:四川南部一带对外公的称呼。

棺盖之上　一行白鹭整齐落下
它们的神态一致　未见惊慌
当晨光再次出现
鹭群将护送家公入葬

山冈南腰　繁荣的杂草被覆之新土
那是我从童年开始　必定经往的地方
家公将睡在那里
一如曾经无数次　迎送我一样
目光湛蓝　站成山冈上一棵苍老的松
他的坟茔朝向北雁之所往

等青草重碧
我将骑上自己养大的马
带着日光和芦苇
向童年的道径　一路飞扬
不等晚霞消散　我就抵达山冈
用日光和芦苇　为家公编织成裳
星月低垂　纸烟在墓碑前升起
远归的雁群欢快集来
娓娓讲述　在途中他们遇见的青年和马
还有每一个明媚的村庄

从中秋节出发

黄昏浑浊的秋天　我不再写诗
将青年的梦想最后一次打包　带上火车

去跟很多年前的一场日落做个交代
看看敦煌、吐鲁番、贝加尔湖和碎叶
还有很多唐诗宋词到达不了的地方
埃及、里海，以及被推倒后的柏林墙……

车过阿拉山口　我会向东回望
这里的风很大　却吹不到长江
一千年前的这个夜晚　东坡曾欢饮达旦
妈妈，我也举一杯这陈酿千年的月光
与你共一回婵娟
酒入愁肠　未走一半　月光却与东坡失了关联

走吧！前方的隧道已亮起灯火
每一座桥梁都将同车轮和鸣
只要与时间相向而行　就会抵达哥本哈根
那里的城堡依然坚固　车流繁忙
从欧登塞驱马往南，不出半日光景
就能赶上布鲁塞尔的春天

幼发拉底河瘦成一条苍老的夕阳
老态龙钟地爬上两岸的枣椰
两只失去天空的白鹭
在稻田和麦地上　已对望了一千零一夜
我亦无法两次踏进同一条河流
只能任由美索不达米亚文明　在河底缄默不语

继续走吧！去枣椰林的下游
越过金字塔，一直往西，就是苏格拉底的故乡
那杯毒酒穿肠，轰塌的不只是一个卫城

朝阳初现，断壁之上开满洁白的茉莉花
千年的馨香不绝
拜伦骑马经过，雪莱的云雀问子安好

古典的月光如雨，一个穿唐装的青年
逆了千年万里，正在抵达

在橘子洲

公元七六六年，杜甫友韦之晋调潭州刺史，自蜀中投之，待至而韦卒，甫以贫病之身客居长沙。杜甫客寓长沙三年，留下数十首不朽诗作。

到长沙许多次，我曾造访名胜古迹不在少数，岳麓山、岳麓书院、麓山寺、爱晚亭、湖南大学……却唯独未登过橘洲，趁归蜀之期渐满，从橘子洲大桥及洲，惠风和畅、春色饱满。至洲头，江流浩瀚，山水洲城一色。天欲晚，乘江舟过水，及西岸，归。

在橘子洲
东面览城楼，西面望岳麓
隔着水，隔着洲，相互倾慕、厮守
城市自古繁华，山岳从来毓秀
爱晚亭、拱极楼、天心阁，恁自风流

在橘子洲
湘江从洲头分流
二水化作凤眼明眸
喧嚣向左，是人间的烟火
暗涌往右，是千年的遗梦

在橘子洲
春天从这里登陆
姹紫嫣红就要吹遍江洲
长堤的烟柳一簇簇
青山也在倒影里尽情放歌

在橘子洲
远眺杜甫江阁,东岸之上
宛若隔着一个多情的春天
只轻轻挥一挥衣袖
就能把江南的脉络细细触摸

在橘子洲
麓山的书声稀若山风
星沙软侬,何分湘蜀
一叶扁舟,满载三叠离愁
竹篙轻点,就见浣花溪的呼灯篱落

在橘子洲
只稍作分别,江水又在洲尾合流
一路北去,山长水阔
有诗书家国梦
也有布衣蜿蜒千里的眉头

呵！穷人

只有穷人才是善良的，快乐的，有福的，过卑贱微末的生活有极大的乐趣。

——[法]法朗士

大江东去　五千年不回头
李白、杜甫、苏轼　隔空对饮
在这之前
蜀道之巅　是孑然一身的羽衣
白帝城下　猿声鼎沸
浣花溪畔为秋风所破的茅屋
洞庭湖上最后的孤舟瘦影
黄州、惠州、儋州归来
他立于船头　舱内是“三传”[1]的墨香
其实　他们都是羁旅一生的穷人

五斗米何足折腰？
东篱下的菊　已融融冶冶整座南山
索性就挂印归了桑田
长安城的繁华
权倾天下　皆作烟云过
卿相到白衣　奏疏还丝弦
只愿深居于一个辋川
孤山的梅似乎从未凋谢过
门童一纵鹤放飞

①“三传”：苏轼晚年作《东坡易传》《书传》《论语传》，他认为完成“三传”可以“瞑目无憾”。

疏影横斜　姓林的布衣棹舟归来
他门前的常客　从郡守到丞相、帝王
其实　他们只想做个衣不文采的穷人

雪从德令哈下到了山海关
麦子来年的长势一定喜人
多希望　你最后躺下的地方是怀宁的麦地
或者　你骑走那匹用梦做成的马吧
可是呢　除了木箱子里的诗稿
偌大的春色里　只剩下骆一禾孤独的背影
不过一个多月光景　他也悄然退场
你们相约"在一条天路上走着"
而未名湖畔的"三剑客"
那位最后的生者　形影相吊
在天才的和声里　成了最穷的诗人

大江东去　浪头有它的方向
只有沿着时间之河溯回
我才有极小的可能遇见你们
愈是溯回我却愈加衰老
而你们始终年轻如明亮的少年
我常幻想　借一叶扁舟
纵横江海也要找到一座孤岛
在岛上　开垦一块田地
麦芒在金色的朝晖下光芒万丈
倘若再奢侈些　我还想在屋舍周围
手植一排孤山的梅　再煮一壶醪糟酒
雪天来了　一面畅饮
一面等候辋川遥远的琴音
索性做一个十足的穷人

从辋川到汴河

近来照旧忙忙碌碌,所忙之事,无一件与己有涉。二〇一六年的诺贝尔文学奖于我最大的意义,是更深一步熟悉了叙利亚诗人阿多尼斯和他的诗歌。至于那位“写诗给耳朵听”的诺奖新科得主,我兴趣了无。

我曾在很多场合反对“严肃文学”概念的提出,我认为在“文学”这个词前面冠以“严肃”“纯”“正统”“通俗”“民间”“报告”“网络”“快餐”“下半身”都是一厢情愿或者说是狭隘的,那都与文学本身没有多大干系。倘若是为了给后来的研究者提供便捷要做些界定,从时间、地域、语言的维度去做些划分,倒也是无可厚非的,譬如唐宋文学、俄苏文学、英美文学等。

《礼记·乐记》记载:“诗,言其志也;歌,咏其声也。”早期,诗、歌与乐、舞是合为一体的。后来诗、歌、乐、舞各自发展,独立成体。以入乐与否,区分歌与诗,入乐为歌,不入乐为诗。诗从歌中分化而来,为语言艺术。我相信,《荷马史诗》的伟大绝不是因为“用古希腊传统歌曲创造了新的诗意表达”。

今天,我想重新支持“严肃文学”的提法。这里所提的“严肃”不同于以往对文学的“高贵正统”的维护,而是作家与评论家对文学的态度。至少在我看来,诺贝尔文学奖这一年的评选是多少有些不“严肃”的。

很长时间不写诗了,偶然的一个深夜,我拉开酒店房间的窗帘,让街上的路灯昏黄的光落进来,我仿佛找到了一条密道。那一夜,我获得了许久不曾有的好睡眠。

听我说,在很多年前的秋天
我渴望被一列火车带走
去哪里都行　最好是向东　越远越好
芦苇、河流、湖泊、大海、日出
那些诱惑　都弥漫着夺目的光

对啊!那个秋天如我此刻
乘高铁正路过的季节

落日躲在云层背后
秋雁从野地之上　结队飞过
我从一趟蒸汽式列车的烟囱
潜入大地的深处
抚摸那些沉睡的肌理
容颜变迁时　就走完了五千年
这一路上　我也并非无可留恋
譬如魏晋的菊　　盛唐的辋川
还有汴河上喧嚣的棹

我也未曾料想　会再从烟囱里出来
尽管我的身体还停在壮年
可是脸上早已沟壑万千
更让我意外的是
这里的河流　比我苍老得还要快
天空阴霾　群鸟盘桓　荆棘繁荣

那些照耀远行的灯　都已羸弱
等再过两个春天
我将带领孩子们　去河边垂钓
鱼钩一拉　就钓起半个盛唐
童谣清脆中　展开一卷《清明上河图》

任性的孩子

我多想回到你身边
一直做个任性的野孩子

我扑进你的怀里，哭也好
笑也罢，或者就只是安静地
一动不动，像童年时候
对的，你的臂弯
就是我幼时的摇篮

不论我走多远，离开了多少年
只这一扑，我还是那个孩子
外婆啊，让我放任地哭吧
这世界上，我只能朝你哭
像孩子一样地哭泣
不！我就是你最疼爱的孩子

我知道你什么都不会问
你始终明白我的一切
等我哭完，天空又会明亮
而我，还会朝你开心地笑
哪怕泪珠尚挂在腮边
我也会问你要一个橘子
或者一碗香葱鸡蛋面

抵达与离开

亲爱的月台，咱又见面啦
列车心平气和地驶出
向这座城市作一次友好的告别
趁白昼才刚刚起始

风拂过来,万户千门就入了画图
春色累累成无垠
油菜花都谢了,桃红余剩无几
毕竟,怒放只是刹那的蓬勃

看！此刻的春景可不那样
春风从容,春雨柔和,春水轻缓
连那两岸的猿声也低软迂回
这样的春天岂不更好些?
任由列车开吧,它去往哪里都是春
风不再干扰炊烟的飘向
弓将永藏,鸟结成群,自由地翔

河洲新绿,群山万壑也换了妆
陌生的朋友,我对你只字不会提:
蜀中的梅香,梅林江源头的毛笔
以及钟山南麓的燕雀湖
我把它们束成一条河
在梦里,在四季,在辞章里淌
不制约它的潮汐,不左右它的流向

我的余生已不再染酒
来吧！就邀你染指这萌动的春水
不茹荤血的我,形状未见消瘦
反倒是这世界,你看多么丰腴
对啦,列车还在往前开
它带我去见思念多年的人
说些出格的话,再做些暧昧的事
管它去楚国的郢,还是汨罗江

哭泣的世界

天就要明了
世界哭成滂沱
不知所为何事
它已伤心了一天两夜
非但不见半点止息
还招怒了雷电

乌云黑泱泱地压下来
地面上，窨井盖秩序紊乱
喷出一朵朵浑浊的水莲
世界立时昏暗无光

我擎伞从雨里蹚过
无处落脚，茫然四顾
目标仅在五十米外
却漫长如一生

所有的路牌都意义尽失
行道树和路灯也相顾无语

那个蔚蓝明净的天地
和白衣胜雪的少年
何时能重新回来？

你要是能知道
怕也不会哭成这样啦

地下铁

拥挤的地铁里
我在临门的位置
站成一张相片
来往的众生如蚁
沦为世界的逃亡之奴
而我已记不清
当初为何要下凡来

我们如此相似

我们如此相似
仿佛临着水打量自己
或是街灯下对照的魅影
节拍一致,你的声音
是我寂寞空间里的回响
天空只一片云?是两朵呵
它们完全重合在一起

世界如此相似
投映于我们的眼
模样如出一辙
欢喜的,厌恶的
美与丑,愉悦与痛苦
在你我之间

牵连着同一根神经

“他们如此相似!”
人类、鸟群、树木和其他生物
都发出一样的感叹
这不同于橡树与木棉
也非罗密欧和朱丽叶
因为　他们只是相爱
而我们如此相似

桃花不歇

天空下起雨,铺天盖地
我需远行
去一个开满桃花的源头
这一路,或许荆棘繁荣
抑或,雨雪飞扬
夕阳下沉,竹杖芒鞋睡去
童年的歌谣渐起
一蓑烟雨自唇间,沉落
飘进泥土,销声匿迹

你眼里的波光,早已成灾
为一些路过的陌生光影
当日光重新升起
在那最高的山坡上
你会变成一只快乐的蚂蚁

筑一间精美的木屋
把年少的情爱，对爱神娓娓讲述
就像太阳对月光的逃避
你的睫毛如霜，眼神扑朔迷离

鸟鸣叫醒了一个清晨
我的头发蓬松
蚁群们步履平稳
它们的每一条腿都善良
每一次叹息都古老无边
我在桃花繁盛的源头
娶最美的一棵桃树为妻，居住
生一群幸福的孩子，多少年后
桃花不歇
开满我们思念的路程

明天醒来

明天醒来
我将沿着铁轨流浪
去看童年那些温暖的村庄
蝴蝶已经起程
流水也在路上
所有的鲜花和小草都已到达
远归的云雀，羽翼枯瘦如风
潺潺的蛙声追叠成浪

明天醒来
我将沿着童年的方向流浪
去看望每一双被我遗弃的童鞋
在阳光里为它们修一间木屋
编一张会迎风唱歌的芦花席
云水相接的午后
无数的童年牵手归来
整齐地走向木屋，步履如诗
不再远游和悲伤

明天醒来
阳光会等我在路口
所有被流水冲走的木桥都已回归
那山间折损的栈道早已复修
我将沿着奶奶的坟茔流浪
那里的稻香已深，葵花渐暮
回乡，我会告诉奶奶
在途中我遇到的每一个人
每一次月升和日落
还有每一段路程

明天醒来
我将把所有的故事埋进土壤
鞋袜们列队排向木屋和门栏
晨光初现，犁头和竹杖
在圆形的秋空下互放光芒
采一篮日光，忘却病树、颓墙
还有岁月的尘伤
炎阳西斜的河岸

我是奶奶坟茔前,善良的小草

戏李杜

当年泰山一别,我去庐山寻你
去蜀道觅你,去敬亭山等你!
去江油、渝州、碎叶、终南山……
桃花潭的岸上没追上你
我屐履未至的,梦里都已去
我也知道我寻你的路线,毫无逻辑

我逗留在了浣花溪
劈柴、种花、围炉、写诗
把林下的日子过成旖旎
只期望某一天清晨推开窗
你就能仗剑于我茂竹下的草堂
但三年过去,仍不见你踪迹

我对着采石矶汹涌的江心
把那轮明月哭成濡水的柳絮
我才不相信他们的鬼话
所以这一次
我没有化作一朵浪花去寻你
公元七七〇年,我也编了个鬼话
丢给人间后,就消失于洞庭湖

我仍然毫无逻辑地走了

这之后,谁又会认识我呢?
除非你有一天能出现在我眼前
这一假设就是一千两百多年
你果真来了！从梦里来,从晨雾中来
从这个偏执的假设中走来

虽然一切都毫无逻辑
但只要我还记得你姓李
只要你回来还对我说:
“咱俩才是最好的李杜！”
我不问你来的是前世还是今生
只想驱车带你,回那浣花溪

改　变

三十岁之后
我开始变得喜欢
用茅台酒瓶装雪碧
坐在省历史博物馆门口
的台阶上,仰头痛饮
再嚼他几个窝窝头

左右脚

立夏过后的这个晌午

中山路上的梧桐余絮未尽
我从北踽踽向南
好像撞进绿色的隧道
阳光细碎,晃曳着大街
我左脚踩着今天的光
欢快得像个孩子
右脚却深陷记忆的井
仿佛那爬满皱纹的老叟
节拍啊！总是很难统一
以前常去的那几家店
都已改换门头
还要继续往前吗?
没多远,可就是南京南站

半山生活

我们住在半山,已许多年
蔬菜和果实,长势一向很好
偶尔我还会带你去山顶
那里的日头和云矮过脚底
个头太大的蔬果带不上去
你问我:为什么不见牛羊?
我摸摸你的头:
六畜都长在山麓的烟火中
那里的人都大腹便便
为了爬上来看我们一眼
可因为个头实在太重

他们不是半路被酒肉唤回
就是掉下山崖摔死了

匆 匆

我们不唱骊歌,更不对长亭
且将离别作另一种相逢
在海上,在云端,在星月下
以及无限纵横的远方
如一缕惠风,不被阻挡
穿行树林,绕过高楼,横越江河
从夕阳停泊的地方,抵达黎明

你在哪里,我们都可以相逢
无须惆怅此刻的别离
更不应陡增骊殇
我们在方寸墙角挥手
在朝夕相处的岸边告别
自今往后,山长水阔
峻秀的山岳,悠扬的晚笛
兴尽忘归的舟,以及
暮色下亭亭的荷
哪一处不为相逢而颔首

我们不唱骊歌,不对长亭
万千珍重道不出口就不用再道
来与去之间,切莫徘徊

我寄你山外青山
匆匆的是背影,缓缓的是笑颜

端　午

一条河,从楚国流过
荒草萋萋,繁荣成两岸
行于水上的夕阳
斜斜地泊在河之洲
请插上菖蒲于门楣
且听河洲的九歌

一条河,让菖蒲染过
有问天的疑惑,有离骚的诉说
记住吧,它是蓝墨水的上游
忘掉吧,五月碧绿的污浊

一条河,带一首诗站在门外
不由自主地昂首
从楚国到西蜀,一路上
把苦涩泡淡,枯叶喊绿
两千年的寒,被这个初五暖和